KB264959

요정의 나라 2

요정의 나라 2

박선숙 지음

지식공감

차례

요정 나라 여왕님

여왕님이 여덟 장의 하얀 날개를 우아하게 접으며 호숫가에 내려 앉았다.

여왕님은 봄 햇살을 자아 펼친 것 같은 금발에 맑고 깊은 진하늘색 눈동자를 가졌는데 하얀 이마에서 은은히 빛나는 꽃문양이 신비로움을 더해준다.

"우와, 예쁘다! 그치?"

아사는 홀린 듯 여왕님을 바라보다 한에게 속삭였다. 그러자 한이 크게 고개를 끄덕였다.

그들은 요정계의 예법에 따라 여왕님께 공손하게 인사를 올렸다.

"오라버니, 일은 잘 끝내신 겁니까?"

"물, 물론……."

수한 님이 말꼬리를 흐리자 여왕님이 환하게 웃으며 말을 이었다.

"당연히 그러셨겠지요. 오라버니께 어려운 일이 무에 있을까요?

혼돈의 숲을 마당삼아 보물찾기 놀이를 할 만큼 담이 크시고, 세르 님과 함께 궁에 와야 한다는 것을 잊고 놀이를 즐길 만큼 여유로우시니 말입니다. 게다가 우리 세르 님의 몸을 단련시키기 위해 나쁜 남자가 되는 것까지 마다하지 않으셨더군요.”

“저기, 스노토라. 미, 미안…….”

수한 님이 안절부절 어쩔 줄 모르며 여왕님의 눈치만 살폈다. 아사는 그런 수한 님의 모습이 마치 덩치 큰 순한 곰처럼 느껴져 그만 킥 웃고 말았다.

“제 말 아직 끝나지 않았답니다. 어디 그뿐인가요? 티아루아 잎의 효능과 여들천의 첫 번째 물의 약효가 아직도 그대로인지 직접 실험해보는 꼼꼼함을 보이시고, 제가 걱정할까 봐 세르 님이 편찮으신 것까지 알뜰히 감추는 배려를 베푸셨지요. 그러니 이 누이가 어찌 수한 오라버니를 사랑하지 않을 수 있겠습니까?”

아사는 물 흐르듯 흘러나오는 여왕님의 나긋나긋하고 고운 음성에 감탄했다.

“우와, 끝내준다! 예쁜 분이 예쁘게 웃으며 예쁜 목소리로 예쁜 말만 골라 말씀하시니 마치 여왕님 같아.”

“여왕님 맞거든.”

한이 핀잔을 주었다.

“아참, 그렇지! 그런데 하아, 여왕님 너무 멋지시다, 나 아무래도 여왕님께 반한 것 같아, 어떡해, 어떡하니?”

아사는 두 손을 모아 쥐고 호들갑을 떨다 자신을 뚫어지게 바라보는 세 쌍의 눈동자와 마주쳤다.

“쯧!”

미수가 한심하다는 표정으로 혀를 찼다. 마루는 익어서 터지기 직전의 토마토 같은 얼굴로 간신히 웃음을 참고, 한은 못들을 말을 들었다는 듯 양 귓구멍을 후빈다. 이에 아사는 멋쩍어져서 볼멘소리로 쏘아붙였다.

"뭐야, 너희들! 그 재수 없는 반응들은 또 뭔데?"

"그래, 너 단순해서 좋겠다. 수한 님 얼굴을 봐."

마루가 실실 웃으며 하는 말에 아사는 수한 님을 보았다. 혈색 좋은 그의 얼굴이 마치 3년 굶은 드라큘라에게 헌혈 봉사를 한 인간의 얼굴처럼 허옇게 떠 있다.

"여왕님, 많이 화나셨다."

"어떡하냐, 우리 스승님?"

미수와 마루가 작은 목소리로 속삭였다.

그때 여왕님의 손바닥 위에 빛의 공이 생겼고, 미수와 마루의 얼굴이 파랗게 질렸다.

"이런, 여왕님의 은폭탄이야!"

"헉! 일 났다!"

수한 님이 루하님의 등 뒤로 숨으며 다급하게 외친다.

"으악, 세르! 형님 좀 살려주라!"

그러자 여왕님이 빛의 공 하나를 더 만들며 수한 님을 노려보았다.

"수한 오라버니, 덩치가 아깝습니다. 이리 나오시지요."

"스노토라, 이 오라비를 진짜 죽일 생각이냐?"

"그럴 리가요?"

나긋나긋한 말과는 달리 여왕님의 빛의 공이 점점 더 크고 환해지는 것에, 수한 님의 얼굴이 푸르죽죽해진다.

"피해야 할 것 같은데?"

미수가 속삭이듯 말하며 아사의 손목을 잡았다. 그러자 마루도 한의 옷자락을 슬쩍 잡아끌었다.

그때 루하님이 한발 앞으로 나섰다.

"스노토라, 호수의 아이가 아프다는 말을 들었습니다. 괜찮다면 저랑 같이 가시겠습니까?"

여왕님의 손에서 두 개의 빛의 공이 사라졌다. 그러자 수한 님이 살았다는 표정으로 루하님의 등 뒤에서 걸어 나왔다.

여왕님과 루하님이 하이포누에 호수 가운데로 사라진 후, 수한 님은 호수의 정령 요정의 아이가 몹쓸 병에 걸렸는데 그 병을 고치려면 루하님의 생명의 기운과 여왕님의 권능이 필요하다는 말을 아이들에게 해주었다. 그러곤 오늘 밤 안으로 돌아오기 힘들 테니 그만 집으로 가자고 했다.

그날 밤, 아사는 여러 가지 생각으로 머리가 복잡해져서 쉽게 잠을 이루지 못했다. 그래서 금색 팔찌에 연결된 여섯 개의 투명한 보석들을 하나하나 만지며 파이포니아 님에게 들은 이야기를 떠올렸다.

요정들은 투명한 심장을 가지고 태어난다고 했다. 그런데 살아가면서 행복한 일이 많으면 붉은색으로 변하고, 불행한 일이 많으면 푸른색으로 변한단다.

아사 남매가 할 일은 심장이 푸르게 변해버린 요정들을 찾아 행복을 느끼게 도와주는 것이라고 했다. 그들이 행복해져서 심장이 붉게 변하면 요정의 꼬투리가 채워지고, 그때마다 한의 피부도 조금씩 보통 피부로 돌아온다는 것이다.

그렇게 열두 요정들의 행복으로 요정의 꼬투리를 다 채우면 그 힘은 온전히 정목에게 되돌아가고, 남매는 정목에게 양어머니의 뱃속에 있는 아기의 생명을 받아 집으로 돌아갈 수 있다고 했다.

아사는 '하아' 하고 한숨을 쉬었다.

'이곳에 온 지 이십 일이나 되었는데도 열두 개의 보석 중 하나도 채우지 못했어. 아직 봉인도 안 풀렸다는데…….'

아사는 답답한 마음을 참지 못하고 밖으로 나왔다. 그리고 푸른 달빛이 내리는 마을 뒤쪽의 숲길을 이리저리 거닐었다. 그때 어디선가 낄낄 웃는 소리가 들려왔다.

'이게 무슨 소리지?'

아사는 호기심 반, 두려움 반인 마음이 되어 그쪽으로 살금살금 다가갔다가 곧 긴장을 풀었다. 메테르 나무뿌리에 앉아 뭔가를 들여다보는 남자의 뒷모습이 눈에 익었기 때문이다.

"수한 아저씨."

"으헉!"

아사의 부름에 수한 님이 화들짝 놀라며 몸을 일으켰다. 그 바람에 그가 보고 있던 투명한 수정구가 데굴데굴 굴러와 아사의 발치에서 멈추었다.

"세르 님, 여왕님?"

"아, 저 그게 말이다."

아사는 수정구 속을 들여다본 후 수한 님에게 눈을 흘겼다.

"몰래 카메라, 아니 허락 없이 남을 엿보는 건 나빠요. 수한 아저씨."

"세르랑 여왕 누이가 어째 남이냐? 그리고 이건 엿보는 게 아니라 비밀 수호를 하고 있는 거다."

수한 님이 주워 든 수정구를 등 뒤로 감추며 어설픈 변명을 늘어놓았다. 그러나 아사가 빤히 바라보자 헛기침을 하며 슬쩍 시선을 돌린다. 이에 아사는 수한 님이 앉아 있던 나무뿌리에 앉으며 배시시 웃었다.

"뭐냐, 그 웃음은?"

"엿보는 게 아니라 비밀 수호 중이라면서요? 그러니까 우리 같이 수호해요."

"꼬마 아가씨, 그건……."

"왜, 15금 장면이라도 나오나요? 하지만 저도 우리나라의 나이로 열다섯 살이에요. 어라, 그 표정은 뭐예요? 그럼 17금? 아님 19금 인가?"

"그게 가능할 리가 없잖아!"

"왜요?"

"여왕이라면 몰라도 세르가 잘도 그러겠다."

"그러니까 같이 보자고요."

"그래도 안 된다."

"좋아요, 그럼……."

아사는 발딱 일어나 냅다 고함을 질렀다.

"동네 요정들~ 여기 수한 아저씨가 세르 님과 여왕님의 스토커질, 아니 몰래 엿보기를 했대… 읍!"

수한 님이 솥뚜껑만 한 손바닥으로 아사의 입을 틀어막았다. 이에 아사는 팔다리를 버둥거리며 속으로 외쳤다. 그가 머릿속 대화를 듣는다는 것을 알기 때문이다.

'수한 아저씨, 계속 이러시면 여왕님께 이를 거예요. 아, 세르 님에게 이르는 게 더 효과가 좋겠다.'

수한 님이 어이없다는 표정을 지으며 손바닥을 떼는 것에, 아사는 만족스럽게 웃었다.

"이 사악한 꼬맹이 같으니! 그래, 보여준다. 그 대신 절대 이르기 없기다?"

“물론이에요.”

수한 님이 수정구를 들고 아사의 곁에 나란히 앉았다.

반투명한 푸른 돌로 지어진 건물 앞의 원탁과 의자에 루하님과 여왕님이 마주 앉아 있다. 그곳은 보송보송하건만 놀랍게도 건물 위로 출렁거리는 푸른 물결이 보인다.

“여기가 어디에요?”

“수궁(水宮)이란다. 원래는 물로 가득 차 있는데 인간족인 세르를 위해 여왕이 물을 밀어낸 거야.”

“오! 여왕님은 물도 마음대로 다루시나 봐요?”

“당연하지.”

“어쩜! 짱 멋지다!”

“그렇지? 그녀는 요정계의 역대 시에라(대요정수가 내리는 요정여왕의 중간 이름이며, 이 이름을 받으면 여왕의 권능을 모두 쓸 수 있게 됨) 중 가장 늦게 힘을 얻었지만 가장 강한 힘을 가진 여왕으로 평가받고 있단다. 내 사촌누이라서 칭찬하는 게 아니라 그녀는 여왕으로서 권능도, 미모도, 지배력도 나무랄 데가 없어.”

아사는 대단하다는 눈빛으로 여왕님의 얼굴을 바라보다 곧 얼굴을 찌푸렸다. 루하님이 환하게 웃는 것으로 보아 여왕님이 재미있는 말을 한 것 같은데 들리지 않았던 것이다.

“수한 아저씨, 보는 김에 소리도 좀 키워 봐요.”

“그럴까?”

수한 님이 수정구를 만지자 놀랍게도 여왕님의 목소리가 들린다. 수한 님의 말처럼 한 달 동안 있었던 일을 이야기하는 수준이어서 19금은커녕 15금도 없다.

“명색이 연인이라면서요? 그런데 왜 저렇게 바른 생활 어른들인 건데요?”

“그럼 어떻게 해야 하는 건데?”

“연인들이 만나면 최소한 손목 잡고, 몸도 만지고, 뽀뽀도 하던데요?”

“꼬맹이 너, 무서운 말을 하는구나.”

“그런 것 정도야 우리나라에서는 애들도 그러려니 해요. 컴퓨터…음, 보여주고, 놀아주고, 가르쳐주는 기계라고 생각하면 돼요. 그걸로 다 알고 있거든요. 어쨌든 무서운 말이라고 할 정도는 아니라는 거죠.”

아사의 말에 수한 님이 크게 웃었다.

“세르랑 여왕이 같이 있는 게 무려 13년이야. 그런데 아직도 저렇게 데면데면해. 하지만 무작정 피하고 눈길도 주지 않던 처음에 비해 지금은 말을 나누고 웃기라도 하니 다행이라고 생각해야지 뭐. 어? 본론으로 들어갈 모양인데?”

수한 님의 속삭임에 아사는 수정구에 얼굴을 바싹 갖다 댔다. 그러자 루하님의 음성이 더욱 또렷하게 들린다.

“내일 일정이 어찌 되십니까?”

“자정 무렵 궁으로 떠날 생각입니다. 세르 님은 탄생의 숲에 계실 날이지요?”

“예. 그런데……”

루하님이 머뭇거리자 여왕님이 궁금하다는 표정으로 묻는다.

“하실 말씀이 있나요?”

“내일 아침에 떠나시면 안 되겠습니까?”

아사는 눈을 동그랗게 떴다. 놀랍게도 여왕님이 얼굴을 살짝 붉히고 루하님도 빨개진 얼굴로 고개를 돌렸기 때문이다.

"꼬마 아가씨의 요정의 꼬투리에 관한 일 때문인가요?"

"아셨습니까?"

"네, 당신이 도망가지 않았다는 것에 뭔가 제가 필요한 일이 있구나, 하고 생각했지요."

"죄송합니다."

"그냥은 안 된다는 거 아시죠? 무려 여왕의 권능을 사용하는 일인데 말이에요. 후후후, 농담……!"

아사는 입을 막으며 눈을 동그랗게 떴다. 수한 님도 '휙' 하고 휘파람을 불었다. 그도 그럴 것이 루하님이 여왕님의 이마에 입맞춤을 했기 때문이다.

"와, 15금이다! 세르 님 나이스!"

"우리 여왕 누이, 넋 나갔다."

아닌 게 아니라 여왕님의 고운 얼굴이 봄날에 활짝 핀 복사꽃 같다. 그 모습에 아사는 '오' 하고 감탄사를 터뜨렸다.

"세르 님, 지금 뭐하신 서예요?"

"보면 모르십니까? 미인계입니다만."

"뻔뻔해지셨네요, 세르 님."

"'이용할 수 있는 것을 이용하지 못하는 것도 바보예요.'라고 어떤 사람이 그랬거든요."

세르 님의 말에 여왕님이 청아한 웃음을 터뜨렸다.

"그건 '가야 어록' 몇 장 몇 절인가요?"

"이십칠 장 육 절입니다."

"어머나, 그렇군요. 하지만 싫지는 않네요. 전 이마에 뽀뽀가 아니라 이곳이었으면 더 좋겠지만요. 하지만 세르 님에겐 아직 무리겠죠?"

여왕님이 자신의 도톰한 입술을 손가락으로 톡톡 두드리며 장난스럽게 웃는다. 아사는 그 모습을 보며 여왕님 포스라고 생각했다가 진짜 여왕님이라는 사실을 깨닫고 킥킥 웃었다.

하지만 세르 님도 만만치 않아 빙긋 웃으며 맞장구를 친다.

"글쎄요, 고려는 해보겠습니다."

"오, 희망이 하나 더 생겼네요. 혹시 내일 요정계에 땅덩어리가 하나 생기면 그건 모두 세르 님의 덕인 줄 아세요."

"기꺼이."

"이런, 잘못하면 바다도 하나 더 생길 것 같아요. 만약 그리되면 필히 그 이름을 '세르의 유혹'이라고 지어 드리지요."

"자정이 되었습니다. 그만 쉬시는 게 좋겠습니다."

세르 님이 여왕님의 화려한 말발에 얼굴을 붉히며 슬쩍 말문을 돌린다. 아사는 그만 수한 님의 팔뚝을 퍽퍽 치며 웃음을 터뜨렸다. 그러다 여왕님의 말에 겨우 웃음을 멈추었다.

"어제 인간계에서 흘러온 그림자 영상 하나를 잡았는데 보실래요? 당신이 원하지 않으시면……."

"보겠습니다."

세르 님의 말에 여왕님이 손을 들었다. 그러자 그들의 앞에 입체 영상 하나가 나타났디.

"네? 저 사람은 ."

영상 속의 사람은 바로 루하님의 집에서 본 초상화 속의 여인이다.

여인이 까만 머리카락에 청회색 눈동자를 한 소년의 목을 껴안고 환하게 웃는다. 소년은 뚱한 표정이지만 이어지는 여인의 뽀뽀를 거부하지 않고 대놓고 있는 것으로 보아 싫지는 않은 것 같다. 그런 소년의 앞에서 여인과 꼭 닮은 어린 여자아이가 샘이 난다는 표정으로

발을 동동 구른다. 이에 소년이 한숨을 쉬곤 여인의 손을 부드럽게
풀어낸다. 그러곤 여자아이를 안아 들더니 한쪽을 가리킨다. 그쪽을
바라본 여인이 환하게 웃으며 달려간다. 분명 그곳에 누군가 있는
것 같은데 아쉽게도 영상이 사라져버린다.

루하님이 넋을 잃고 영상이 펼쳐졌던 빈 공간을 바라보자 여왕님
이 혼잣말을 하며 슬픈 표정을 짓는다.

“아직도 그리 아픈가요? 아직도 그리 그립나요? 나는… 얼마나
더…….”

금방이라도 울음을 터뜨릴 것 같은 여왕님의 모습에 수한 님이 혀
를 찬다. 아사도 갑자기 울고 싶어졌다.

그때 루하님의 짙푸른 속눈썹이 두어 번 깜빡였고, 이내 입가에
서부터 얼굴 전체로 번지는 매혹적인 미소에 슬픔의 마법이 깨졌다.
행복하고 또 행복해서 참기 힘들다는 그런 미소…….

그런데도 아사는 가슴이 아릿해서 아무 말도 하지 못하고 그저 수
정구만 들여다보았다.

루하님이 몸을 일으키더니 여왕님을 향해 깊숙이 허리를 숙였다.
이에 여왕님이 안절부절 어쩔 줄 모르며 그의 상체를 붙잡아 일으
켜 세운다.

“세르 님, 왜?”

“스노토라, 제게 또 한 번 행복할 수 있는 기회를 주셔서 감사합
니다.”

“세르 님…….”

“정말입니다. 이젠 그녀를 봐도 마음이 아프지 않습니다. 슬프지도
않습니다. 그저, 그저 행복하기만 한 걸요.”

여왕님이 루하님을 와락 껴안고 얼굴을 갖다 댔다. 아사는 화들짝

놀라 손가락으로 얼굴을 가렸다.

“손가락 사이로 다 보고 있는 거 알고 있어, 꼬맹이.”

“쳇! 그냥 모른 체하면 안 돼요?”

“너야말로 그냥 봐라, 뽀뽀 정도는 무서운 일이 아니라며?”

“저게 어디 뽀뽀예요? 여왕님이 덮친 거지.”

“세르가 거부하지 않았으니 뽀뽀다.”

“헤에, 입맞춤이네요. 이번에는 세르 님이 뽀뽀했어요.”

“푸하하하!”

수한 님의 구김살 없는 웃음소리를 따라 아사도 기분 좋게 웃었다.

“저기, 수한 아저씨.”

“부끄러워하지 않아도 돼. 그냥 너희 세계의 컴퓨터라는 것을 본다고 생각해라.”

“그게 아니라 여왕님이 우리를 노려보시는데요?”

“에이, 무슨 그리 끔찍한 말을……. 헉!”

수한 님이 아사를 확 밀어냈다. 그와 동시에 수정구가 ‘펑’ 하고 터져나갔다.

“난 이제 죽었다. 으워워워워!”

수한 님이 호랑이에게 엉덩이를 물린 곰처럼 처절하게 울부짖었다.

“도망가자, 꼬맹이!”

아사는 고개를 저었다. 희인빛이 일며 여왕님과 루하님이 나타났기 때문이다.

여왕님이 곱게 웃었지만 아사는 지은 죄가 있어서 차마 얼굴을 들지 못했다.

“수한 오라버니, 숲의 경치가 좋군요. 이 누이와 잠깐 산책 좀 하지 않으시겠어요?”

“지금은 밤이 늦었으니 한숨 자고……”

“밤은 아직도 많이 남아 있답니다. 그리고 아주 잠깐이면 됩니다. 오라버니, 정녕 이 누이의 청을 물리치실 생각이십니까?”

“나는 세르랑 해야 할 일이 있어서……. 그렇지, 세르?”

수한 님이 간절한 눈으로 바라보았음에도 루하님은 매정하게 고개를 저었다.

“지금 피곤합니다. 나중에 하죠.”

여왕님이 예쁘게 웃으며 수한 님의 팔을 잡아끌고 숲으로 사라졌다.

잠시 후 호랑이에게 멱을 물린 곰의 울부짖음 같은 수한 님의 비명이 숲 속에서 터져 나왔다. 이어 콩 볶듯 쏟아지는 폭발음에 숲이 흔들렸다. 걱정스러운 표정을 짓는 아사와 달리 루하님은 태연하게 아사의 손목을 잡아끌었다.

“저기, 괜찮을까요?”

“그는 괜찮을 거다. 명색이 오라버니인데 설마 죽이기야 하겠어?”

“아니, 수한 님이 아니라 저요.”

아사는 파랗게 질린 얼굴로 양손 집게손가락을 마주 대고 꼬물거렸다.

“저, 저도 공범이잖아요. 어떡해요, 세르 님? 전 포효하는 작은 곰이 되고 싶지 않아요.”

“뭐?”

루하님이 눈을 크게 뜨더니 청아한 웃음을 터뜨렸다. 아사는 자신의 머리를 쓱쓱 쓰다듬는 루하님의 웃는 얼굴을 보며 마음을 놓았다.

‘막강한 우군 한 명을 꾀는 게 어중이떠중이 철새군 백 명을 사귀

는 것보다 낫다고 했지?'

아사가 개통철학이라고 생각했던 양어머니의 말이 금똥철학으로 변하는 순간이었다.

마루는 하룻밤 사이에 멍과 상처가 수없이 생긴 수한 님의 모습에 기겁을 해서 미수를 바라보았다. 그러자 미수가 차를 마시고 있는 여왕님과 루하님을 눈짓으로 가리켰다.

'왜?'

마루가 입 모양으로 묻자 미수가 픽 웃으며 아사를 바라보았다. 아사는 뜨끔해서 아이들의 눈길을 피했다. 이에 눈치 빠른 한이 모든 사실을 짐작하고 킥킥 웃었다.

이렇게 아이들이 '눈으로 말해요' 대화를 나누는 동안, 수한 님은 아픈 곳들을 살살 문지르며 여왕님과 루하님을 번갈아 바라보았다. 그때 루하님이 남매를 불렀다. 남매는 그들의 앞으로 쪼르르 달려 갔다.

"요정의 꼬투리를 보여 주겠니?"

여왕님의 말에 남매는 누가 먼저랄 것도 없이 팔목을 걷어 팔찌를 내보였다. 그러자 여왕님이 남매의 손목을 하나씩 잡고 눈을 감았다.

여왕님의 이마에 있는 시에리의 문양에서 하얀빛이 나와 아사와 한을 감쌌다. 그것은 마치 봄날 아지랑이같이 따스하고 평안했다.

"아?"

아사는 팔찌를 보고 탄성을 질렀다. 여섯 개의 투명한 보석 중 두 개가 변해 있었던 것이다.

하나는 보석과 그것을 받치는 틀 전체가 모두 분홍색이다. 그리고 나머지 하나는 보석을 받치는 틀만 파랗게 변해 있다.

아사는 분홍색 보석에 깃든 힘이 요정 친구 수운의 행복이라는 것을 알 수 있었다. 보석이 분홍색으로 변하는 순간 놀랍게도 그곳에서 수운의 얼굴을 보았기 때문이다. 그러나 보석을 받치는 틀만 변한 것은 누구의 행복인지 알 수 없었다.

한의 팔찌는 보석을 받치는 틀만 각각 붉은색과 노란색으로 변했을 뿐 보석의 색깔은 그대로였다. 이에 남매가 고개를 갸웃거리자 여왕님이 궁금증을 풀어 주었다.

"아사는 한 아이를 행복하게 해주었구나. 보석과 그것을 받치는 틀까지 변했으니 그 요정이 누군지도 알겠고."

"수운이에요! 차란 마을에서 사귀었어요!"

아사는 뿌듯한 마음으로 외쳤다.

"그럼, 보석을 받치는 틀만 변한 건 뭐예요?"

"지금 진행 중인 행복을 뜻한단다. 물론 끝날 때까지는 아무도 알 수 없지."

"예? 그럼 누구를 행복하게 해주어야 하는지, 언제 끝날지도 모른다는 거잖아요?"

아사는 그만 울상을 지으며 종알거렸다. 그러자 여왕님이 아사의 머리를 부드럽게 쓰다듬으며 말을 이었다.

"아사, 그가 누군지 언제 끝날지 생각하지 않아도 된단다."

"어? 왜요?"

"진정으로 남을 행복하게 해준다는 것은 계산을 하거나 계획을 세워서 하는 것도 아니고, 이렇게 해야 한다는 기준이 있는 것도 아니기 때문이란다. 아주 작은 차이의 말이나 행동, 마음 씀씀이에 따라 얼마든지 달라질 수 있거든. 가장 중요한 것은 의무와 책임이 아니라 주변 사람에 대한 한결같음과 진심이란다."

아사는 고개를 갸웃거렸다. 그러나 한은 알아들었는지 고개를 끄덕인다.

"여왕님의 말씀은 행복하게 해주려고 노력할 게 아니라 행복한 마음을 전하는 게 더 중요하다는 거지요?"

"후후후, 그래. 정말 총명한 아이구나."

여왕님이 대견하다는 표정으로 한의 머리를 쓰다듬었다.

"칫! 그래, 나 머리 나쁘다. 넌 천재고……."

아사는 심통이 나서 입술을 삐쭉였다. 그러자 한이 눈을 내리깔며 야무지게 말을 받았다.

"그야 난 머리로 느끼고 누나는 가슴으로 느끼니까."

"뭔 소리야, 그건?"

"난 똑똑하고, 누나는 어수룩하다는 거지."

"뭐야?"

아사는 발끈해서 한에게 덤벼들려다 멈칫했다. 놀랍게도 한이 예쁜 미소를 지었기 때문이다.

"근데 누나, 행복지수는 머리보다 가슴이 더 높아. 즉 이 일에 대한 성공 확률은 똑똑한 나보다는 어수룩한 누나가 더 높다는 거지. 그렇죠, 세피르 님?"

"그럴지도……."

루하님이 아사의 머리를 쓰다듬으며 선선히 인정한다. 이에 가슴이 간질간질해진 아사는 좋은 향기를 풍기는 루하님의 품에 덥석 안겨 얼굴을 마구 비벼 댔다. 그러나 곧 미수와 마루에게 양어깨를 잡혀 떼어졌다.

"왜?"

'뒤를 봐.'

아사가 불퉁한 말투로 묻자 마루가 입 모양으로 그 이유를 밝혔다.

아사는 뒤를 돌아보았다. 그러곤 여왕님의 서늘한 눈빛과 마주쳤다. 아사는 얼른 루하님의 품에서 빠져나와 말문을 돌렸다.

"음, 여왕님. 저는 잘 모르겠지만요. 그냥 보이는 요정마다 무조건 행복해지도록 도와줄래요. 그러다 보면 언젠가는 진행형이 완성형이 되겠죠?"

여왕님이 곱게 웃었다. 그러곤 색깔이 변한 보석을 이용하는 방법을 알려주었다.

아사는 여왕님이 시키는 대로 자신의 금색 고리를 풀어 한의 은색 고리에 연결했다. 그러자 분홍색 보석이 환하게 빛나더니 분홍색 연기가 흘러나왔다. 그것은 한의 손목과 팔을 타고 어깨를 지나 얼굴까지 올라갔다. 이에 한은 간질간질한 느낌을 받고 눈을 꼭 감았다.

"아!"

"누나?"

한은 눈을 뜨고 입술만 바들바들 떨고 있는 누나를 불렀다. 그런데도 아사는 대답하지 못했다. 그도 그럴 것이 분홍색 연기에 닿은 한의 오른쪽 관자놀이에서 뺨의 중간까지의 흉한 피부가 마치 나무껍질이 벗겨지듯 가루로 변해 사라지고 깨끗한 피부가 드러나 있었기 때문이다.

"믿어지지 않아."

아사는 떨리는 손으로 한의 관자놀이와 뺨을 만졌다. 그리고 매끄럽고 부드러운 피부의 감촉에 그만 눈시울을 붉혔다.

"아, 씨! 왜 울어, 응?"

아사의 눈에서 차오른 눈물이 뺨을 타고 흘러내리자 한이 어쩔 줄 모르다 버럭 소리를 질렀다. 그러나 미수가 갖다 준 거울에 얼굴을 비춰 보곤 한도 더 이상 아무 말도 하지 못했다.

결국 아사가 동생의 목을 끌어안고 '와앙' 하고 큰소리로 울음을 터뜨렸다. 그렇게 터져버린 아사의 울음이 그칠 때까지 한은 말없이 누나의 어깨를 토닥거렸다.

그날 밤, 여왕님이 떠났다. 그러나 루하님과 수한 님은 마을에 남았다. 이는 아직 몸이 불편한 루하님이 편안하게 쉬기를 바란 여왕님의 배려였다.

루하님의 작고 예쁜 집안에는 온통 달짝지근한 냄새로 가득 찼다. 모처럼 시간이 난 루하님이 소매를 걷어붙이고 과자 만들기에 나선 것이다.

예전에 루하님의 바삭과와 촉촉과의 맛을 보았던 아사 남매는 누구보다도 의욕적으로 달려들었다. 특히 오늘은 달콤과까지 만든다는 말에 미수와 마루가 환호성을 질렀다.

"달콤과는 에네피(단맛을 내는 알뿌리로 구하기 어려움)를 넣어 만드는 과자야. 루하님이 인간계에 계실 때 입맛이 까다로운 어떤 분을 위해 개발한 과자로 맛이 기가 막혀. 그렇지만 손이 많이 가고 시간도 오래 걸려 우리도 몇 번 얻어먹지 못했어. 너희들은 오늘 운이 좋은 기야."

아사는 마루의 속삭임을 들으며 반죽을 하고 있는 루하님을 바라보았다.

'앞치마가 저리 어울리다니!'

아사는 한숨을 쉬었다.

"뭐야, 그 한숨은?"

미수가 물 양동이를 내려놓으며 물었다.

"미수야, 왜 괜찮은 남자는 모두 임자가 있는 걸까?"

"바보냐? 괜찮으니까 당연히 임자가 있지."

아사는 미수의 말에 아무 대꾸도 하지 못했다. 그리고 다른 이를 마음에 둔 사람을 무려 13년이나 지켜보고 기다리는 여왕님의 한결같은 사랑이 대단하다고 느꼈다. 그리고 여왕님이 떠나기 전에 한 말을 떠올렸다.

여왕님은 아사에게 고맙다고 했다. 그리고 루하님이 요정계로 온 뒤 이렇게 즐거워하는 건 처음이라 어렵게 하루 일정을 더 잡았으니 부디 그를 많이 웃게 해달라고 했다.

아사는 맡겨만 달라고 큰소리를 뻥뻥 쳤다. 그러자 여왕님이 환하게 웃었다.

아사는 여왕님과 루하님이 마치 하늘과 구름 같다고 생각했다. 루하님은 어떤 모습에도 연연하지 않고 자유롭게 흘러다니는 구름을 닮았고, 여왕님은 그런 구름을 잡지 않고 그저 끝없이 기다리고 지켜봐 주는 하늘을 닮았기 때문이다.

'구름이 아름다운 건 울타리가 없는 하늘 때문이 아닐까? 그럼 수한 님은 그 구름과 하늘을 받치는 바다?'

아사는 우물가에 쭈그리고 앉아 커다란 손으로 작은 에네피 알뿌리를 정성껏 씻고 있는 수한 님의 우스꽝스러운 모습에 웃음이 나오면서도 한편으론 마음이 따뜻해졌다.

루하님과 함께하는 과자 만들기는 재미있었다.

힘이 센 마루가 반죽을 하고 한이 발효의 배합을 맞추었다. 손 맵시가 좋은 미수와 아사는 과자를 빚었다. 나중엔 마루와 한까지 과자를 빚겠다고 달려들었다. 그런데 마루야 그렇다 치고 못 하는 게 없을 줄 알았던 한이 의외로 과자 빚기에 서툴다는 사실에 아사는 신이 났다.

수한 님은 모처럼 나무줄기 해먹에서 낮잠을 즐기다 점심을 먹을 때쯤 일어났다.

점심 식사 후 모두가 쉬는 동안 아사는 루하님에게 쪼르르 달려갔다.

"저기, 세르 님. 그 머리카락 좀 만져 봐도 돼요?"

"마음대로 하렴."

"우와."

아사는 사양치 않고 루하님의 머리카락에 냉큼 손을 갖다 댔다. 찬연한 금발이 손가락 사이로 사륵사륵 빠져나간다. 마치 질이 좋은 비단실을 만지는 기분에 아사는 헤벌쭉 웃었다.

"세르 님, 머리 묶어 드릴까요? 포니테일 스타일로 묶으면 멋질 것 같아요."

"그러렴."

"어라? 포니테일 스타일이 뭔지 아세요?"

"알고 있다. 그녀가 가끔 묶어 주었거든."

루하님이 웃는다.

'또다, 저 웃음……'

너무나 구김살이 없고 한해서 오히려 서럽게 느껴지는 웃음에 아사는 마음이 아릿해서 슬쩍 말문을 돌렸다.

"저기, 머리끈은요?"

루하님이 작은 상자에서 검은색 머리끈 하나를 꺼내 넘겨준다. 오랫동안 사용했는지 꽤 낡았다. '무지 아끼는 것인가 보다.' 하고 생각하며 아사는 높이 올린 머리를 잡고 맵시 있게 돌려 묶었다.

"제법이네?"

“이래 봬도 돌보는 애들이 많았거든요.”

“애들이라니? 혼인했었어?”

“그랬으면 좋겠지만 혼인하고 싶은 사람이 없어서요.”

“이런, 안됐구나.”

“사실은 아직 법적으로 결혼할 수 있는 나이가 아니라서 안 했어요. 절대 못한 게 아니에요.”

아사의 야무진 대답에 루하님이 또다시 청아한 웃음을 터뜨렸다. 아사는 그런 루하님의 모습이 보기 좋았기에 스스로 망가지는 것을 서슴지 않았다. 그리고 자신에게 그런 성격이 있다는 게 자랑스러웠다.

그렇게 행복한 하루가 흘러가고 루하님과 수한 님이 팔위궁성으로 떠날 시간이 되었다.

수한 님은 루하님을 많이 웃게 해주어서 고맙다는 귀엣말을 했다. 루하님은 아사의 머리카락을 쓰다듬어 주며 무슨 일이 있으면 꼭 연락하라고 했다. 이에 아사는 눈물이 날 만큼 아쉬워서 아무 말도 하지 못하고 고개만 끄덕였다.

영혼의 조각 숨결의 반

수한 님과 루하님이 떠난 지도 벌써 여드레가 흘렀다.

휴이의 계절 르베의 달(5월)로 접어든 타란 자치구역은 눈부신 신록과 흐드러지게 피어난 봄꽃들로 뒤덮여 환한 꽃마을을 이루었다.

그동안 아사와 한은 마을에서 맡은 일을 열심히 했다. 그것은 제인 아주머니를 도와 타란산 기슭에서 초롱복령을 캐거나 버섯을 따오는 일이었다. 그리고 한은 루하님의 집을 관리하는 일을, 아사는 아기 요정 수아와 세현을 돌보는 일을 봉사활동으로 선택했다.

수아는 요성의 싹이 드는 1차 각성을 겪으며 예닐곱 살짜리 아이만큼 커지고 그만큼 힘도 세어져서, 아직 서너 살 아이의 체구를 가지고 있는 세현의 누나처럼 보였다. 그럼에도 불구하고 둘의 사이는 여전해서 놀이 시간에 항상 함께했다.

세현은 여전히 울보였지만 수아와 같이 있을 때는 자주 웃었고, 수아는 항상 웃었지만 세현과 관련된 일에는 감정을 솔직하게 드러내었다.

아사는 그런 아이들이 좋았기에 하루에 약 한 시간 있는 봉사활동을 열심히 했다.

르베의 달 다섯 번째 날(5월 5일) 아침, 아사와 한은 다른 때보다 한 시간 빨리 일어났다. 내일 티아루아 수호목의 제사에 쓰일 구채초(九彩草)를 캐러 가기 위해서다.

"아사, 한!"

아사와 한은 막 마당으로 내려서다 사립문 쪽에서 들려오는 맑고 짜랑짜랑한 목소리에 이마를 짚었다. 아니나 다를까, 수아가 아침 햇살에 반짝이는 금발을 나풀거리며 달려 들어온다.

'이런 일이 있을까 봐 아침 일찍 챙겼건만……'

남매는 한숨을 쉬었다.

"타란산 갈 거지? 수아도 같이 가."

며칠 전 타란산 기슭의 버섯골에 버섯을 채취할 때 한 번 데리고 갔던 것이 화근이다. 그곳이야 마을에서 가깝고 평탄한 곳이라 괜찮았다. 하지만 꼬박 한 시간 이상이 걸리는 타란산 정상은 아직 어린 수아에겐 힘든 곳이다. 이에 아사와 한은 마주 보며 난처한 표정을 감추지 못했다.

"오늘은 산꼭대기까지 가야 해. 넌 아직 어려서 안 돼."

"수아, 쉰세 살이야. 불도 다룰 수 있어."

"그래도 아기 맞아. 네 다리로 아직 무리거든."

"싫어! 수아도 다리 힘세. 수아도 갈 거야!"

수아가 막무가내로 떼를 쓰며 매달리자 한이 아사를 돌아보았다.

"누나, 그냥 데려가자. 진짜 혹 덩이가 하나 더 붙기 전에… 젠장, 늦었어."

아사는 사립문 안으로 들어서는 세현을 보며 이마를 짚었다. 이럴 때 아이들이 꼼짝 못 하는 미수라도 있으면 좋겠는데 그는 전령의 임무를 띠고 아란 자치구역으로 떠났기에 이곳에 없었다.

아사 남매는 아이들의 부모를 찾아갔다. 그러나 '타란산은 낮고 평탄한 데다 자치구역의 결계 내에 있기에 큰 위험은 없을 것'이라는 말만 들었다.

결국 남매는 혹 덩이를 둘이나 달고 산을 올라야만 했다. 그나마 다행인 것은 아이들의 체력이 생각보다 강해서 별문제 없이 산꼭대기에 도착했다는 것이다.

아이들은 구채초 잎을 넉넉히 따서 담고 덤으로 먹을 수 있는 산 열매도 훑어서 담았다.

제인 아주머니가 넣어 준 간식을 나눠 먹고, 두 명씩 편을 갈라 이런저런 소풍놀이도 하며 즐겁게 놀았다.

그때까진 정말 아무 문제도 없었다. 마지막에 세현이 앳된 목소리로 한 말만 아니었다면 말이다.

"에? 통키통키다."

통키통키는 세현이 작은 동물을 뭉뚱그려 가리키는 말이다. 그 말에 아사와 한이 뒤돌아보았을 때, 세현과 수아는 어느새 커다란 바위 가까이 다가가 있었다.

아사는 뒤늦게 그곳에 구멍 하나가 있었다는 사실을 떠올리곤 당황했다.

"세현아, 수아야! 거기 서!"

아이들이 멈칫하는 동안 남매는 짐을 둘러메고 그쪽으로 달려갔다.

"통키통키가 어디 있는데?"

"여기, 여기로 쏙!"

아사는 세현이 고사리손으로 가리키는, 지름이 15센티미터쯤 되는 구멍을 들여다보았다. 그 안은 새까매서 얼마나 깊은지 어느 각도로 뚫렸는지 알 수 없었다.

"도망갔나 봐. 그냥 가자."

"아냐! 여기 있어! 내 통키통키……. 흐으."

세현이 작은 입술을 삐쭉거리며 금방이라도 울음을 터뜨릴 기세를 보이자 아사는 아이를 살살 달랬다.

"누나가 찾아 줄게. 조금만 기다려 봐."

아사는 한에게 눈짓을 했다. 어떻게 좀 해보라는 누나의 무언의 협박에 한은 한숨을 쉬었다.

잠시 후 한은 주먹만 한 돌 두 개와 기다란 나뭇가지 몇 개를 가져왔다. 그리고 구멍 속에 돌을 던져 보고 나뭇가지를 하나씩 이어가며 넣어보더니 난처한 표정으로 아사를 돌아보았다.

"누나, 힘들 것 같아."

"왜?"

"안에서 불어오는 바람의 방향으로 보아 거의 수직에 가깝게 뚫려 있어. 나뭇가지 네 개를 묶어서 내려보냈는데도 바닥이 닿지 않고 돌이 떨어진 소리도 들리지 않을 만큼 깊이도 깊어. 세현의 말대로 이곳에 진짜 작은 짐승이 들어갔다 해도 날개가 없다면 죽었을 것 같은데?"

한이 그렇다면 맞을 것이다.

"세현아, 너무 깊어서 안 된대. 그냥 가자, 응?"

"싫어! 통키통키! 으아앙!"

아사가 세현을 안아 들자 세현이 산이 떠나가라 울음을 터뜨렸다. 그러곤 짧고 오동통한 팔다리를 마구 휘두르며 버둥대는 바람에 아사는 아이를 안고 이리 휘청 저리 휘청 흔들렸다.

"잠, 잠깐만! 이렇게 버둥대면 위험… 으아악!"

"누나!"

품에서 미끄러지는 세현을 잡으려던 아사가 바위에 부딪쳤다. 그런데 바위가 허무할 만큼 쉽게 밀려나며 커다란 구덩이가 드러났고, 이를 미처 피하지 못한 아사는 세현을 안은 채 그 속으로 떨어졌다. 그 바람에 아사의 옷자락을 잡은 수아와 엉겁결에 그런 수아의 손목을 잡아챈 한도 같이 딸려 들어갔다. 이렇게 네 아이는 소시지처럼 줄줄이 엮여 끝을 알 수 없는 구덩이 속으로 떨어져 내렸다.

그리고 순식간에 네 아이를 삼킨 구덩이는 언제 그랬느냐는 듯 다시 제자리로 돌아오고, 처음에 있었던 작은 구멍만 남아있었다.

✻ ✻ ✻

"…사, 아사! 훌쩍!"

아사는 세현의 울음소리에 놀라 눈을 떴다. 그러자 세현이 아사의 품에 파고들며 울먹였다. 아사는 아이를 다독이며 주변을 둘러보았다. 특별하게 빛이 있는 건 아닌데 의외로 밝아서, 몇 걸음 떨어진 곳에 오도카니 앉아 있는 수아와 막 몸을 일으키는 한의 모습이 보였다.

아이들이 있는 곳은 커다란 동굴 속이다. 바닥은 물이지만 마치 스펀지처럼 두꺼운 기층을 가진 넓은 잎들이 매트리스 역할을 해주어 넷 다 멀쩡했다. 문제는 잎들이 조금씩 움직인다는 것이다. 이에 한이 수아를 데리고 아사가 있는 잎으로 건너왔다. 그들이 있는 곳보다 아사가 있는 곳의 잎이 훨씬 크고 튼실했기 때문이다.

아이들을 태운 잎은 한참이나 떠내려가다가 거대한 지하 호수에서 멈추었다. 그곳에는 여기저기서 떠내려온 잎들이 많이 모여 있었다. 물이 더 이상 흐르지 않는다는 것에 안심한 아이들은 잎에서 내려왔다.

지하 호수의 가장자리에 있는 땅은 습기를 머금고 있었지만 꽤 단단했고 몇 개의 동굴로 이어져 있었다.

"누나, 애들 데리고 있어. 내가 나갈 만한 동굴을 찾아볼게."

아사는 고개를 끄덕이곤 아이들을 끌어안았다. 한은 동굴들을 꼼꼼하게 살피더니 이윽고 한 동굴 앞에 서서 손짓을 했다. 아사는 아이들을 데리고 그곳으로 갔다.

"다른 동굴들보다 넓은데다 습기도 적고 경사가 위로 되어 있어. 어쩜 바깥으로 나갈 수 있을 거야."

그들은 동굴로 들어섰다. 다행히 오르막으로 이어져 있고 보송보송한데다 동굴의 벽에 박힌 주황색 돌들이 밝게 빛나 무섭지 않았다.

얼마나 갔을까? 아사는 다리 아프다고 주저앉는 세현을 등에 업었다. 다행히 수아는 한의 체력과 비슷했기에 세 아이는 서로 의지하며 계속 걸었다.

"목말라."

"배고파."

아기 요정들이 칭얼거렸다. 그래서 남매는 잠시 쉬어가기로 했다.

한이 동굴 틈새에서 떨어지는 물방울을 받는 동안 아사는 산열매를 주섬주섬 꺼내놓았다.

아이들이 그것을 다 먹고 밍밍한 구채초 잎까지 먹으며 걸었을 무렵, 드디어 막다른 동굴에 들어섰다. 그리고 문고리가 없고 열쇠 구멍도 보이지 않으며 단단한 나무로 만들어져 쉽게 부서질 것 같지 않은 문 하나를 보았다.

아사는 잠든 세현을 등에서 내려놓고 이마에 맺힌 땀을 닦았다. 그리고 구채초 잎 두 개를 수아에게 주었다. 수아는 별다른 타박 없이 그것을 입에 넣고 오물거렸다. 아사도 잎 하나를 씹으며 문을 열기 위해 애를 쓰는 한을 지켜보았다.

한은 벽의 틈새나 모서리, 패인 곳, 심지어 바닥까지 만지며 꼼꼼히 살피고 있었다. 그러나 아무것도 찾지 못하자 그만 지쳐 바닥에 주저앉아 버렸다. 이에 아사는 발딱 일어나 한의 곁으로 갔다.

"비켜 봐, 한아. 내가 해볼게."

"어떻게 하려고? 밀어도 당겨도 좌우로 밀쳐도 안 되고, 이렇다 할 장치도 보이지 않는데."

"확실해?"

"그래."

"그럼, 한 가지 방법밖에 없네, 뭘."

"그게 뭔데?"

"뭐긴 뭐야, 바로 이거지."

아사는 멀찍이 뒤로 물러섰다. 그러곤 '탁탁' 두어 번 발을 구른 후 두 주먹을 불끈 쥐었다. 그때서야 한이 아사가 하려는 일을 알아차리고 기겁을 했지만 이미 아사는 문을 향해 거침없이 나아가고 있었다.

"누나! 미쳤어?"

그러나 한의 고함은 문이 뒤로 넘어가는 요란한 소리에 묻히고 말았다.

"헉! 말도 안 돼."

한은 입을 떡 벌린 채 넘어져 있는 문을 바라보았다.

"이제 알았어, 한? 어떻게 해도 열리지 않는 문은 그냥 부숴 버리면 돼."

아사가 나쁜 용을 퇴치한 용사처럼 문을 밟고 집게손가락과 가운뎃손가락으로 'V' 자를 그려 보였다. 이에 한은 그만 피식 웃고 말았다.

"아사, 힘세!"

수아가 박수를 짝짝 쳤다. 그리고 문이 부서지는 소리에 잠을 깬 세현도 아사를 따라 'V' 자를 그렸다.

아이들은 부서진 문을 넘어 안으로 들어갔다. 그곳엔 세 겹의 투명한 막으로 막힌 커다란 방이 있었다.

천장엔 실을 촘촘하게 늘어뜨려 만든 커튼이 드리워져 있고, 푸른색과 흰색이 어우러진 구슬 장식을 중심으로 오른쪽은 푸른 색실, 왼쪽은 황금 색실이 우아한 곡선을 그리며 벽까지 이어져 있었다. 그리고 푸른색과 황금색 실의 중간에 호선이 아름다운 등이 각각 한 개씩 있었다.

양쪽 벽에는 역시 같은 색실의 커튼이 중간에서 묶여 바닥까지 내려와 있고, 천장에 가까운 지점에 반원형의 달팽이 무늬 벽장식이 반쯤 보였다. 그러나 아사 남매의 눈길을 가장 끈 것은 방의 중앙에 놓여 있는 구조물이었다.

그것은 대칭형으로, 양쪽을 오목하게 깎거나 볼록하게 튀어나오게 했다. 또 적당한 경사가 져 어찌 보면 모양을 낸 기둥 같기도 하고, 어찌 보면 도자기나 호리병 같기도 했다. 신기한 것은 테두리의 두께가 없다는 것이다. 그런데도 보이지 않는 막이라도 있는 양 그 안에서 소용돌이치고 있는 푸른색 연기들은 하나도 빠져나가지 않고 그 형태를 갖추고 있었다.

아사가 아이들을 데리고 있는 동안, 한은 막과 그 주변을 살폈다. 일단 이 방을 지나야만 바깥으로 나갈 수 있을 것 같았기 때문이다.

첫 번째 막을 받치고 있는 것은 한 뼘 정도의 투명한 가로 막대다. 한은 그것을 꼼꼼하게 살폈지만 이렇다 할 실마리를 찾지 못했다.

"이거 열 수 없는 거야? 내가 또 부숴 버릴까?"

한은 단호하게 고개를 저었다.

"칫! 알았어."

아사는 입을 삐쭉이며 아이들을 데리고 몇 걸음 물러섰다.

한은 막대를 이리저리 만지다가 고개를 갸웃거렸다. 분명 눈으로는 매끈하고 똑같아 보였는데 손바닥에 약간의 도드라짐이 느껴졌던 것이다.

"왜 그래?"

"누나, 여기 좀 만져 봐."

아사가 쪼르르 다가와 막대를 만져보고 눈을 동그랗게 떴다.

"어? 오돌토돌해."

"그렇지? 분명 그림이나 무늬, 아니면 글자 같은데 보이지 않으니 뭔지 알 수 없어."

남매는 난처한 표정으로 서로 마주 보았다.

그때 세현이 아사의 옷자락을 잡아당겼다.

"왜 그래?"

"아사, 있어. 보여."

한이 세현의 말의 의미를 먼저 알아차리고 물었다.

"글자야, 그림이야, 아니면 무늬야?"

"물의 언어, 라고 엄마가 그랬어."

"읽을 수 있어?"

"응, 조금."

세현이 바닥에 배를 깔고 눕더니 고사리손으로 하나하나 짚어가며 더듬더듬 읽기 시작했다.

"바르게 보고… 바르게 듣고… 바르게 전해라. 세 개의 열쇠가 사라지고… 믿음과 사랑이 하나 되면… 마음이 깨어나… 문이 열리리라."

세현이 손가락을 떼자 놀랍게도 그곳에 투명한 구슬 단추 하나가 나타났다. 이에 아사가 호기심에 눌러보았지만 아무 반응이 없었다. 아사는 세현을 일으켜 안으며 한에게 물었다.

"뭔 말인지 알겠어?"

"일단 바르게 보라는 건데…….."

한은 물끄러미 방 안을 들여다보다 아사에게 물었다.

"누나, 저 안에 있는 게 뭐로 보여?"

"기둥?"

"그럼 '기둥' 하며 그것을 눌러 봐."

그러나 구슬 단추는 여전히 반응이 없다.

두 아이는 번갈아가며 '도자기, 호리병, 항아리, 꽃병' 등 비슷한 것이라고 생각한 것은 모두 말하며 그것을 눌렀다. 심지어 오도카니 앉아 있던 수아까지 '조롱박' 하고 나섰지만 역시 아무 반응도 얻지 못했다.

"악! 도대체 뭐야?"

아사는 머리카락을 쥐어뜯다 자신의 품에 안겨 꼬박꼬박 졸고 있는 세현의 뺨을 톡톡 쳤다.

"조는 애는 왜 깨워?"

"세현이도 이곳 사람, 아니 요정이잖아? 혹시 알지 몰라."

"누나, 잊고 있나 본데 그 애, 태어난 지 겨우 두 해를 조금 넘긴 아기야.”

“나도 알아. 하지만 물에 빠지면 지푸라기라도 잡는다잖아.”

아사는 졸음에 겨워 흔들거리는 아이의 고개를 돌려 방 쪽을 보게 했다.

“세현아, 넌 저게 뭐로 보이냐?”

“우웅? 엄마랑 아빠 얼굴…….”

“뭔 소리야? 눈 좀 크게 뜨고 잘 보란……. 세현아?”

아사는 고개를 떨어뜨리는 세현을 흔들다 뒤통수를 한 대 맞은 표정을 짓고 있는 동생을 보았다.

“왜 그래?”

“착시 그림! 왜 몰랐지?”

“뭔 소리야?”

한이 보기 드물게 들뜬 표정으로 빠르게 말을 이었다.

“누나, 보는 사람의 마음이나 생각에 따라 같은 그림이 천사로도 악마로도 보이고, 늙은 마녀로도 젊은 여자로도 보이는 그림 본 적 있어?”

“어, 그래. 근데 그게 어떻다고?”

“저기 말이야, 우리가 배경이라고 생각했던 게 실물이고, 실물처럼 보였던 게 배경이라면?”

“그럼, 가운데 물체를 볼 게 아니라 배경을… 헉!”

아사는 벌떡 일어나 첫 번째 투명한 막에 달라붙었다. 관점을 달리하니 전혀 다른 모습이 눈에 들어왔던 것이다.

기둥이나 도자기, 호리병의 테두리라고 생각했던 것은 마주 보고 있는 남자와 여자의 옆얼굴이다. 천장의 푸른색과 황금색 실 커튼은 남녀의 머리카락이고, 두 개의 등은 감고 있는 눈이며. 달팽이 무늬 벽장식은 귀다. 무엇보다 놀라운 것은 테두리가 없는 가운데의 푸른 기류가 담긴 곳이 사실은 배경이었다는 것이다.

"누나가 바르게 보기 답을 확인해 볼래?"

"응. 남자와 여자의 얼굴!"

아사가 씩씩하게 외치며 단추를 눌렀고, 예상대로 첫 번째 막이 사라졌다.

한이 수아의 손목을 잡고 앞장서자, 아사는 잠든 세현을 등에 업고 그 뒤를 따랐다. 그리고 두 번째 투명한 막이 있는 곳으로 들어섰다.

두 번째 막 뒤의 방은 조금 더 가깝고 더 크게 보였다. 그래서 남매는 배경에 해당되는 푸른 기류 사이에서 반짝이는 크고 작은 푸른색 조각들을 볼 수 있었다.

"두 번째 열쇠는 '바르게 들어라'였지? 누나, 뭔 소리가 들리는지 잘 들어 보자."

남매는 눈을 감고 귀를 기울였다. 전혀 소리를 듣지 못한 한과 달리 아사는 뭔가 들었는지 고개를 갸웃거린다.

"소리가 나는 것 같기도 한데 뭔지 확실히 모르겠어. 마이크나 스피커가 있으면 좋겠는데……."

"그거라면 있잖아? 도레스의 알."

"아참, 그렇지."

아사는 티아루아의 믿음의 실에 꿰어 목에 걸고 있던 도레스의 알을 꺼냈다. 청록색 구슬이 짙어졌다 연해졌다 하며 소리를 키워 주었기에 아사는 잘 만들어진 목금을 두드리는 것과 같은 영롱하고 아름다운 소리를 들을 수 있었다. 이에 아사가 들뜬 목소리로 외쳤다.

"한아, 티아루아 님의 노랫가락이야. 봐, 봐! 이렇게 따라 할 수도 있는 걸."

아사가 노랫가락을 흥얼거릴 때마다 두 번째 투명한 막이 사라졌다. 덕분에 아이들은 세 번째 투명한 막 앞으로 갈 수 있었다.

"마지막 막의 열쇠는 '바르게 전해라'였지? 근데 뭘 전하라는 걸까?"

"생각해 봐야지."

한이 해결의 실마리가 될 만한 말들을 하나하나 늘어놓기 시작했다.

"푸른 머리카락의 남자, 황금색 머리카락의 여자, 머리카락을 잇고 있는 푸른색과 흰색이 어우러진 구슬, 푸른 기류와 크고 작은 푸른색의 조각들, 티아루아의 노랫가락, 그리고 믿음과 사랑이 하나 되다……"

아사는 불현듯 한 가지 이야기를 떠올렸다.

"한아, 나 미수한테 들은 이야기가 있는데 왠지 마음에 걸려."

"얘기해 봐."

아사는 미수에게 들었던 '티아루아와 하이폰'에 대한 전설을 한에게 들려주었다. 그러자 한이 조심스럽게 물었다.

"그들의 용모에 대해서도 들은 적 있어?"

"아니. 하지만 하이폰은 청룡이랬어."

"실마리가 더 생겼네. 청룡은 푸른색, 티아루아이 잎은 황금색, 하이폰이 풀이진 푸른 영혼 조각과 푸른 숨결의 반, 3천 년 동안의 하이폰의 잊지 않은 기억과 티아루아의 변치 않은 사랑, 신의 약속의 증표인 쌍둥이별과 티아루아 수호목의 제사가 있는 계절……"

"가만! 그럼?"

"내 짐작이 맞으면 그들은 하이폰과 티아루아일 거야. 그리고 이곳은 하이포누에 호수의 밑바닥, 바로 신이 그들을 봉인한 장소겠지."

한이 덤덤하게 하는 엄청난 말에 아사는 입을 떡 벌린 채 할 말을 잃었다.

"그래서 말인데 누나, 누나가 바르게 전할래? 방금 들은 티아루아님의 노래를 처음부터 끝까지 들려주면 돼."

"하지만 한 번 듣고 어떻게 다 아냐?"

"상관없어. 진심만 통하면 되니까 정성껏 부르면 돼."

잠시 후 아사의 노래가 주변에 울려 퍼졌고, 투명한 막이 사라졌다. 그리고 아이들은 푸른색이 일렁이는 공간에 떠 있었다.

남매는 그곳에서 하이폰과 티아루아의 만남과 사랑, 결혼과 오해, 깊은 슬픔과 아낌없는 사랑, 그리고 3천 년 동안의 그리움과 변함없는 사랑의 역사를 한 편의 영화처럼 볼 수 있었다. 이어 푸른 머리카락의 잘생긴 청년과 황금색 머리카락을 가진 아름다운 처녀가 서로 껴안고 환하게 웃는 환상을 보았다.

아사의 믿음의 실 목걸이가 터져 푸른 공간에 은색의 빛 가루로 피어났고, 청록색 구슬이 터지며 그 속에서 곰을 닮은 작고 귀여운 생물이 튀어나와 아사의 품으로 달려들었다.

아이들은 마치 팝콘 기계 속의 팝콘처럼 그 공간에서 튕겨 나와 빠져들 듯 푸른 하늘 속으로 던져졌다. 그리고 아찔한 현기증에 눈을 감기 직전, 아사는 펄럭이는 황금색 날개들을 보았다.

❋ ❋ ❋

미수는 파인 수장의 편지를 아란 마을의 수장에게 전했다. 그러곤 한 장의 추천서와 수니 부모의 청원서를 갈무리한 후 수니를 데리고 타란 자치구역으로 돌아왔다. 그런데 어쩐지 마을 쪽이 어수선했다.

‘이상하군. 티아루아 수호목에 제를 지내는 시각은 아직 남았는데.’

미수는 수니의 손목을 잡은 채 쏜살같이 마을로 날아갔다. 그리고 마을 입구에서 어디론가 가려던 세 번째 집의 주인인 바이런 아저씨와 마주쳤다.

“미수야, 큰일 났다! 네가 책임지던 애들과 여덟 번째 집과 열일곱 번째 집의 아이들이 사라졌어!”

“그게 도대체 무슨 소리입니까?”

미수의 말이 채 끝나기도 전에 수니가 그의 팔을 잡으며 속삭였다.

“미수야, 지금 당장 타란산의 정상으로 가야 해.”

미수는 바이런 아저씨에게 고개를 숙여 보이곤 타란산 쪽을 향해 날아올랐다.

“아사와 한이 수아와 세현을 데리고 타란산으로 구채초를 캐러 갔는데 아직 돌아오지 않았대. 그래서 마을 어른들이 타란산 일대를 비롯하여 자치구역 전체를 뒤지고 있나 봐.”

수니가 바이런 아저씨의 생각을 받아들여 알게 된 사실을 듣게 된 미수의 날갯짓이 더욱 빨라졌다.

타란산 일대는 물론 하이포누에 호수 주변에도 아이들을 찾는 요정들이 쫙 깔려있었다. 그러나 어디에서도 찾았다는 말을 듣지 못한 가운데 두 아이는 타란산 정상에 내려앉아 날개를 접었다.

아이들이 사라졌다는 정상은 이미 어른들이 샅샅이 뒤진 듯 강한 날갯짓에 꺾인 나뭇가지들과 발자국 등으로 어수선했다.

미수는 ‘책임지는 자’의 계약의 힘을 풀어 아사와 한의 흔적을 찾았다. 그리고 아이들이 사라지기 전 이곳에 있었으며, 산 아래로 내려간 흔적이 없다는 것도 알아냈다.

‘하늘로 사라질 가능성은 거의 없으니 결론은 하나……’

미수는 주변의 땅을 샅샅이 뒤졌다. 그러나 지표면이 평평한데다 경사도 낮아서 위험해 보이는 곳은 없었다. 유일하게 의심이 갈 만한 곳은 짐승이 드나든 것으로 보이는, 바위 밑에 난 구멍이지만 아이들이 빠지기에는 구멍의 크기가 너무 작았다.

결국 미수는 금지된 힘을 쓰기로 마음먹고 수니에게 추천서와 청원서를 건네주며 먼저 내려가라고 일렀다. 수니가 어두운 표정으로 고개를 끄덕이곤 마을로 내려가는 것을 보며, 미수는 하늘을 향해 수직으로 날아올랐다. 그리고 산과 호수는 물론 마을 전체가 한눈에 보일 만큼 높은 위치에서 날갯짓을 멈추었다.

미수의 이마에서 터져 나온 환한 빛이 아래쪽으로 넓게 퍼져나갔다. 왕족의 힘인 '시'의 기운을 푼 것이다. 그 힘은 아직 미성체인 미수가 쓰기에는 위험했지만 가장 정확하게 아이들을 찾을 수 있는 방법이기도 했다. 그런데도 불구하고 미수는 아무런 흔적도 찾지 못했다.

'미치겠네. 도대체 어디로 간 거야?'

미수는 다시 지상으로 곤두박질치듯 내려와 가쁜 숨을 고른 후, 어른 요정들이 모여 있는 마을의 구역 회관으로 날아갔다. 곧 임시 회의가 열렸고, 마을 요정들은 모두 세 편으로 나누어 일을 해결하기로 결정했다.

그래서 한 편은 마을의 요정 아이들을 돌보고, 한 편은 제를 지내고 손님 맞을 준비를 하며, 나머지 한 편은 계속 아이들을 찾아보기로 했다.

해가 서녁 하늘에 가까워졌을 때, 마을 요정들은 아이들을 찾지 못했다는 무거운 마음을 안은 채 손님을 맞고 제를 지낼 준비를 마쳤다.

　오늘 오실 손님은 요정 왕궁의『6궁을 지키는 자』마륜, 제1장로인『지혜의 눈』헬파와 그분의『수호하는 검』귀혼이다. 이들 중 헬파는 바로 미수의 증조할아버지로 누구보다 미수를 귀여워하는 분이기도 했다.

　지금까지 미수는 파인 수장과 함께 항상 그분의 마중을 나갔었다. 그러나 오늘은 그러지 못했다. '책임지는 자'의 임무를 다하지 못했다는 자책감에 가슴이 터질 것 같았던 것이다.

　미수는 어른들이 말리는 것도 불구하고 다시 하늘 높이 날아올랐다. 그리고 온 힘을 끌어모아 다시 한 번 '시'의 힘을 펼쳤다. 이는 혹여 자신이 잘못되더라도 증조할아버지가 어떻게 해 주실 거라고 믿었던 것도 있었다.

　미수는 지친 날개에 애써 힘을 주며 아래를 살피다 이상한 것을 보았다. 티아루아 수호목의 잎사귀들이 마치 강한 바람에 휩쓸리기라도 한 듯 나무 꼭대기에서부터 떨어지고 있었던 것이다.

　그것들은 지는 햇살에 눈 부신 황금빛을 쏘아내며 하이포누에 호수의 수면으로 넓게 퍼져 나갔다. 그리고 무성한 수호목이 앙상한 가지만 남고 호수의 수면이 나뭇잎으로 뒤덮여 황금색으로 보일 때까지 계속되었다.

　그때서야 마을 요정들이 호숫가로 몰려드는 가운데, 두 번째 변화가 일어났다. 수호목의 나뭇가지들이 조각조각 꺾여 바람을 타고 나아가더니 호숫가 주변에 빙 둘러 꽂힌 것이다. 그것들은 묘목을 심어 만든 울타리처럼 보였다.

　수호목의 변화도 계속 이루어졌다. 하얀 뿌리가 갈색으로 물들었다. 이어 거대한 나무 둥치가 위에서부터 아래로 급속도로 말라 부서지기 시작했다. 그렇게 생긴 나무 부스러기들은 울타리처럼 둘러진 나뭇가지 아래를 덮으며 기다란 갈색 띠를 만들었다. 마을 요정들은 이게 무슨 일인가 싶어 서로 얼굴을 마주 보며 숙덕거렸다.

티아루아 수호목이 완전히 사라졌을 때 하이포누에 호수에 또다시 변화가 일어났다. 수면 위에 떠 있던 황금색 나뭇잎들이 마치 살아 있는 것처럼 움직여 하나의 조각 그림을 만들었던 것이다. 그것은 높은 허공 위에 떠 있던 미수의 눈에 가장 선명하게 보였는데, 바로 마주 보고 있는 남자와 여자의 얼굴 모습이었다.

'설마 티아루아와 하이폰?'

미수가 놀란 눈으로 그것을 내려다보았다.

곧 호수의 물이 부글부글 끓어오르며 잎사귀들과 섞이기 시작했다. 황금색 나뭇잎들이 점차 초록색으로 물들고, 이에 맞추어 호수의 물이 빠른 속도로 푸른빛을 잃어 투명해졌을 때, 초록색으로 변한 잎사귀들이 일제히 날아올라 호숫가에 울타리처럼 꽂혀 있는 나뭇가지에 달라붙었다.

그러자 나뭇가지에서 새하얀 실뿌리가 나와 땅속으로 파고들었고, 가지 끝에서 연둣빛 새순이 돋아났다. 넓은 호숫가는 순식간에 티아루아의 어린 묘목들이 뿜어내는 생기로 가득 찼다.

그때 호수의 중앙에서 푸른빛기둥과 황금색의 빛기둥이 하늘로 치솟았다. 그것은 하나로 합쳐지며 강력한 회오리바람으로 변했고, 곧 까마득한 하늘 끝으로 사라져 갔다.

그 순간 미수는 회오리바람의 끝에서 용족 하이폰과 타란족의 처녀 티아루아가 서로 껴안고 행복하게 웃는 것을 보았다.

"아이들이다!"

마을 요정들 중 누군가가 외치며 호수의 중앙을 가리켰다. 회오리가 사라진 바로 그 자리에 물의 요정 워러미아들이 만든 거대한 물

구슬이 떠 있었는데, 그 속에 아이들이 있었다.

그것이 터지는 순간, 세현의 아버지와 수아의 어머니가 단숨에 날아가 아이들을 품에 안았다. 그리고 타란의『대신하는 자』헤이진이 한을 잡았다.

그러나 아사에게 손을 뻗었던 미수만 유일하게 황당한 일을 겪었다. 아사를 받으려는 순간 아사의 품에서 튀어나온 청록색 털을 가진 어린 짐승이 그의 팔을 사정없이 할퀴었던 것이다. 그 바람에 물속으로 처박힐 뻔했던 아사는 다행히 세현의 아버지와 수아의 어머니에 의해 구함을 받았다.

한을 구한 헤이진이 짐승의 모습을 보며 감탄사를 터뜨렸다.

"도레스의 새끼입니다. 태어나자마자 주인을 보호하려 하다니 자질이 뛰어난 놈이군요."

"게다가 하룻강아지 범 무서운 줄 모르는 놈이기도 하고요."

피가 뚝뚝 떨어지는 팔을 감싼 미수의 싸늘한 대꾸에 헤이진은 흠칫했다. 미수의 까만 눈동자가 깊고 어둡게 일렁이고 있었던 것이다.

'일 년 전 저런 눈을 한 미수 시 타란에 의해 고위 타락 요정이 박살 났었지.'

헤이진은 잠깐 도레스가 불쌍해졌다. 아니나 다를까, 미수가 단 한 번의 날갯짓으로 녀석의 앞으로 다가간다. 그러곤 날카로운 이빨과 빈톱을 드러내며 사납게 캬르릉거리는 짐승의 목 줄기를 우악스럽게 움켜쥔다. 녀석이 꺽꺽대며 미수의 팔뚝을 발톱으로 할퀴었지만 워낙 강하게 잡힌 듯 금세 힘을 잃고 파들거린다.

"나는 네 주인의 친구다. 고대의 영물 도레스의 새끼여, 나 미수 시 타란에게 복종하겠는가?"

고대의 영물 도레스의 자줏빛 눈동자에 두려움이 어린다. '끼잉'

항복을 뜻하는 짐승의 구슬픈 울음이 주둥이 사이로 터져 나오자 비로소 미수가 표정을 풀며 녀석을 놔준다. 그러자 어린 짐승이 풀죽은 울음과 함께 어린 주인이 있는 곳으로 달아났다.

"할아버님, 오셨습니까?"

미수가 하는 말에 일제히 고개를 돌린 마을 요정들은 그때서야 호숫가에 서 있는 파인 수장과 세 명의 귀한 손님들을 발견했다.

❋ ❋ ❋

"일어났어?"

아사는 귀에 익은 미수의 음성에 눈을 깜빡였다. 주변을 돌아보니 자신의 방이다. 몸을 일으키려 하는데 이상하게 힘이 들어가지 않는다.

"어라, 왜?"

"도레스의 알을 깨우느라 힘을 많이 써서 그래. 깨어나서도 한나절은 더 누워 있어야 한다고 지나 아주머니가 그랬어."

"아이들은?"

"무사해. 그나저나 사고를 몰고 다니는 애치곤 큰일을 했던데?"

"사고라니!"

아사는 발끈해서 미수를 노려보다 살짝 휘어지는 눈꼬리와 붉고 얇은 입술에 걸린 매혹적인 미소에 시선을 피했다.

'저 시키 일부러 저렇게 웃는 거야.'

아사는 입을 삐쭉 내밀었다. 그러자 미수가 집게손가락으로 튀어나온 아사의 입술을 꾹 누르며 말을 이었다.

"도레스의 새끼는 마륜 아저씨가 조련하고 있어. 그분은 어린 신수와 영물을 길들이는 재주가 있거든. 수아와 세현은 귀혼 아저씨와 같이 있어. 불과 물의 힘을 제대로 쓸 수 있도록 조절하는 연습 중이야. 한은 우리 증조할아버지랑 같이 있어. 뭔 말인지는 모르지만 ‘간달프 할아버지’라고 부르며 좋아 죽던데? 할아버지도 한의 총명함이 마음에 든다며 이것저것 가르치고 계셔.”

“혹시 그 할아버지 생김새가 어깨 아래까지 오는 흰머리에 하얀 수염을 늘어뜨리고 있지 않아?”

“맞아.”

아사는 킥 웃었다.

한이 가장 좋아하는 영화는 ‘반지의 제왕’이다. 그것이 바로 마법사 간달프 때문이라는 것을 아사는 알고 있었다. 한은 그를 얼마나 좋아하는지, 컴퓨터 게임의 캐릭터 이름은 물론 인터넷 사이트의 모든 아이디까지 ‘간달프’로 통일하고 있었다.

“왜 웃어?”

“그냥. 그나저나 티아루아 수호목의 제는 어떻게 된 거야?”

“나무가 사라졌는데 제는 무슨! 하이폰 님과 티아루아 님의 영혼은 천계로 승천했어. 덕분에『호수 지킴이』의 아이들이 물 밖으로 나오면 죽는 하늘의 벌도 사라졌고, 그들은 호숫가의 어린 나무들을 지키는 정령 요성들이 되었어.”

“그거 좋은 일인 거지‘?”

“물론이지. 호수의 아이들의 최고의 소원은 물 밖 세상을 보는 거야. 사실 저번 루하님과 여왕님이 살린 호수의 아이도 물 밖으로 나왔기에 그리된 거였거든. 그래서 그들은 모두 너와 네 동생에게 고마워해.”

아사는 미수의 설명을 듣다 뭔가 이상하다는 생각이 들어 고개를 갸웃거렸다.

"저기, 미수야. 나 도대체 얼마나 자고 있었던 거야?"

"참 빨리도 물어본다."

미수의 빈정거림이 끝나기도 전에 방으로 들어온 한이 대신 대답해 준다.

"이틀이야, 누나."

"에엑? 이, 이틀이나?"

"그래, 이 코알라 사촌 누나야."

"이게 누나에게…가 아니라, 어? 네 얼굴이……."

아사는 한의 뺨 중간에서부터 입술 바로 위까지의 흉한 피부가 깨끗해진 것을 보고 침대에서 벌떡 일어나 앉다가 '아이고' 하고 신음을 내뱉었다. 한이 그런 아사를 부축하자 미수가 얼른 그녀의 등 뒤에 쿠션을 받쳐 주었다.

"팔찌 좀 보여 줘."

한이 팔찌를 보인다. 보석 하나가 틀은 물론 알까지 붉게 변해 있었다.

"수아의 행복이야. 불의 기운을 완전히 찾으며 진심으로 울 수 있게 된 거지. 아마 누나도 변한 것이 있을걸?"

"진짜?"

아사는 얼른 소매를 걷고 손목에 찬 팔찌를 들여다보았다.

"에게? 변한 게 없……. 우와!"

아사는 파란 틀 안의 보석이 푸르게 반짝이고 있는 것에 환성을 질렀다.

"세현이 행복이야. 이번에 물의 기운을 찾으며 진심으로 웃을 수 있게 된 거야."

아사는 금색 고리를 풀어 한의 은색 고리에 연결했다. 파란 보석의 힘이 흘러들어 가며 한의 입술 끝에서부터 아래를 지나 턱까지 이어진 흉한 피부가 사라지고 매끈한 피부가 드러났다. 이에 아사는 까르르 웃으며 한의 목을 껴안았다.

그때 미수가 픽 웃으며 한 번의 변화가 더 일어나고 있다고 알려주었다.

아사는 세 번째 보석과 틀이 모두 초록색으로 변하는 것과 동시에 티아루아 님의 행복을 느꼈다. 그리고 또 한 번의 팔찌의 연결이 이루어졌고, 한의 턱에서 목덜미까지의 피부가 깨끗하게 변했다.

아사는 한의 말끔하고 잘생긴 얼굴을 멍하니 바라보다 결국 대성통곡을 터뜨렸다. 한은 진땀을 빼며 누나 아사를 달랬다.

"누나, 이제 그만 하자. 나 콧물탕도 찝찝하고 눈물탕에 빠져 죽기도 싫어."

"뭐야? 이게 누님의 약수탕을 뭐로 보고!"

아사가 빽 소리를 지른 것도 잠시, 곧 헤실헤실 웃으며 한의 얼굴을 잡고 이리저리 돌리며 종알댄다.

"우와, 우리 한이 완전 꽃미남이네. 어떡하냐? 우리 한의 미모에 반해 찝쩍이는 계집애들이 먼저 가져가면 안 되는데?"

"그게 뭔데?"

"뭐긴! 우리 한의 *순결*……."

아사가 한을 끌어당기며 입술을 쑥 내밀었다. 바로 그때 문이 열리는 소리에 이어 쪽, 소리가 났다. 잠시 숨 막힐 듯한 침묵이 흘렀고, 동시에 세 아이의 비명이 터져 나왔다.

문 앞에 선 금발에 짙푸른 눈동자를 가진 여자아이가, 금발에 금색 눈동자를 가진 인형 같은 여자아이에게 묻는다.

“수니 언니, 저게 뭐야?”

“보면 몰라? 계단식 접촉 사고야.”

“그게 뭔데?”

“자, 자! 이 언니가 설명해 줄게. 인간 여자애가 인간 남자애의 입술에 뽀뽀하려고 했어. 인간 남자애가 고개를 뒤로 빼고 그 사이로 미수의 얼굴을 집어넣었어. 그때 인간 여자애의 입술이 미수의 뺨에 닿았어.”

“근데 왜 사고야?”

“뽀뽀는 아무에게나 하는 게 아니거든.”

“아하, 그럼 아사 언니랑 미수 오빠는 아무나가 아니구나.”

미수가 아무 말 없이 방을 나갔다. 아사는 한에게 꿀밤을 먹였으며, 한은 울상을 지었다. 수니는 키득키득 웃었고, 수아는 고개를 갸웃거렸다.

그리고 워낙 건강한 아사는 한나절은커녕 두어 시간이 지난 후 팔팔해져 요정 왕궁에서 온 손님들과 만났다.

아사는 미수의 증조할아버지인 헬파 님을 처음 본 순간, 무례임을 알면서도 그만 까르르 웃고 말았다. 얼굴만 요정답게 잘생기셨을 뿐, 나머지는 마법사 간달프와 한 틀에서 찍어 낸 황금잉어 빵 같이 닮았던 것이다.

붙임성 있는 아사는 곧 그분과 가까워졌고, ‘헬파 할아버지’라고 불러도 좋다는 허락을 받았다. 그리고 이런 말 저런 말을 나누다 그분의 연세가 칠백여든세 살이라는 말에 뒤로 넘어갈 뻔했다.

아사는 헬파 할아버지의 『수호하는 검』인 귀혼 아저씨와도 친해졌다. 그분은 수한 아저씨와 비슷한 나이의 짧은 회색 머리카락이 어울리는 요정으로, 요정계의 『수호하는 검』 중 서열 4위의 실력자라고 했다. 또한 다루지 못하는 무기가 없다고 미수가 귀띔해 주었다.

『6궁을 지키는 자』 마륜은 짧은 은발에 갈색 눈을 가진 호리호리한 체구의 요정으로, 약해 보이는 모습과 달리 검의 달인이자 동물을 다루는 힘이 뛰어나다고 했다. 그는 도레스의 새끼에 대해 깊은 관심을 보여 아사의 곁에 머물렀는데, 아사는 그런 그가 싫지 않았다. 왜냐하면 머리색만 다를 뿐, 용모나 성품이 양아버지와 많이 닮았기 때문이다. 그 사실은 한도 인정했다. 그래서 남매는 마륜 아저씨와 많은 이야기를 나누었고, 요정 왕궁에 대해서도 알게 되었다.

요정 왕궁은 크게 2주궁과 6궁과 6성으로 나뉜다고 했다. 2주궁은 여왕이 사는 세르미오네스궁과 여왕의 반려가 머무는 루하궁이다. 그리고 『6궁을 지키는 자』 마륜이 책임지는 6궁(수정궁, 상아궁, 진주궁, 홍옥궁, 산호궁, 청옥궁)은 주로 무와 기예를 맡는 역할을 하는 요정들이 머물고, 『6성을 지키는 자』 루에트가 맡은 6성(가넷성, 오팔성, 토파즈성, 문스톤성, 스피넬성, 지르콘성)은 문과 예술 쪽을 맡은 요정들이 머문다고 했다.

아사는 지나 아주머니가 미수의 상처를 봐야 한다는 말에 뒤늦게 그의 팔에 감겨 있는 붕대를 보았다. 언제 어떻게 다쳤느냐고 물으니 못된 짐승에게 긁힌 자국이라며 도레스의 새끼를 노려보았다. 아사는 녀석이 낑낑대며 자신의 발치 뒤로 숨는 것에, 미수의 말이 사실이라는 것을 알고 괜히 미안해져서 그의 눈치를 살폈다. 그러자 미수의 상처를 치료한 지나 아주머니가 며칠 뒤면 깨끗하게 나을 테니 걱정 말라고 한다.

아사는 마륜 아저씨의 조언에 따라 영물 도레스 새끼의 주인 자격으로 이름을 지어 주기로 했다. 무엇으로 지을까 하다가 털색이 파란 데다 발톱만 숨기고 있으면 영락없이 귀여운 아기 곰의 모습을 하고 있다는 것에 대해 생각이 미쳤다.

"곰아지, 어때?"

아사의 말에 한이 어이없다는 표정을 지으며 물었다.

"그럼, 애완용 개구리를 키우면 '개아지'라고 지을 거야?"

"응!"

아사가 힘차게 고개를 끄덕인다.

'아직도 치킨 한 마리의 원한을 잊지 못하고 있는 모양이네. 쪼잔한 누나 같으니!'

한은 깊은 한숨을 쉬었다.

그때 도레스의 새끼가 한을 보며 낑낑거렸다. 한은 그런 녀석을 힐끗 보곤 마지못해 입을 열었다.

"우리나라에 돌아가면 내가 치킨 두 마리 쏠게."

"정말이지? 간장 양념 치킨이야, 그것도 두 마리!"

"오냐, 이 먹보 누나야."

아사는 한의 퉁명스러운 말에도 개의치 않고 배시시 웃었다. 결국 한의 간장 양념 치킨 두 마리 힘으로, '곰아지'가 될 뻔했던 요정계의 영물은 극히 평범하고 보편적인 '곰돌이'라는 이름을 갖게 되었다.

수니는 아란족 수장의 추천서와 그녀의 부모의 청원서가 받아들여서 정식으로 타란 마을에 머물게 되었다. 마을 요정들은 어린 요정의 불균형을 맞추어 주는 물건을 대가로 받고 아사의 집 옆에 새 우물을 파고 새집을 지어 주었다. 그렇게 해서 수니는 타란 자치구역의 스물두 번째 집의 주인이 되었다.

이번에 물의 힘을 얻으며 각성한 세현은 수아만큼 크게 자라 비로소 둘은 친구처럼 보였다. 그런데도 마을 어른들은 그들이 같이 있는 것을 원하지 않았다. 이는 둘의 힘이 물과 불로 극성(서로 반대가 되는 다른 성질)이라 그 힘을 완전하게 다루기 전까지는 서로 위험해질 수 있다는 이유에서였다.

아사가 놀랐던 것은 아직 어린아이들인데도 불구하고 어른들이 그 애들의 생각을 존중했다는 것이다. 둘이 같이 있으면 좋은 점과 나쁜 점을 조목조목 말해 주고, 마지막 판단은 아이들 스스로 내리게 한 것이다.

모두의 예상을 깨고 먼저 결정을 내린 아이는 놀랍게도 세현이었다. 세현은 극성인 두 힘이라도 수련을 통해 조절하는 힘을 기르면 오히려 서로를 돕는 힘이 될 수 있다는 점을 받아들였다. 그리고 그 힘을 기르기 위해 자신이 마을을 떠나겠다고 말했다.

다음 날 아침, 세현은 부모와 함께 왕궁 근처에 있는 수련자들의 구역으로 떠났다. 그리고 아사는 종일 서럽게 우는 수아의 곁에 같이 있어 주었다.

키에티와 암흑요정

"헉! 저, 저게 뭐야?"

아사는 넋을 잃고 하늘을 바라보았다. 그곳에는 두 개의 달이 떠 있었다.

동쪽 하늘에 있는 푸른 달이야 항상 보았던 것이니 새삼스럽게 놀랄 건 없었다. 그러나 서쪽 하늘에서 막 떠오른 또 하나의 붉은 달은 이곳에 와서 처음 보는 것이다.

아사가 진짜 황당했던 것은 두 개의 달빛이 합쳐진 순간 온 세상이 연보랏빛으로 변했다는 것이다.

한도 놀랐던지 하늘을 향해 양 손바닥을 흔들었다. 그럴 때마다 한의 손가락 사이로 달빛이 신비롭게 일렁였다.

그 모습을 본 수니가 방실 웃으며 설명했다.

"아, 너희들은 처음 보겠구나. 우리 세계에서는 달이 두 개야. 일 년 내내 보이는 푸른 달과 달리, 붉은 달은 휴이의 계절 르베의 달

중반부터 세르의 계절 주에의 달 중반(5월 15일부터 10월 15일)까지만 보여. 그리고 두 달빛이 섞이면서 이렇게 연보랏빛을 띠게 돼.”

아사는 새삼 이곳이 지구가 아니라는 사실을 깨닫고 시무룩한 얼굴로 한을 돌아보았다.

“한아, 우리가 이곳에 온 지 얼마나 되었니?”

“한 달하고도 여드레.”

아사는 그만 눈물이 날 것 같아 고개를 푹 숙였다.

한은 향수병이 도져 버린 누나를 보며 어쩔 줄을 몰라 했다. 그러자 그때까지 팔짱을 끼고 지켜보고만 있던 미수가 성큼성큼 걸어와 아사의 등을 툭 쳤다.

수니는 한에게 나가자는 눈짓을 했다. 그리고 한이 망설이자 고사리손에 어울리지 않은 강한 힘으로 손목을 잡아끌었기에 한은 더 이상 저항하지 못하고 끌려갔다.

“아, 왜?”

“머리만 좋으면 다냐? 가끔은 가슴으로 부딪혀야 하는 일도 있어.”

“내가 지금 잘못하고 있다는 거야?”

“그래. 네가 위로해 봤자 울기만 할 뿐이라고. 너도 같은 처지니까 너를 보면 더 속상할 거라는 거 생각 안 해?”

“이!”

한이 아무 말도 하지 못하자 수니가 슬쩍 말을 돌렸다.

“하니(한의 애칭), 미수가 네 누나를 다 달랠 때까지 나랑 같이 놀자.”

“싫어. 들어가서 책이나 읽을래.”

“나, 너랑 놀고 싶어.”

한은 소맷자라을 잡고 매달리는 수니의 정수리를 내려다보며 난처한 표정을 지었다.

"난 항상 혼자 놀았어. 너도 알잖아, 내가 너랑 아사 외엔 누구와도 마음 편하게 놀 수 없다는 거. 그러니까 딱 한 번만 놀아 주라. 오늘 밤만 놀아주면 귀찮게 안 할게, 응? 흑!"

"뭐, 뭐야? 너 우는 거야?"

한은 수니의 커다란 금색 눈동자에 그렁그렁 맺힌 눈물을 보자 마음이 약해졌다. 그러고 보니 다른 요정들의 속마음이나 생각이 머릿속으로 흘러들어와 항상 왕따였다고 들었다.

한은 자신의 허리께를 살짝 넘긴 수니의 작고 여린 체구를 내려다보다 마지못해 고개를 끄덕였다.

"뭐 하고 놀 건데?"

"달 두 개가 처음 뜨는 밤엔 여들천이 있는 숲에서 여러 가지 신비로운 일이 일어난대. 알고 싶지 않아?"

"별로… 가 아니라, 그래! 알고 싶다."

한이 서둘러 말을 바꾸자 수니가 눈물 어린 눈으로 활짝 웃으며 한의 손을 잡았다. 한은 그런 수니의 작고 통통한 손가락에서 전해지는 온기에 마음이 너그러워졌다.

'잠깐은 괜찮겠지?'

잠시 후, 두 아이는 여들천 근처의 꽃의 정원에 다다랐다. 그곳엔 작고 귀여운 동물들은 물론, 가지각색의 들꽃들이 자기만의 색깔과 향기를 뽐내고 있었다.

"지난번, 세현이 '통키통키'라고 불렀던 짐승이 있었지? 그거, 오늘 밤 여기 나타날 확률이 높아."

"저렇게 많은 동물들이 있는데 어떤 건지 알 수 있어?"

“알아.”

“너 혹시 세현의 기억을 읽은 거야?”

“아냐! 읽은 게 아니라 그냥 들어온다고…….”

“아, 미안.”

수니는 화를 내려다 한의 진심 어린 사과에 배시시 웃었다. 그리고 이 인간 소년 옆에서만은 자신의 힘 때문에 긴장하거나 두려워하지 않아도 된다는 것에 기분이 좋아졌다.

한은 계속 방실거리는 수니의 통통한 복숭앗빛 뺨이 눈에 밟혀 자신도 모르게 손을 내밀어 꼬집고 말았다.

“머어응거어(뭐하는 거야)?”

“너, 볼이 애기 같아.”

“애기라니! 나 너보다 세 살이나 많거든.”

“설이 지났으니 이젠 두 살 차이야. 그리고 너, 그런 유치원 꼬맹이 모습으로 나에게 협박해 봤자 소용없어, 애기야.”

수니는 한의 놀리는 말에 자신의 키와 몸, 조막만 한 손을 둘러보았다. 그리고 변명할 거리가 없다는 것에 씩씩거리다 야멸치게 쏘아붙였다.

“너, 너! 재수 없어.”

“일아, 추악힌 얼굴에 맞지 않은 좋은 머리 덕분에 흔히 들었던 소리니까.”

“에? 한아, 저기…….”

“괜찮아. 얼굴이 흉한 것보다 마음이 흉한 게 더 흉하다고 했거든.”

“누가?”

“강정민 씨, 바로 우리 양아버지야.”

한은 자신의 눈치를 슬슬 보는 수니의 머리카락을 쓱쓱 쓰다듬어 주었다. 그러자 수니가 한을 올려다보며 머뭇머뭇 입을 열었다.

"한아, 우리는 아무렇지도 않았어. 진짜야."

"알아. 누구나 아름다운 곳에서 아름다움은 평범한 것이 될 테니까. 지금은 뭐, 나도 그런대로 봐줄 만해졌고."

"칫! 자칭 봐줄 만하대."

"너, 우리 누나가 얼마나 눈이 높은 줄 알아? 그런 누나가 인정한 얼굴이라고."

"하긴 네 누나는 보는 요정마다 넋을 잃는 루하님과도 농담 따먹기 하는 애니까. 그래, 인심 썼다. 네 누나 눈 높다는 거 인정해 줄게. 사실은 무딘 거겠지만……. 오호호호!"

한은 수니의 마지막 말에 담긴 누나에 대한 괘씸죄를 물어 그녀의 통통한 볼을 한 번 더 꼬집어 주었다. 수니가 뭐라고 하려다 갑자기 입가에 손가락을 갖다 댄다.

"쉿! 나타났어."

수니와 한이 잽싸게 풀 속으로 몸을 숨기자마자 작은 동물이 모습을 드러냈다. 그것은 온몸에 하얀 털이 촘촘히 나 있는 인간과 원숭이를 반쯤 닮은 동물로, 암갈색의 커다란 눈동자와 조그만 입을 가졌다. 게다가 입꼬리가 살짝 올라가 있어서 유난히 큰 앞니 두 개가 우스꽝스럽게 보였다.

"동물계 요정족으로 '키에티'라고 불러. 행복한 기운을 뿜어내고 불행한 기운을 먹어치운대."

수니가 조그맣게 속삭였다.

"저걸 키우면 행복해지기라도 한다는 거야?"

"응. 하지만 저 녀석이 있다는 것은 이 근처 어딘가에 아주 불행한 뭔가가 있을 수도 있어. 그걸 먹기 위해 나타났을 수도 있으니까. 이는 네 팔찌의 보석을 하나 더 채우는 실마리가 될지도 모른다는 거야.”

한은 짐짓 눈동자를 깜빡이는 수니를 외면하며 팔찌를 내려다보았다. 벌써 세 개를 채운 누나에 비해 자신의 것은 겨우 한 개하고 반에 불과하다.

“에? 움직인다. 어떡할 거야?”

“따라 가자.”

한은 수니의 손목을 잡아끌었다.

키에티는 두 아이가 뒤따르고 있음을 눈치채지 못한 듯 강중거리며 뛰어가다 곧 자그마한 동굴로 모습을 감추었다.

한과 수니는 마주 보다 고개를 끄덕였다. 수니가 손바닥 위에 빛을 모아 동굴을 비추었다.

입구는 작고 좁았다. 그래서 처음에는 기다시피 했지만 점점 커지고 넓어져서 두 아이는 곧 어깨를 펴고 걸을 수 있었다. 다행히 갈래 길도 없어서 앞서 가는 키에티도 쉽게 따라잡았다.

녀석은 자그마한 체구와 달리 힘이 좋아 꽤 오랜 시간이 흘렀는데도 멈추거나 쉴 생각을 하지 않았다. 뒤늦게야 둘은 아차 했지만 돌아가기엔 너무 멀리 온 데다 되돌아가기도 아까워서 조금 더 따라가 보기로 했다.

얼마나 그렇게 더 따라갔을까? 결국 수니는 더 이상 가지 못하고 그 자리에 주저앉았다. 그러자 한이 등을 내밀었고, 수니는 사양치 않고 업혔다. 그리고 한이 땀을 뻘뻘 흘리며 녀석의 뒤를 따르는 동안 손바닥 위의 불빛이 꺼지지 않게 온 신경을 기울였다.

드디어 넓은 장소에 도착한 키에티가 뭔가를 찾는 것을 보며 한은 수니를 내려놓았다. 그리고 수니가 내미는 손수건으로 이마의 땀을 닦았다.

그때 울음소리 같기도 하고 하소연하는 소리 같기도 한 이상한 소리가 들렸다. 그러자 키에티가 작고 뾰족한 귀를 바싹 세우더니 움푹 들어간 벽 쪽으로 강중강중 뛰어간다. 한과 수니는 그 뒤를 따랐고, 곧 나뭇잎을 긁어모은 허름한 보금자리에 웅크리고 있는 작은 존재를 보았다.

두 아이가 낸 발자국 소리에 웅크리고 있던 존재가 고개를 들었을 때, 두 아이는 누가 먼저랄 것도 없이 비명과 함께 뒤로 물러섰다.

그곳에 있는 생물은 요정계에서 가장 흔한 초록색 머리카락과 밤색 눈동자를 가졌는데, 몸통과 팔다리는 삐쩍 말라 마치 장작개비 같았다. 그러나 아이들을 놀라게 한 것은 따로 있었다.

그 생물은 머리 위에 한쪽 다리가 붙어 있고 엉덩이 가운데에 한 다리가 뻗어 있었다. 팔 하나는 등 뒤에, 나머지 하나는 옆구리에 달려 있으며 손은 기형적으로 꺾여 뒤집어져 있었다. 또한 머리카락도 어깨에서부터 자라나 있고 얼굴과 몸통이 나란히 붙어 있으며 목은 생뚱맞게 허리 아래에 붙어 있다.

그것은 마치 꼭두각시 인형을 해체해서 접착제로 아무렇게나 붙여버린 것 같았다. 그런 생물의 모습에서 유일하게 제대로 된 것은 얼굴이었는데, 둘을 보는 크고 맑은 밤색 눈동자에는 두려움이 가득했다.

갑자기 수니가 혀를 찼다. 한은 뒤죽박죽인 생물의 마음이 수니에게 흘러들었다는 것을 알았다.

수니가 몇 걸음 다가서자, 그 생물의 곁에 오도카니 앉아 있던 키에티가 화들짝 놀라며 도망가 버린다.

그러자 지금까지 오들오들 떨고 있던 생물이 분노와 미움을 그대로 드러내며 높은 소리로 울부짖었다. 말간 밤색 눈동자가 순식간에 붉은색으로 물들고, 입에서는 날카로운 이빨이 돋았다.

"암흑요정의 기운?"

수니의 외침에 그것이 외다리로 발딱 일어섰고, 온몸에서 날카로운 철침들이 쏟아져 나왔다.

한은 눈앞을 가릴 만큼 많은 철침의 공격에 어찌할 바를 모르고 허둥거렸다. 그러자 수니가 한의 앞을 막아서며 여유 있게 불의 막을 펼쳤다. 철침들이 그것에 막혀 우수수 떨어지더니 마치 용광로에 넣은 쇠처럼 녹아 땅속으로 스며들었다.

"이게 감히 누구에게!"

수니가 짜랑짜랑한 목소리로 외치며 그 생물을 노려보았다. 한은 얼음 인형같이 차갑게 굳은 수니의 얼굴이 낯설어서 잠시 아무 말도 하지 못했다.

수니가 앙증맞을 만큼 작은 손을 쳐들자 강한 불의 기운이 뿜어져 나와 그 생물을 덮쳤다. 그러자 그것이 비명을 지르며 털썩 쓰러졌다.

"설마 죽인 거야?"

"아니, 잠들게 했어."

한의 조심스러운 물음에 수니가 언제 그랬느냐는 듯 방실 웃으며 대꾸했다.

"왜 갑자기 우리를 공격한 거야?"

"우리가 와서 친구인 기에티가 가 버렸다고 생각해. 그래서 화가 났고."

한은 나뭇잎 위에 널브러져 있는 생물을 살펴보았다. 그러나 그것이 무엇인지 알 수 없었다.

"도대체 저 생물은 뭐야?"

"자생 요정이야. 그런데 오랜 세월 동안 원망과 분노가 쌓여서 암흑요정이 되고 있는 중이야.”

한은 자생 요정이라는 말에 탄성을 질렀다. 미수에게 들었던 말이 떠올랐기 때문이다.

요정 알은 태어나자마자 탄생의 숲으로 보내진다. 그곳에서 자신에게 알맞은 탄생수의 요람에 깃들게 되고, 테오토라의 보살핌을 받으며 50년을 보내게 된다. 그 기간 동안 테오토라와 마음을 주고받으며 알 속에 숨어 있는 정보를 읽어 요정의 몸을 갖추게 된다.

그런데 극히 드물게 태어나자마자 부모가 잘못되거나 그들의 힘이 사라져 탄생의 숲으로 가지 못하는 요정 알이 생기기도 한다. 그럴 땐 본능적으로 탄생수와 가장 가까운 기운을 가진 생명체나 장소를 찾아 깃들게 되는데, 이런 알에서 태어나는 요정을 자생 요정이라고 한다.

자생 요정은 테오토라의 보살핌을 받지 못하기에 50년이 되기 전에 다른 존재에게 먹히거나 죽는 경우가 많아 아기 요정으로 태어나는 확률이 아주 적다고 했다. 설령 50년을 버티고 살아남아 아기 요정으로 깨어난다 해도 몸을 어떻게 만들어야 하는지 모르기에 제멋대로 조합해 버리는 경우가 많다고 했다. 바로 저 요정처럼 말이다. 그땐 그 말을 이해하기 힘들었는데 직접 보니 생각보다 훨씬 더 끔찍했다.

그러나 한은 다른 면에서 더 큰 궁금증을 느끼고 있었다.

“이곳은 탄생수와 가까운 기운이 없는데 어떻게 자생 요정이 있는 거야?”

“바보! 여들천 덕이지. 여들천은 생명의 힘을 품고 있는 성스러운 샘물이거든.”

“그래도 이상해.”

"뭐가?"

한은 수니의 말간 금색 눈동자를 들여다보며 궁금증을 털어놓았다.

"저 요정의 몸은 비록 뒤죽박죽으로 조합되어 있지만 부분체들은 어른의 몸에 가깝고 형태도 완벽해. 그렇다는 것은 태어난 지 꽤 오래되었다는 거야. 그런데 왜 여기를 벗어나려 하지 않았을까? 테오토라에게 정보를 받지 못해 자신의 모습이 이상하다는 것을 몰랐을 테니 답답해서라도 나가고 싶었을 텐데 그런 흔적도 없잖아. 아니, 거의 몸을 움직이지도 않은 것 같아."

"어라? 생각해 보니 그러네. 게다가 저 몸의 자람으로 보아 우리 세대보다 더 앞서 태어난 세대, 즉 『영혼의 별』의 축복을 받지 못한 세대야. 게다가 부분체가 온전하다는 것은 꽤 강한 부모를 두었다는 거고. 그러니까 부모가 잘못되거나 죽었다는 것도 이해가 가지 않아. 또한 암흑요정이 될 만큼 원망과 증오가 컸다는 건데 진작 미치지 않은 것도 이상해. 설마 미칠 만하면 키에티가 찾아온 것도 아닐 텐데……."

"수니, 네 말이 정답이라면?"

"뭐가? 저 애의 부모가 강할 거라는 것? 아님 미칠 만하면 키에티가 찾아왔다는 것?"

"뒤의 것. 이유는 모르겠지만 키에티가 규칙적으로 찾아온 것은 맞는 것 같아."

"왜 그렇게 생각하는데'?"

한은 손가락으로 땅바닥을 가리켰다.

"여기 발자국들을 봐. 깊이와 크기, 보폭이 조금씩 커지고 있지? 그런데 발바닥의 옴폭 파인 곳에 있는 흉터가 똑같은 모양이야. 그건 한 녀석의 발자국이라는 것을 의미해."

"그것이 키에티이고?"

"그래. 물론 이는 저 요정이 제자리에서 거의 움직이지 않았기에 알 수 있는 사실이지만."

"그렇구나. 어쩐지 이상하다고 했어."

"뭐가?"

"지금 이 냄새……."

한은 코를 킁킁거렸지만 처음 들어오면서 맡았던 동굴 특유의 냄새 외엔 별다른 냄새를 맡지 못했다.

"잘 모르겠는데?"

"하긴 넌 잘 모르겠다. 사실 '루나' 술과 '초록 피의 샘' 냄새는 아무나 또는 아무 곳에서나 맡을 수 있는 냄새가 아니거든."

수니는 궁금해하는 한을 보며 배시시 웃었다.

"일단은 저 애를 깨워서 생각을 좀 더 알아봐야겠어. 어머? 겁먹지 마. 정신은 차리겠지만 몸은 움직이지 못할 거야."

수니의 웃음 섞인 말에 한은 얼굴을 붉혔다. 자생 요정이 덤벼들까 봐 겁이 났던 것은 사실이었기 때문이다.

수니의 불의 기운에 다시 눈을 뜬 자생 요정이 날카로운 이를 드러내고 으르렁거린다. 그러나 수니의 말대로 몸을 움직이지 못하고 분노 어린 붉은 눈동자로 노려보기만 한다.

수니가 자생 요정의 마음을 읽고 있는 동안 한은 조용히 기다렸다. 시간이 지남에 따라 자생 요정의 으르렁거림과 시근덕거리는 숨소리가 잦아든다.

한은 수니의 손짓에 가까이 다가갔다가 자생 요정이 잠들었다는 것을 알았다.

"뭐 좀 알아낸 거야?"

“응. 이 요정과 키에티는 서로 필요에 의해서 오랫동안 만나왔어. 키에티는 술, 자생 요정은 행복을 원했거든.”

“좀 더 자세히 이야기해 봐.”

“키에티는 술을 좋아해. 특히 루나 술이라면 사족을 못 써. 그런데 루나 술은 요정 왕궁에만 있는 루나레나의 수액을 남성 요정족의 혈청으로 발효시켜 만든 거라 구하기가 힘들어. 그런데 누군가 그 술을 일정한 기간에 한 병씩 이곳에 나타나게 해 두었어. 키에티는 그것을 마시러 오면서 이 요정의 불행한 기운을 안주 삼아 먹어 치운 거야.”

“일정한 기간이라고 한 이유가 있어?”

“응. 매년 두 개의 달이 뜨는 첫날, 키에티가 이곳에 오게끔 길들여놨어.”

한은 집게손가락으로 턱밑을 긁으며 고개를 갸웃거렸다.

“매년? 구체적으로 몇 년이나 될 것 같아?”

“글쎄, 10년 이상?”

“그렇다면 최소한 14년 이상이네.”

“어머, 왜?”

“너희들보다 앞세대라며? 게다가 키에티의 발자국 크기의 종류도 그 정도 되고.”

“우와! 너 똑똑히디!”

수니는 얼굴을 붉히는 한이 귀엽다고 생각하며 말을 이었다.

“혈청은 요정의 생명이나 같아. 그런데 요정족 중 누군가가 14년 이상이나 써 왔어. 그만큼 이 애가 소중하다는 거겠지. 또 초록 피의 샘 역시 아무나 만들 수 있는 게 아니야. 그래서 시험을 해보려고.”

“어떻게?”

한의 물음에 수니가 발딱 일어나 외친다.

"키에티! 나와! 네 술, 내가 다 마시기 전에!"

수니의 말이 채 끝나기도 전에 벽이 갈라지며 키에티가 튀어나왔다.

녀석이 맞은 편 벽을 두드려 술병을 꺼내려는 순간 수니가 먼저 그 것을 잽싸게 낚아챈다. 그러곤 술병을 빼앗으려 애를 쓰는 녀석을 피해 병뚜껑을 딴 후 손가락에 술을 묻힌 후에야 술병을 되돌려 주었다.

그러자 녀석이 최고의 선물이라도 받은 양 입을 짝 벌리며 웃더니 술병을 기울여 꿀꺽꿀꺽 마시기 시작했다. 그때마다 달콤하고 진한 술 향기가 퍼진다. 그 사이에 술이 묻은 손가락을 입에 넣어 맛을 본 수니가 딱 잘라 말했다.

"역시 고위 요정족의 혈청이야."

"차이가 있는 거야?"

"물론이지. 고위 요정족은 완벽한 알만 원해. 그런데 14년 동안 혈청을 뽑는 고통을 겪으면서 저 덜떨어진 자생 요정을 지켜 냈다? 자식에 대한 아버지의 사랑 한 번 끔찍하네. 아깝게도 저 요정은 그렇게 생각하고 있지 않는 것 같지만……."

그때 키에티가 자생 요정을 향해 강중강중 뛰어가더니 입을 짝 벌렸다. 그러자 놀랍게도 요정의 몸에서 검은 연기 같은 기운이 흘러나와 키에티의 입속으로 빨려 들어간다. 그 기운이 맑아질 때쯤 키에티가 '꺽' 하고 트림을 했다.

그 모습을 지켜보던 수니가 나뭇잎 하나를 주워 빙글빙글 돌리며 말을 이었다.

"이젠 초록 피의 샘물이 솟을 차례야. 초록 피의 샘물은 여들천과 여성 요정족의 혈청을 섞어 만든 물이야. 그것을 확인하면 어머니의 신분을 알 수 있어. 하지만 그것보다 더 중요한 것이 있는데 뭔지 알겠어? 참고로 말하면 살아가는 것과 관계있어."

수니의 장난스러운 말투에 한이 잠시 주변을 둘러보다 조심스럽게 입을 열었다.

"먹지 않아도 살아갈 수 있게 하는 힘?"

"헉! 어떻게 알았어?"

"그야 살아가는 것과 관계있는 것은 의식주잖아. 그런데 옷과 집은 아닌 것 같으니 당연히 먹을 것이고, 여기엔 먹을 만한 것이 없으니 그것과 관계된 것 같았어. 뭐야, 그 표정은?"

"아무래도 아까워. 너 내 것 해라."

"어린애 모습은 취미 없다, 꼬맹이. 내 사랑 지연 누나 정도는 되어야……."

"그 애가 누군데?"

한은 잔뜩 부어오른 수니의 얼굴에 아차 했다. 여기에 연예인이라는 개념이 없으니 어떻게 설명해야 할지 몰랐던 것이다. 게다가 수니의 저런 얼굴 뒤에는 밑도 끝도 없는 괴롭힘이 시작되기 일쑤다. 이에 한은 어쩔 줄 모르다 자생 요정이 웅크리고 있던 나뭇잎에서 일어나는 현상을 보고 얼른 말문을 돌렸다.

"저게 뭐야?"

"어? 시작되었어."

한은 수니를 따라 그곳으로 달려가 같이 쪼그리고 앉았다.

자생 요정이 깔고 앉았던 나뭇잎들이 점점 축축해지며 초록색 물이 차오른다. 그것은 초록색의 물안개가 되어 자생 요정의 몸 전체를 부드럽게 감싸 안았다.

수니가 손가락으로 물을 조금 찍어 맛을 본다.

“순도가 높아. 이 정도면 어머니도 고위 요정이야. 그렇다면 또 한 번의 성장이 이루어질 테니 조금만 더 지켜보자.”

잠시 후 초록색 물안개가 사라지고 자생 요정의 몸이 다시 드러났다. 한은 얼굴을 붉히며 얼른 고개를 돌렸다. 자생 요정의 몸이 조금 더 자랐으며 여성임을 확실히 알 수 있었던 것이다. 수니가 그런 한의 모습을 보며 키득거렸다. 이에 한은 민망함을 감추려고 자신의 생각을 밝혔다.

“내 생각을 정리해 볼게. 첫째, 저 애의 부모는 고위 요정족이다. 둘째, 저 애의 부모는 저 애가 태어날 때 어떤 이유로 부모의 의무를 해주지 못했거나 해줄 수 없는 상황이었다. 셋째, 그런데도 최선을 다해 저 애를 지키려고 했다. 넷째, 그들은 이곳이 저 애가 있어야 할 최적의 장소라는 것을 알고 있다. 다섯째, 저 애가 뭔가 깨닫기를 바라고 기다리고 있다. 여섯째, 그런데 저 애는 아무것도 모른 채 부모만 원망하고 있다. 맞아?”

한이 조목조목 늘어놓는 말에 수니가 화사하게 웃으며 손짓을 했다. 이에 한은 의아해하며 무심코 얼굴을 가까이 댔다가 기겁을 했다. 쪽, 소리와 함께 뺨에 와 닿는 보드라운 감촉을 느꼈기 때문이다.

“이게 뭔 짓이야?”

“상이야. 역시 똑똑해, 우리 하니는.”

“하니 아니라고 몇 번이나…….”

“말했다는 거 알아. 하지만 내 맘이야, 어쩔 건데?”

한은 잠시 씩씩거렸지만 곧 수니의 말에 귀를 기울였다.

“네 말대로 이곳은 자생 요정에게 최고로 좋은 요람이야. 다만 기본 성장이 끝날 때까지는 어느 요정도 들이지 않는다는 게 문제야.”

“그럼, 우리가 들어왔다는 건 이미 기본 성장이 끝났다는 거야?”

“그래. 문제는 여기가 하나의 알과 같다는 거야. 성장이 끝났다 할지라도 나가야겠다는 의지로 스스로 열고 나가야만 요정의 삶을 얻을 수 있어. 그런데 저 애는 아직 밖에서 기다리는 그들을 믿지 못해. 아니, 미워하고 있어. 그래서 스스로의 성장을 인정하지 않고 있어. 저 애가 관심이 있는 것은 키에티 뿐이야. 왜 녀석이 오는지 언제까지 오는지도 생각지 않으면서 말이야. 이래서야 절대 이 요람을 뚫고 나가지 못해.”

한은 잠시 생각에 잠겼다가 조심스럽게 물었다.

“혹시 저 애가 부모를 믿지 못하게 된 일이 뭔지 알아?”

“저 애는 알에서 갓 깨어난 사흘 동안 혼자 있었어. 그래서 부모가 자신을 버렸다고 믿어 스스로 암흑 속에 갇혀 버렸지. 키에티가 아무리 불행을 먹고 희망을 불어넣어도 받아들이지도 못하고 받아들일 생각도 하지 않는 거야.”

“휴우, 마치 구구단의 0단 같네.”

“0단이 뭔데?”

“어떤 수를 곱해도 그 수를 모두 0으로 만드는 신비한 수의 세계야.”

“딱 맞는 비유야.”

“그런데도 지금까지 암흑요정이 되지 않은 것은 뭐지?”

“초록 피의 샘에 휩싸여 성장이 이루어질 때 조금이나마 키에티의 힘이 스며들었기 때문이야.”

한은 나뭇잎에 뒤덮여 잠든 가엾은 자생 요정을 돌아보았다.

“그럼, 일단 암흑에서 끌어내는 게 먼저인데.”

“말이 쉽지 그게 되냐? 자그마치 14년 이상 쌓이고 쌓인 원망인데.”

“그래도 실마리가 있지 않을까? 부모가 자신을 버리지 않았다고 믿게 하는 뭔가가.”

"글쎄, 모든 것을 나쁘게만 연관 짓는데……. 아! 저 애, 부모가 지어 준 이름을 마음의 밑바닥에 담아 두고 있었어."

수니의 말에 한이 환한 표정을 지었다.

"그게 뭐였어?"

"아로아."

"무슨 뜻인지 알아?"

"소중한 희망."

"가능성이 있겠는데?"

"정말?"

"응, 저 애를 깨워 봐. 그리고 내 진심이 저 애의 마음에 흘러들게 하면 더 좋겠고."

"어? 너 알고 있었어?"

"응."

사실 남의 힘을 또 다른 남에게 전하는 힘은 수니가 최근에야 깨친 것으로 아직 아무에게도 말하지 않았다. 그런데 이 인간 남자애는 눈치챈 것이다. 수니는 다시 한 번 인간 남자애의 총명함에 놀라며 한결 든든한 마음이 들었다.

그러나 수니가 자생 요정을 깨우려고 가까이 간 순간 생각지도 않은 일이 일어났다. 갑자기 강한 빛이 터져 나오며 눈을 번쩍 뜬 자생 요정이 수니의 가녀린 몸을 우악스럽게 움켜쥐었던 것이다.

"아악!"

수니가 고통에 가득 찬 비명을 질렀다. 한은 자생 요정의 붉게 변한 눈과 날카롭게 돋은 이빨과 손발톱을 보며 아차 했다. 생각보다 빨리 암흑요정으로 변하고 있는 것이다.

"수니를 내려놔!"

자생 요정의 날카로운 손톱이 수니의 여린 몸을 쥐어짤 듯 파고 들어가 있는 것에 한은 냅다 외쳤다. 그러자 자생 요정이 으르렁거리며 한을 노려보았다. 이에 한이 지지 않고 같이 노려보는데 자생 요정의 입에서 어눌한 말이 흘러나왔다.

"난… 누구?"

"넌 요정이야."

"왜 여기에… 있는 거지?"

"이곳을 나가기 위해서야."

"나간다고?"

"그래, 우리가 도와줄게. 그러니까 그 애를 내려 줘."

"나를… 아프게 했어."

"아니야. 네가 먼저 침으로 우리를 아프게 하려고 했잖아? 우린 그냥 막은 것뿐이야. 잘 생각해 봐."

자생 요정이 잠시 생각에 잠긴다. 한은 어쩌면 희망이 있을지 모른다는 생각에 주변을 둘러보았다.

술에 취해 잠들었던 키에티가 이 소동에 놀라 깨어나 끽끽거린다. 그 순간 자생 요정이 잠시 움찔하는 것을 놓치지 않고 본 한은 키에티를 덥석 잡아 높이 쳐들었다.

"네가 그 애를 놓아주지 않으면 나도 이 애를 데러가 버릴 거야. 그리고 다시 이곳에 오지 못하게 힐 거야."

자생 요정이 눈에 띄게 움찔하더니 곧 얼굴을 일그러뜨렸다. 그 모습이 마치 장난감을 잃은 아이의 얼굴 같다는 것에 한은 계속 다그쳤다.

"내 친구를 돌려줘. 그럼 이 애를 줄게. 뭐, 싫으면 할 수 없고."

한은 자생 요정의 눈동자가 붉은색과 갈색을 오 가는 것에 희망을 걸며 애써 여유 있는 표정을 지었다.

바로 그때 잠시 정신을 잃었던 수니가 신음을 흘리며 눈을 떴다. 한은 안도의 숨을 쉬며 때를 놓치지 않고 물었다.

"흘러들어온 생각이 있어?"

그 순간 한의 머릿속에 수니의 말이 흘러들었다. 수니가 마음을 전하는 힘을 쓰고 있는 것이다.

「태어나면서 혼자였대. 죽을 것 같이 외롭고 슬펐대. 그리고 누군가 자기 이름을 불러주기를 원해. 우리를 보며 제 몸이 이상하다고 생각해. 제 모습이 보기 싫다고 해. 그것도 부모에게 버림받아서라고 생각해.」

'수니, 혹시 내 생각이 들려?'

「네가 들리기를 원한다면 들을 수 있어. 지금처럼.」

'그럼 내 진심이 저 애에게 전해지게 도와줄 수도 있어?'

「해볼게.」

수니와 한이 머릿속 대화를 나누는 동안에도 자생 요정은 끊임없이 한 마디만 계속 되뇌고 있다.

"난 버림받았어, 난 버림받았어, 난 버림받았어······."

"그렇지 않아."

"아니야! 난 버림받았어."

한은 한숨을 쉰 후 진심을 담아 자생 요정의 이름을 불렀다.

"아로아."

놀랍게도 자생 요정이 움찔했다. 그래서 한은 다시 한 번 그녀의 이름을 다정하게 불렀다.

"아로아."

"아로아?"

"그래, 네 이름이야. 바로 네 부모가 지어 준 이름이야."

“아냐! 난 이름 따위 없어.”

“잘 생각해 봐. 아로아, 진짜 네 이름이야.”

“아로아…….”

자생 요정의 날카로운 발톱이 피부 속으로 스르륵 사라졌다. 덕분에 수니는 한의 진심이 자생 요정에게 전해지도록 더욱 정신을 집중할 수 있었다.

“아로아, 너 키에티를 좋아하지? 난 수니가 좋아. 넌 수니를 놓아 주지 않지만 난 키에티를 놓아 줄 거야. 네가 좋아하는 애니까.”

한이 조심스럽게 키에티를 놓아 주자 키에티가 자생 요정 주변을 돌며 끽끽거렸다. 그러자 놀랍게도 자생 요정의 날카로운 손톱이 피부 속으로 사라졌다. 한은 안도의 숨을 내쉬며 계속 말을 이었다.

“아로아, 네 친구를 불러들인 루나 술은 네 아버지의 피야. 네가 살아갈 수 있는 힘을 주는 초록 피의 샘은 네 어머니의 피고. 네 부모가 널 버렸다면 피를 줄 수 있었을까? 그것도 14년 이상이나 말이야.”

“거짓말…….”

“믿지 못하겠다면 할 수 없지만 사실이야.”

자생 요정의 부풀어 오를 대로 부풀어 올랐던 피부가 점점 가라앉는다. 한의 진심이 그대로 전해지고 있는 것이다. 그래서 한은 진심을 기득 담아 계속 설득했다.

“나 역시 친부모가 누군지 몰라. 아주 어린 아기 때 누나와 함께 남의 집 앞에 버려져 있었대. 그들이 남긴 것은 우리가 몸에 걸치고 있는 옷과 이름뿐이었어. 그래서 누나와 난 무지 힘들었어. 난 생각을 할 수 있게 되면서부터 우리를 버린 부모를 원망하고 저주했어. 하지만 언제부터인가 그 마음을 버리게 되었어. 그게 무엇 때문인지 알아?”

한은 점점 붉은빛이 사라지고 갈색이 드러나는 자생 요정의 눈을 곧은 눈으로 바라보며 자신의 이야기를 계속했다.

“어느 날 국어사전을 보다가 누나와 내 이름의 뜻을 알게 되었어. 내 이름은 ‘한’이야. 그런데 ‘세상에서 오직 하나, 가장 크다, 우두머리나 왕’이란 뜻을 가지고 있었어. 우리 누나의 이름은 ‘아사’인데, 모든 것이 살아 숨 쉬고 깨어나는 ‘아침’이란 뜻을 가지고 있었어. 그때 생각했지. 우리를 버린 부모가 그렇게 좋은 이름을 지어 줄 리 없다고. 우리를 버린 게 아니라 반드시 무슨 이유가 있을 거라고. 그렇게 미움을 버리고 나니 오히려 마음이 가벼워졌어. 덕분에 좋은 양부모도 만나게 되었고.”

한은 숨을 깊이 들이마신 후 진심을 가득 담아 한마디, 한마디를 내뱉었다.

“아로아, 네 이름의 뜻이 뭔지 알아? 바로 ‘소중한 희망’이래.”

‘툭’ 하고 수니가 자생 요정의 손에서 떨어져 나왔다.

한은 자생 요정의 맑은 갈색 눈동자에서 흐르는 눈물을 보았다. 수니가 그런 요정의 팔을 스스럼없이 부여잡았다.

확—

눈이 부시게 밝은 빛이 터져 나왔다. 그것은 붉은빛과 초록빛으로 자연스럽게 어우러지며 수니와 자생 요정의 몸을 감싸 안았다. 이에 놀란 키에티가 끽끽거리며 한의 바짓가랑이를 잡고 매달렸다.

“아!”

한은 빛이 사라지고 드러난 두 요정의 모습에 얼굴을 붉히며 고개를 돌렸다.

바로 그때 천장이 열리며 신비로운 보라색 달빛이 쏟아져 내렸다.

그리고 세 쌍의 날개를 펄럭이며 떠 있는 두 명의 어른 요정들을 보았다.

"마륜 아저씨!"

한은 호리호리한 체구를 가진 요정의 회색 눈과 마주친 순간 반갑게 외치며 손을 흔들었다.

두 요정이 단숨에 아래로 날아내려 세 쌍의 날개를 접었다.

마륜 아저씨와 같이 있는 요정은 짧게 친 초록색 머리카락과 가죽 갑옷, 허리에는 장검까지 차고 있어 마치 컴퓨터 게임에 나오는 여전사 같은 차림의 요정 여인이었는데 어울리지 않게 보따리 하나를 들고 있었다.

"마륜, 여자애에게 네 상의 좀 빌려 줘."

여전사 요정의 말에 마륜 아저씨가 무복 상의를 벗어 수니에게 던져 주었다. 그리고 한은 수니가 그것을 다 입은 후에야 비로소 고개를 바로 했다.

수니는 예닐곱 살 어린 여자애의 모습에서 벗어나 제 나이대의 소녀의 몸으로 성장했다. 만약 구불구불한 금발과 눈에 익은 황금색 눈동자가 아니었다면 믿지 않았을 만큼 달라진 모습이다.

한은 자신보다 훌쩍 커버린 수니를 올려다본 순간 기분이 나빠졌다. 유치원에서 본 아기 곰이 귀여워 3년 뒤 다시 찾아갔는데 투실투실한 어른 곰을 보았을 때와 같은 배신감이 들었던 것이다.

그때 여전사 요정이 아로아의 손을 잡고 한에게 걸어왔다. 정상의 몸으로 돌아온 아로아는 찰랑거리는 초록색의 긴 생머리와 맑은 밤색 눈동자, 늘씬한 몸매를 가진 아름다운 소녀였다.

한은 곱게 차려입은 아로아의 모습을 보고, 여전사 요정이 들고 있던 보따리의 정체를 알 수 있었다.

“수니 아란,『수호하는 자』핀 님께 인사 올립니다.”

수니가 공손히 예를 올리자 여전사 요정이 웃는다.

“아란족의 아이야, 오랜만이구나. 2차 각성을 축하한다.”

“감사합니다. 한, 인사드려. 고위 요정족이신 핀 님이야.”

“한 타란입니다.『수호하는 자』핀 님께 인사 올립니다.”

“한, 내 딸아이를 도와줘서 고맙다.”

한은 핀 님이 정중하게 고개를 숙이는 것에 화들짝 놀라 같이 허리를 굽혔다. 한의 그런 모습에 수니와 아로아가 동시에 웃음을 터뜨렸다. 이에 한이 얼굴을 붉히자 핀 님이 아로아에게 엄하게 이른다.

“아로아, 제대로 인사해야지. 네 은인이잖아.”

“알았어요, 어머니.”

“에?”

한은 놀라 핀 님과 아로아를 번갈아 바라보았다. 그러자 핀 님이 빙그레 웃으며 한의 궁금증을 풀어주었다.

“아란의 아이가 마음의 다리가 되어 주었단다. 덕분에 우리 모녀는 서로 기억과 마음을 나누었고, 진실은 빠르게 전해졌지.”

“덕분에 나도 네가 말한 게 모두 옳다는 걸 알게 되었어. 고마워, 한아.”

“아니야, 수니의 힘이 더 컸는걸.”

한은 쑥스러워져서 수니에게 슬쩍 공을 넘겼다. 그러자 아로아가 맑은 밤색 눈동자를 반짝이며 웃었다.

“알아. 그래서 수니에게도 고맙다고 했어. 부모님과의 오해도 풀었고. 또 수니가 직접 보여주고 도와주었기에 이렇게 예쁜 모습으로 변할 수 있었는걸.”

그 순간 한은 놀라운 사실 한 가지를 더 깨닫고 눈이 동그래졌다.

"수니 너, 몸만 자란 게 아니구나. 힘을 조절하는 것 외에도 새로운 힘이 더 생긴 거지?"

"당연하지. 2차 각성인걸."

"그랬구나."

"그랬구나? 반응이 그게 뭐야?"

"그럼 뭐라고 해야 하는데?"

"됐어."

수니가 입술을 삐쭉 내밀며 고개를 획 돌린다. 한은 난처했다. 수니가 삐친 것은 알겠는데 아무리 생각해도 그 이유를 알 수 없었기 때문이다.

한이 어쩔 줄 모르자 아로아가 웃고, 핀 님은 물론 마륜 아저씨까지 웃었다.

"한아, 수니는 천여 년 만에 생긴 『영혼의 별』 세피르 님의 축복을 받은 첫 세대란다. 그들은 축복을 받지 못했던 전대의 요정이나 축복 후 두 번째 세대와는 비할 수 없을 만큼 각성 속도도 빠르고 능력도 뛰어나지. 실제로 두 번째 세대에서 첫 세대인 그들을 뛰어넘는 성취를 보이는 요정은 단 한 명, 미수 시 타란 뿐이란다."

"핀의 말이 맞다. 그래서 첫 세대는 모든 요정족들의 깊은 관심과 인정을 받고 있어. 그런데 정작 인정을 받고 싶은 상대가 쉬드렁하니까……."

"마륜 아저씨!"

수니가 소리를 빽 지르자 마륜 아저씨가 얼른 말을 돌렸다.

"알았다, 알았어. 내가 말하고자 하는 건 한이 네가 생각하는 것보다 네 친구의 능력이 뛰어나다는 거야."

한은 수니를 돌아보았다. 반짝이는 금발에 휩싸인 동그란 뒤통수와 하얗게 드러난 종아리와 맨발이 귀엽다. 비록 자랐다고는 하나 마룬 아저씨의 커다란 무복에 가려 작아 보이는 어깨가 아저씨의 칭찬에 달싹 올라가는 것에, 한은 슬며시 웃음이 나왔다.

‘덩치만 크면 뭐해? 아직도 애구만.’

한은 애써 웃음을 삼키고 다소 과장되게 맞장구를 쳤다.

“그랬구나! 그렇게 대단한 줄 몰랐어요. 수니야, 너 진짜 대단해!”

“이제 알았어? 바보. 다른 애 같으면 용서 없지만 특별히 너니까 봐준다, 뭐.”

“응, 잘못했어.”

한의 선선한 사과에 수니가 화사하게 웃었다.

아침 햇살이 마을을 금빛으로 물들일 무렵, 아이들은 마룬 아저씨와 핀 님의 도움을 받아 무사히 마을로 돌아왔다.

✽ ✽ ✽

한은 미수가 겨우 달래 놓은 아사의 울음보를 너무 쉽게 터뜨려 버렸다. 그래서 누나의 눈물을 멈추게 하려고 얼른 손목을 걷어 팔찌를 내보였다.

지난번 붉은색 보석에 이어, 노란색 틀 속의 보석이 노랗게 빛나고 있었다. 바로 수니의 행복이었다.

그리고 세 번째 검은색을 받치는 틀 안에도 검은색 보석이 선명하게 빛나고 있었다. 이는 아로아의 행복이었다.

아사가 놀라 눈물을 멈춘 것도 잠시, 한의 목덜미에서 쇄골을 거쳐 가슴 위까지 깨끗해진 피부를 확인하고 또다시 울음을 터뜨렸다. 그래서 한은 다시 울보 누나를 달래느라 진땀을 빼야 했다.

마룬 아저씨와 핀 님, 아로아는 수장님과 마을 요정들과 간단한 인사를 나눈 후 아사네 집에서 한나절을 머물렀다.

수니가 아로아에게 어린 여자 요정이 알아야 할 일을 가르치는 동안, 남매는 두 어른 요정과 많은 이야기를 나누었다.

남매는 마룬 아저씨와 핀 님이 같은 세대에 태어났으며 요정 아이 시절부터 무예의 대련 상대이자 마음을 알아주는 좋은 친구로 지내 왔다는 것을 알았다. 그리고 핀 님의 남편이자 아로아의 아버지가 놀랍게도 『6성을 지키는 자』루에트 님이라는 것도 알았다.

"핀 님은 『수호하는 자』라면서요? 도대체 누구를 수호하는 거예요?"

호기심이 많은 아사가 고개를 갸웃거리며 묻자 놀랍게도 핀 님이 얼굴을 붉히며 머뭇거렸다. 그러자 마룬 아저씨가 씩 웃으며 대신 대답해 주었다.

"그야 루에트지."

"예? 핀 님의 남편이 되신다면서요? 그런데도 그 이름이 주어질 수 있는 거예요?"

"처음에 핀은 나처럼 6궁을 지키는 자가 되고 싶어 했어. 그런데 백 년 전 왕궁의 무도회에서 당시 문스톤성의 주인인 루에트를 보고 첫눈에 반했지. 문제는 핀이 고위 요정인데 비해, 그때의 루에트는 상급 요정이었다는 거다."

"그게 왜 문제가 되는 건데요?"

아사는 고개를 갸웃거렸다. 그러나 한은 미수에게 들은 이야기가 있었기에 쉽게 이해가 되었다.

"누나, 요정계는 남성과 여성의 비가 3대 1이래. 그래서 대요정수님은 남녀의 힘의 균형을 맞추기 위해 후대에 이어지는 힘을 남성에게 1, 여성에게 3을 주었다고 했어. 즉 태어날 요정의 힘이 여성에 의해 결정되는 거야.”

“그런데 그게 왜 문제가 되는 건데?”

“아직도 모르겠어? 비유가 좀 그렇긴 하지만 우리 세계의 벌이나 개미, 사마귀의 세계를 생각해 봐.”

“뭐야, 그 말은? 약한 남자 요정이 강한 여자 요정과 결혼한 후 쫓겨나거나 잡아먹히기라도 한다는 거야?”

아사의 말을 받은 것은 의외로 핀 님이었다.

“비슷해. 힘이 기울 경우 첫날밤을 치른 후 대부분 남자 요정이 죽으니까.”

“헉, 세상에 이럴 수가…가 아니라, 그럼 어떻게 결혼한 건데요?”

“그야 납치, 읍!”

“우와!”

남매는 핀 님이 눈 깜짝할 사이에 헤드록(headlock)을 걸어 마룬 아저씨의 입을 막는 것을 보며 감탄사를 터뜨렸다.

“됐어. 내가 말하지. 그를 데리고 무인도로 갔다. 수련을 시켰지. 그리고 그를 고위 요정으로 각성시켰다.”

“멋지다. 온달과 평강공주 같아요. 근데 몇 년이나 걸렸어요?”

“30년.”

“우와!”

남매는 또 한 번 탄성을 질렀다.

“전대 여왕님이 그 사랑을 인정하여 혼인을 허락했지. 그 일은 70년 전 요정계를 떠들썩하게 했어.”

마룬 아저씨가 핀 님의 팔을 비틀어 벗어나며 말을 거들자. 핀 님이 덤덤하게 덧붙였다.

“3년 뒤, 전대의 『6성을 지키는 자』가 시간의 은총에 들었어. 그는 그 자리를 이어받았고. 나는 마륜에게 『6궁을 지키는 자』의 이름을 양보하고 그의 『수호하는 자』가 되었지.”

“양보와 포기는 다르다만. 그리고 말은 바로 해야지. 그의 곁에 너 아닌 누가 붙어 있다는 게 싫은 게 아니었어?”

“마륜!”

“알았다. 계속해라.”

남매는 마륜 아저씨가 입을 다물자 핀 님에게 뒷이야기를 재촉했다.

핀 님은 65년 전 어렵게 품은 알을 낳은 직후 암흑요정들의 공격을 받았다는 것, 가까스로 그들을 물리쳤지만 그만 알을 도둑맞았다는 것, 사흘 동안 미친 듯이 요정계를 뒤져 암흑요정의 둥지에 처박혀 있던 알을 찾았지만 이미 암흑요정의 기운이 스며들어 어떤 소통도 되지 않았다는 것을 담담하게 털어놓았다. 그리고 그때 부모로서 할 수 있었던 일이 아이에게 이름을 주고 생명의 힘을 품고 있는 성스러운 샘물의 근원지에 알을 깃들게 하는 것이 전부였다며 잠깐 슬픈 표정을 지었다.

그렇게 50년의 세월이 흘러갔고, 다행히 알은 무사히 깨어났단다. 그것을 안 핀 님이 행운을 주는 동물 키에티를 잡기 위해 요정계를 헤매는 동안, 루에트 님은 혈청을 뽑아 루나 술을 만들었다고 한다.

두 개의 달이 뜬 날 밤, 핀 님은 그것을 아이의 알이 깃든 곳에 내려보내 키에티가 그곳을 찾아 들어가게 했단다. 또한 여들천에 자신의 혈청을 섞어 아이가 살아갈 수 있는 초록 피의 샘물도 흘려보냈다고 했다. 그러곤 아이가 부모의 진심을 깨닫고 자신의 힘으로 나오기를 15년이나 애타게 기다렸다는 것이다.

아사는 루에트 님이 해마다 아이를 만나기를 바라며 옷을 지어왔다는 것, 지금은 다음 해에 쓸 루나 술을 만든 후 많이 아파서 오지 못한다는 말을 듣고 결국 울음을 터뜨렸다. 한의 눈에도 맑은 이슬이 맺혔다. 마룬 아저씨가 그런 남매를 양팔에 보듬어 안았고 핀 님이 눈시울을 붉혔다.

그들의 그런 모습을 도레스의 새끼 곰돌이와 행운의 동물 키에티가 담장 위에 나란히 앉아 지켜보고 있었다.

정목의 아이

아로아가 6성으로 떠나고 수니가 아란 자치구역으로 떠난 뒤, 어느덧 한 달이 훌쩍 흘러갔다.

휘네의 계절 에흐의 달(6월) 중순으로 접어들면서 날씨는 점점 더워졌고, 화려하게 피어난 여름꽃들과 짙은 초록색 잎을 단 무성한 나무들로 인해 타란 마을에는 생기가 넘쳐흘렀다.

하이포누에 호수는 맑은 하늘을 그대로 머금었고, 호숫가에 뿌리를 내린 어린 티아루아 나무들은 몸을 흔들며 특유의 싱그러운 향기를 사방에 퍼뜨렸다.

지난 한 달 동안 남매는 타란 자치구역의 일원으로 훌륭하게 적응했다. 아사가 요정 아기들과 놀아주는 봉사활동을 열심히 하는 동안, 한은 미수에게서 전령의 일을 배워 그의 보조 역할을 제법 해냈다.

아사 남매는 쉬는 날마다 미수와 마루를 따라 어울림의 숲(아사와 한이 처음에 떨어졌던 숲)으로 갔다.

그들의 수련이나 체험 활동은 실전을 방불케 하는 것들이 많았다. 그리고 사냥하는 것 외엔 테인 바란의 패거리와 가장 많이 부딪쳤다.

아사는 한 걸음 떨어져서 그들의 영역 다툼과 소소한 전쟁놀이를 지켜보았다. 상당히 위험한 놀이인데도 아사가 말리지 못했던 것은 매사에 심드렁하던 한이 눈을 반짝이며 즐겁게 어울리는 것이 신기해서였다. 아사는 생산성이 없어 보이는 주도권 잡기에 열을 올리는 남자애들을 보며 '이해할 수 없어.'라고 중얼거렸다.

그들의 이해할 수 없는 놀이가 절정에 올랐던 것은 바로 지난주였는데 생각지도 않게 아사가 휘말려 들었다. 안전하다고 생각했던 미수네 은신처가 테인의 여자 친구인 하이엔에 의해 들켰고, 하필이면 혼자 있었던 아사가 포로로 잡힌 것이다.

미수와 마루의 반격이 이루어졌고 아사는 두 시간 만에 멀쩡하게 풀려났다. 숲의 지형과 아군의 장점을 최대한 살린 한의 작전이 먹힌 것이다. 그리고 아사는 화난 미수와 마루, 한을 달래는 일이 두 시간의 포로 생활을 하며 받았던 구박보다 더 진이 빠지는 일이라는 것을 처음으로 알게 되었다.

그로부터 며칠 뒤 아이들이 한 달에 한 번씩 모이는 날, 아로아까지 합세하여 일곱으로 불어난 아이들은 아사네 집에서 떠들썩한 하루를 보냈다.

수니는 제 나이에 맞게 각성하면서 부모의 시름을 덜고 마을에서도 톡톡히 인정받았다는 말을 자랑스럽게 늘어놓았다.

이에 질세라 아로아도 아버지에 대한 자랑을 침이 마르게 했다. 끝도 없이 이어지는 그녀의 말을 간추리면 '우리 아버지는 세상에서 최고로 잘생기고 다정하며 못 하는 일이 없으시다'는 것이었다. 만약 수니가 '루하님보다 더 잘생겼어? 수한 님보다 더 다정하셔? 여왕님보다 더 유능하셔?'라는 3연타 언어 공격을 하지 않았더라면 아마 해질 때까지 계속했을 것이다. 마지막으로 아로아는 다음 달 초사흗날 아이들을 요정 왕궁의 6성으로 초대한다는 하는 루에트 님의 초대장을 내놓음으로써 아이들을 기쁘게 했다.

아사는 마루가 가져온 식재료로 음식을 만들었다. 미수가 돕고 한이 허드렛일을 하자, 유지도 할 수 없이 거들었다. 그 때문에 하루 종일 부엌에서 살다시피 했던 아사는 그들이 가자마자 방으로 꼬물꼬물 들어가 털썩 엎어지며 '머리, 어깨, 허리, 팔다리야'를 연발했다. 한이 안절부절 어쩔 줄 모르며 누나의 어깨며 팔다리를 열심히 주무르는 동안, 미수는 말없이 뒷정리와 청소를 했다. 그리고 아사는 밤새도록 끙끙 앓았다.

에흐의 달 초나흗날(6월 4일), 아이들은 아로아 가족이 사는 요정 왕궁의 가넷성으로 갔다. 그리고 그곳에서 아로아가 그리도 자랑했던 아버지인 『6성을 지키는 자』 루에트 님을 만날 수 있었다.

아이들은 그분을 본 순간 아로아의 말을 인정했다.

루에트 님은 세 쌍의 하늘색 날개와 하늘색의 긴 생머리, 맑은 밤색 눈동자를 가진 아름다운 분이었다. 그분은 따스한 웃음과 다정한 말투로 딸의 손님들을 대했고, 맛있는 음시이나 간식도 손수 챙겨 주었다. 또한 수니의 청을 들이주어 제흐(현악기의 일종)를 연주하며 노래를 불러주고, 유지의 부탁을 받아들여 아이들의 초상화도 예쁘게 그려 주었다.

오후에는 각자 볼일을 보았다. 미수는 파인 수장님이 여왕님께 보내는 연통을 전하러 가고 마루는 마륜 아저씨에게 단도 사용법을 배웠다. 한은 루에트 님이 오전에 잠깐 이야기해 주신 '착지법'이라는 것에 흥미를 가져 그것을 배우러 갔다.

아사와 수니, 아로아는 왕궁의 숲 지대에 있는 요정 아이들의 놀이
터로 갔다. 그곳엔 열 명의 어른들이 팔을 벌리고 안아도 잡을 수 없
을 만큼 둥치가 굵은 베아트리스 나무들과 질 좋은 메테르 뿌리(앉는
자가 원하는 대로 모습을 바꿀 수 있다는 나무뿌리)들이 많았다.

여자애들은 베아트리스 나무 사이를 기어오르거나 날아다니며 숨
바꼭질과 잡기 놀이를 하며 즐겁게 놀았다. 아사의 나무타기 기술
은 뛰어나서 날개가 있는 수니와 아로아와 노는 데 전혀 부족함이
없었다.

아이들은 왕궁에서 즐거운 하루를 보내고 집으로 돌아왔다. 그리
고 수한 님과 루하님이 한 달에 한 번 타란 마을을 방문하는 날을
기다렸다.

수한 님과 루하님은 제시간에 맞추어 오셨다. 그리고 마을 요정들
의 환대를 받으며 수장님 댁과 구역 회관에서 오전을 보내고, 오후
에는 미수의 집에 머물렀다.

남자애들이 수한 님에게 체술과 검술을 배우는 동안 아사는 루하
님과 함께 했다. 호숫가를 거닐며 장난도 치고, 여들천이 있는 성스
러운 숲 속에서 이야기도 많이 나누었다. 루하님이 인간계에 두고
왔다는 여인과 여왕님에 대한 이야기, 요정계에서 일어나는 신비롭
고 이상한 이야기를 들으며 아사는 마치 제 일처럼 안타까워하고 울
고 웃었다.

해 질 무렵, 아사가 루하님과 숲을 막 벗어났을 때 갑자기 세찬 바
람이 불었다. 바람은 루하님의 금발을 묶고 있던 머리끈을 빼앗아
높다란 나무 위에 올려놓았다.

아사는 다람쥐처럼 나무를 타고 쪼르르 올라가 나뭇가지 끝에서

팔랑이는 검은색 머리끈을 손에 넣었다. 덕분에 루하님께 처음으로 깊은 걱정을 들었지만 싫지 않았다. 그래서 아사는 나무 타기가 특기라는 말도, 나무에서 내려오며 잠깐 떨었던 게 언제든지 받을 준비를 한 채 양팔을 벌리고 있던 그가 너무 멋져서 그랬다는 말도 하지 않았다.

루하님이 머리끈을 받아 자세히 살피더니 괜찮은 것을 확인하고서야 안심한 표정으로 그것을 품 안에 간직했다.

아사는 배시시 웃으며 생각에서 깨어났다. 그리고 남실남실 내리는 연보라색 달빛을 향해 손을 내밀었다. 오그린 손바닥에 고이는 달빛이 고와 담았다 비웠다 하며 몇 번이나 손장난을 쳤다. 그러다 아직까지 불이 켜져 있는 한의 방을 올려다보았다.

한은 지난번 루에트 님에게 배운 것과 선물로 받은 책을 놓고 밤마다 씨름을 하고 있다. 한 번 파고들면 뿌리를 빼야 그만두는 한의 성격을 알고 있는 터라 그냥 지켜보고 있지만, 벌써 열사흘 째 저러고 있으니 은근히 걱정이 된다.

아사는 루에트 님에게서 받은 약을 떠올렸다. 그것은 신목의 수액을 갖은 약재에 섞어 만든 피로회복제로, 옥으로 만든 호리병에 담겨 있었다. 지나 아주미니에게 보이니 아주 귀한 것이라고 해서 아껴 두었는데 아무래도 오늘 밤은 한에게 미뤄야 할 것 같다.

아사는 옷장 깊숙이 넣어두었던 호리병을 꺼냈다. 옥이라 그런지 꽤 묵직하다. 다행히 떨어뜨리는 것을 방지하기 위함인지 신축성이 있는 질긴 끈으로 입구를 칭칭 감아 놓았다.

아사는 그것을 들고 조심스럽게 방문을 열었다.

같은 시각, 한은 루에트 님에게 배운 착진법(눈의 착각을 일으키는 갖가지 도안이나 그림을 연구하여 혼란을 불러일으키는 주술의 한 종류)에 빠져 있었다. 그리고 사람의 눈이 얼마나 믿을 수 없는 것인 지를 알게 되었다. 그것은 한의 자만심을 줄이고 흥미를 부추기는 역할을 했다.

그러나 한이 이렇게 밤마다 뭔가에 열중하는 것엔 숨은 이유가 한 가지 더 있었다. 그것은 반 정도 남은 피부의 흉터가 밤이 되면 심하 게 땅기고 아프다는 것이다. 그것도 추운 겨울이 아니라 여름인 지 금 말이다. 이에 한은 불안한 생각이 들었지만 누나가 걱정할까 봐 꼭꼭 감추었다. 그런데 오늘 밤은 좀 심하다.

결국 한은 하던 일을 멈추고 몸을 일으켰다.

"하아, 윽!"

한은 통증을 참지 못하고 입술 사이로 신음을 토해 내었다. 이래 서야 오늘 밤은 아예 자기 글렀다.

한은 옆방에 있는 누나에게 혹시나 신음이 들릴까 봐 반쯤 열린 창문을 닫으려다 앞에 스쳐 가는 뭔가를 순간적으로 잡아챘다.

"나뭇잎?"

한이 잡은 것은 반짝반짝 빛나는 금색의 나뭇잎이었다. 금색인 잎 에 비해 잎맥은 선명한 보라색이어서 마치 공들여 새긴 예술품 같았 다. 놀라운 것은 나뭇잎을 잡자마자 시원한 기운이 손끝을 타고 들 어와 피부의 땅김과 아픔이 사라졌다는 것이다

한이 좀 더 자세히 살피려는 순간 나뭇잎이 마치 살아 있는 것처 럼 잎몸을 비틀어 빠져나갔다.

한은 소리 나지 않게 문을 열고, 팔랑팔랑 멀어져 가는 나뭇잎의 뒤를 쫓았다. 그것은 일정한 속도로 날아 마침내 여들천 근처의 거 대한 나무 앞에서 멈추었다.

한은 땅으로 스르르 떨어져 내린 나뭇잎을 주워들었다. 역시 진짜 나뭇잎이다. 요정계로 와서 석 달째 신기한 것들을 보고 별의별 나무도 다 보았지만 이렇게 생긴 잎은 한도 처음이다.

“어?”

한은 눈앞의 나무에서 뭔가 어색함을 느끼고 고개를 갸웃거렸다.

청보라색과 홍보라색이 섞인 나무 둥치의 부러진 가지에 한이 들고 있는 것과 똑같은 나뭇잎이 몇 장 달려 있었다. 처음엔 연보라색 달빛 탓이라고 생각했지만 곁에 보이는 다른 나무들과 비교해보니 확실히 색이 달랐다. 무엇보다 나뭇잎으로 가까이 갈수록 피부 흉터의 아픔이 사라진다는 것이다.

한은 나뭇잎을 향해 손을 뻗었다. 그 순간 땅을 뚫고 올라온 나무뿌리가 한의 몸을 휘어 감았다.

“한아!”

한은 땅속으로 끌려들어 가기 직전 누나의 절박한 부르짖음을 들었다.

분명 흙 속에 갇힐 거라고 생각했는데 ‘첨벙’ 하고 물에 빠지는 소리가 났고, 알 수 없는 액체에 휩쓸려 떠내려갔다. 다행인 것은 숨을 쉬는 데 전혀 지장이 없다는 것이다. 그래서 한은 긴장을 풀고 온몸을 편안하게 감싸오는 액체의 흐름에 몸을 맡겼다.

얼마나 그렇게 떠내려갔을까? 휘유 물이 찰박거리는 소리를 듣고 눈을 떴다가 나무뿌리 끝에 금붕어 똥처럼 매달려 떠내려오는 누나 아사를 보았다. 어떻게 따라왔을까 의아했던 것도 잠시, 뿌리 끝에 야무지게 박혀 있는 누나의 앞니들을 보며 한은 그만 웃고 말았다.

한과 눈이 마주치자 아사가 반가운 표정으로 한 손을 흔들었다. 그 와중에도 한 손에는 루에트 님에게 받은 호리병을 꽉 쥐고 있다.

한은 그때서야 누나 아사가 자신을 발견할 수 있었던 이유를 깨닫고 가슴이 뭉클해졌다.

갑자기 물살이 빨라진다. '쿠르릉' 귀를 두드리는 큰 소리에 한은 한대로 아사는 아사대로 서로 가까워지려고 애를 썼다. 그리고 어느 순간 둘은 물의 회오리에 휘말려 위로 높이 치솟았다.

"누나, 일어나 봐."

아사는 동생 한의 목소리에 눈을 떴다. 파란 하늘을 배경으로 한의 얼굴이 보인다. 그런데 어째 벌레 씹은 듯한 표정이라는 것에 아사는 고개를 갸웃거렸다.

"이젠 그만 먹고 뱉어라, 좀."

"우음?"

그때서야 아사는 뭔가를 질겅거리고 있다는 것을 깨닫고 그것을 입에서 뱉어냈다. 하얀 나무뿌리다. 아사의 잇자국을 선명하게 단 그 것이 살았다는 듯 슬슬 뒤로 물러난다. 아사는 '쩝' 하고 입맛을 다 셨다.

"음, 달콤하고 맛있었는데……."

아사의 중얼거림에 그것이 후다닥 물러나 땅속으로 숨어들었다. 이에 한은 누나의 머리에 알밤을 먹였다.

"에라, 이 식목종(食木鍾: 나무를 잡아먹는 인종)아."

"악! 이게 어디 누나의 고귀한 머리님을……."

"위대한 머리님이겠지. 위장이 아주 큰."

"너, 감히 위대한 누나님을…이 아니라……."

"그래, 위대한 누나님, 여기가 어딘지 알아?"

"내가 그걸 어찌 아냐, 가 아니라 너 도대체 아까 뭐에 홀린 거야?"

“나뭇잎.”

“뭐야? 겨우 그깟 나뭇잎에……..”

한은 말없이 금색의 나뭇잎을 내밀었다. 아사가 탄성을 지르며 나뭇잎을 빼앗았다.

“우와, 예쁘다! 홀릴 만도 하네. 이 이파리, 금으로 만든 거 아냐? 이 자수정빛 잎맥은 다 뭐냐? 킁킁, 향기도 죽인다.”

한은 나뭇잎을 만지작거리며 연달아 감탄사를 터뜨리는 누나를 보며 픽 웃었다. 놀랍게도 스멀거리고 올라오던 두려움과 불안이 사라졌다.

한은 누나의 손에서 나뭇잎을 빼앗았다.

“아, 왜?”

“언제까지 감탄하고 있을 거야. 여기 안 나갈래?”

“아참, 그렇지.”

남매는 주변을 둘러보았다.

남매가 서 있는 뒤는 거센 물살이 흐르는 강을 끼고 있는 깎아지른 유리질의 절벽이어서 쳐다만 봐도 눈앞이 아찔하다. 양옆은 날카로운 가시들이 손가락 하나 집어넣을 틈도 없이 얽히고설켜 만들어진 가시나무숲이다.

이에 남매는 한숨을 쉬며 그나마 만만한 앞쪽을 바라보았다. 그곳엔 붉은 숲들이 그물 모양으로 퍼져 있고, 사이사이에 여러 가지 색깔을 띤 각기 다른 모양판들이 보였다.

“뭐야? 이거 놀이판 같다.”

아사가 가까운 곳에 있는 빨강 판에 한 발을 내딛는다.

“무작정 밟지 마!”

한은 그런 누나를 보며 기겁해서 외쳤다.

“괜찮… 으갸갹!”

판이 뚝 떨어지며 몸이 아래로 빠져들자 아사가 비명을 질렀다. 만약 한이 아사의 팔을 아슬아슬하게 붙잡아 끌어올리지 않았다면 그대로 떨어졌을 것이다.

남매는 떨어져 내린 빨강 판 아래로 보이는 바닥이 없는 시커먼 구덩이에 놀라 마주 껴안고 숨을 헐떡였다.

“한아, 어떡해? 우리 꼼짝없이 갇힌 것 같아.”

“갇힌 게 문제가 아니야. 누나, 뒤를 봐.”

아사는 뒤를 돌아보고 기겁을 했다. 절벽이 조금씩 땅을 갉아먹어 들어오고 있었기 때문이다. 저 속도대로라면 한 시간도 못 되어 남매가 서 있는 곳까지 들어올 것이다.

“그럼, 가시나무 숲이라도 뚫어야 한다는 거야?”

“그것도 안 될 것 같아.”

아사는 가시들에서 떨어져 나온 작은 가시들이 뭉쳐 하나의 생물체로 변하는 것을 보았다. 그것들은 끊임없이 불어나 한 줄로 늘어서더니 번들거리는 회백색 눈으로 남매를 노려보았다.

“헉! 찔리면 그대로 고슴도치가 될 거야. 어떡해, 한아?”

아사가 발을 동동 굴렀다.

“어디가 제일 괜찮을지 누나가 골라 봐.”

“그래도 이게 제일 만만해 보이는데?”

아사가 세 곳을 차례차례 둘러보곤 머뭇머뭇 앞쪽을 가리켰다. 한은 고개를 끄덕이곤 모양판 앞에 앉았다.

“누나, 저 바늘밤송이 괴물들이 신경 쓰여. 내가 방도를 찾을 때까지 뒤를 부탁해.”

“응.”

아사는 뒤돌아서서 바늘밤송이 괴물들을 노려보았다.

'한이 방법을 찾아낼 때까지 어떻게든 저것들을 막아내야 해. 그러려면 뭔가 무기를……'

아사는 조급한 마음으로 두리번거리다 발밑에 떨어져 있는 호리병을 발견했다. 옥으로 된 것이라 묵직하고 끈도 질긴 데다 신축성이 뛰어나 던졌다 받아도 해도 괜찮을 것 같았다.

아사는 시험 삼아 몇 번 던졌다 받아보곤 만족스럽게 웃었다. 때맞춰 바늘밤송이 괴물들의 분열이 끝나고 그중 맨 앞줄에 있던 놈들이 아사를 향해 통통 뛰어왔다. 놈들이 뛸 때마다 침봉에 맞은 사과처럼 땅거죽에 구멍이 숭숭 뚫렸다.

아사는 줄을 빙빙 돌리며 놈들을 겨냥했다.

아사의 팔힘에 의해 날카로운 바람 소리를 내며 날아간 호리병은 맨 앞의 몇 놈을 멋지게 쓰러뜨렸다. 그것들은 금세 수없이 많은 바늘로 분해되어 바닥으로 우수수 떨어졌다.

"스트라이크!"

아사는 신이 나서 외쳤다.

이렇게 아사가 바늘밤송이 괴물들을 물리치는 동안, 한은 갖가지 경우의 수를 떠올리며 안전한 모양판을 찾기 시작했다.

그러나 아무리 머리를 굴려도 판의 모양이나 색깔들 간에 규칙이나 공통점이 없었다. 이에 한은 답답한 마음으로 모양판 너머를 노려보았다. 약 10미터쯤 정도 되는 곳에 모양판 중앙을 가로지르는 진보라색 길이 보였다.

'저곳까지만 간다면 안전할 것 같은데.'

한은 두 주먹을 꼭 쥐었다가 손바닥에 따끔한 아픔을 느꼈다. 손에 쥐고 있던 나뭇잎의 끝이 연약한 손바닥 피부를 찌른 것이다. 손바닥에서 몽글몽글 올라온 피가 보라색 잎맥으로 스며들었고, 곧 잎맥이 붉게 물들었다.

한은 그것을 보며 고개를 갸웃했다. 잎의 모양이 왠지 눈에 익었던 것이다.

"아! 잎맥!"

한은 그것을 눈앞에 갖다 대고 잎을 통해 앞의 모양판을 살폈다. 그리고 자신의 짐작이 맞았음을 알고 벌떡 일어섰다.

"찾았어!"

"정말?"

아사가 반색을 하며 뒤를 돌아보았다. 그 순간 바늘밤송이 괴물 몇 마리가 아사에게 달려들었다.

"누나, 뒤!"

한은 놀라 소리를 질렀다. 그러나 아사는 당황한 기색도 없이 호리병을 휘둘러 놈들을 바늘무더기로 만들어 버렸다.

한은 씩씩하고 여유 있는 누나의 모습에 그만 웃고 말았다.

"내 짐작이 맞는지 시험할 거야. 혹시 모르니까 내가 판에 두 발을 딛을 때 지켜봐 줘."

"알았어."

한은 나뭇잎을 눈앞에 갖다 대었다. 그리고 나뭇잎의 잎맥과 눈앞에 보이는 모양판의 모양이 서로 어긋나지 않게 잘 맞추었다. 그러자 투명한 모양판들 사이사이에 불투명한 모양판이 보였다.

아사가 바싹 긴장해서 지켜보는 가운데 한이 조심스럽게 한 발을 내디뎠다. 다행히 불투명한 모양판은 한의 몸을 든든하게 받쳐 주었다.

"성공이야!"

“좋았어. 한아, 걱정 말고 앞길을 뚫어. 뒤는 내가 맡을게.”

“내가 딛는 판만 밟고 따라와야 한다는 거 알지?”

“알고 있다니까.”

한이 두 번째 모양판으로 옮겨 갔을 때 아사는 잽싸게 첫 번째 모양판에 올라섰다. 그 와중에도 따라 붙는 바늘밤송이 괴물을 향해 호리병을 휘두르는 것을 잊지 않았다.

남매가 모양판의 중간쯤 왔을 때 놈들이 다급해졌는지 떼로 덤벼들었다. 그러나 아사에게 채 다가오기도 전에 잘못된 모양판을 딛곤 대부분 아래로 떨어졌다. 어쩌다 한두 마리씩 따라붙은 것은 아사가 호리병을 휘둘러 처치했다.

이윽고 한은 반짝이는 진보라색 길 위로 올라섰다. 그리고 이마에 솟은 식은땀을 닦으며 뒤를 돌아보았다가 입을 딱 벌렸다. 아사가 신 난 표정으로 아예 멈춰 선 채 놈들에게 공격을 퍼붓고 있었던 것이다.

“누나! 뭐하는 거야? 빨리 오지 않고!”

“잠깐! 저거 하나 더 처치하고……”

“지금 장난할 시간 없어! 그냥 와!”

한의 싸늘한 고함에 아사가 입을 삐쭉이더니 길 쪽으로 달려왔다. 그러곤 용케도 거기끼지 따라온 바늘밤송이 괴물에게 마지막으로 호리병을 날렸니.

그때 호리병의 줄이 뚝 끊어졌다. 아사는 무의식적으로 손을 뻗어 그것을 잡으려다 중심을 잃고 양팔을 붕붕 저었다.

“누나!”

한은 그런 아사의 팔을 덥석 낚아채 길 위로 끌어올렸다. 이에 아사가 잠깐 굳었다가 깔깔대자 한이 버럭 소리를 질렀다.

“지금 웃음이 나와?”

“어, 미안! 그치만 피할 수 없는 거라면 즐기랬다, 뭐.”

“그래, 잘났다! 이 철딱서니라곤 약에 쓸래도 없는 누나야!”

한은 고개를 팩 돌렸다. 눈물이 날 것 같았기 때문이다.

“미, 미안! 화났어?”

“…….”

“아잉, 우리 한이 많이 화났구나. 화 풀어. 누나가 뽀뽀해 줄게. 응, 응?”

“됐어.”

한은 눈웃음을 살살치며 입술을 쭉 내밀고 달려드는 아사의 얼굴을 손바닥으로 밀어냈다.

아사가 호리병이 사라진 빈 줄을 보며 아쉬워하는 동안 한은 반짝이는 진보라색의 길에 서서 좌우를 둘러보았다. 길은 오른쪽으로 갈수록 점점 좁아지고 양옆의 모양판도 작아졌다. 그래서 남매는 갈수록 넓어지고 모양판도 큰 왼쪽 길로 들어섰다.

“조심해, 누나.”

“응.”

길은 약간 내리막인데다 미끄러웠기에 남매는 앞서거니 뒤서거니 하며 조심스럽게 발걸음을 옮겼다. 그러나 덤벙대는 아사는 여기에서도 실수를 저질렀다.

“으에!”

아사는 모양판이 사라지며 갑자기 나타난 급경사를 미처 피하지 못하고 외나무다리처럼 생긴 곳을 타고 미끄러져 내려갔다. 이에 아사의 손을 잡고 있던 한도 같이 딸려 내려갔다.

“아얏!”

아사가 갈색을 띤 우둘투둘한 벽에 머리를 박고 비명을 질렀다. 한도 아사의 등에 부딪친 이마를 쓸며 고개를 들었다.

남매가 벽이라고 생각한 것은 커다란 기둥에 더덕더덕 붙어 있는 1인용 매트리스 크기의 판들 중의 하나였다.

기둥은 위로 올라갈수록 가늘어지고 아래로 내려갈수록 굵지만 양 끝이 어떻게 생겼는지 보이지 않을 만큼 길었다. 게다가 어찌나 굵은지 거기에 붙어 있는 남매는 마치 고목 줄기의 무당벌레처럼 보였다.

남매는 그것들을 자세히 살핀 후 기둥이라고 생각한 것이 상상할 수 없이 커다란 나무의 둥치이고, 벽이라고 생각했던 것들이 나무껍질이라는 놀라운 사실을 알게 되었다. 그리고 남매가 디뎠던 모양판이 잎살이고, 진자주색 길이 잎 중앙의 잎맥이며, 타고 내려왔던 외나무다리가 잎자루였다는 것도 말이다.

"대, 대단하다."

아사는 입을 떡 벌린 채 나무의 위와 아래를 번갈아 바라보았다.

"누나, 감탄할 때가 아냐. 어떻게 내려갈지가 문제지."

"줄기니까 그냥 잡고 내려가면 되지 않을까? 가다가 힘들면 껍질에 기대어 쉬고."

한은 아래를 내려다보았다. 끝이 보이지 않을 만큼 가물가물해서 보기만 해노 발이 산질간질하다.

"잎이나 껍질 하나가 저 정도야. 바닥에 닿으려면 며칠이 걸릴지도 몰라."

"그치만 여기에 있을 수도 없잖아. 일단은 내려가 봐야지."

아사가 야무지게 결론을 내린 후 우스갯소리를 덧붙였다.

"괜찮아, 괜찮아. 그냥 암벽 등반이라고 생각하면 돼. 너 힘들면 내가 업고 갈게."

한은 픽 웃곤 누나 말대로 일단 내려 가보기로 했다.

남매는 우둘투둘하면서도 코르크처럼 폭신한 질감이 나는 나무껍질 사이에 발을 딛고 한 발, 한 발 아래로 내려갔다. 다행히 바람이 없는 데다 힘에 부칠 만하면 잎자루가 하나씩 나타났기에 생각보다 쉽게 내려갈 수 있었다.

남매는 피곤하면 잎자루에 걸터앉아 쉬고, 목이 마르면 잎살 사이를 흐르는 작은 잎맥을 깨물어 수액을 마셨다. 그것은 신선하고 달콤해서 목마름은 물론 배고픔도 해결해 주었다.

그렇게 얼마나 내려갔을까? 어른의 몸통 굵기의 덩굴 줄기들이 하나둘씩 나타났다. 그것은 점점 굵고 많아져서 땅이 가까워졌음을 짐작케 했다. 그러나 아래쪽은 두터운 구름으로 덮여 있어 지면까지 얼마가 될지는 아직 알 수 없었다.

한이 내려오는 내내 겁에 질려 있는 것과는 달리 아사는 재미있어 했다. 덩굴 줄기가 나타날 때부터 슬쩍슬쩍 발을 내딛더니 그것들을 사다리 삼아 제법 빠르게 아래로 내려갔다. 그러곤 몇 미터 아래에서 고개를 들고 한에게 손을 흔들었다.

"한아, 재미있어! 너도 이리로 내려와 봐!"

"싫어! 난 여기가 좋아."

한은 나무껍질을 꼭 잡고 고개를 저었다.

아사는 한이 높은 곳을 좋아하지 않는 것을 알고 있었기에 더 이상 권하지 않았다. 대신 한이 내려오는 속도에 맞추어 덩굴을 잡고 이리저리 옮겨 다녔다.

한은 잠깐 부럽다고 생각했지만 곧 고개를 저으며 바지런히 둥치를 타고 내려갔다. 하지만 저건 좀 지나친 것 같다.

“캬하하하! 나는 아사 제인이다. 내 사랑 타잔 씨 어디 있냐?”

“누나, 좀!”

한은 늘어진 덩굴 끝을 잡고 하늘다람쥐처럼 날아다니는 누나의 위험한 행동에 결국 소리를 질렀다. 그러나 아사는 한의 곁으로 다가와서 오히려 덩굴 사다리 타기 연습을 시켰다. 덕분에 쭈뼛거리던 한도 사다리 타기에 익숙해지면서 남매의 내려가는 속도는 점점 더 빨라졌다. 그리고 드디어 구름이 자욱하게 깔린 지대에 이르렀다.

“한아, 거의 다 온 것 같아. 저 구름 지대만 지나면 땅이 보일……. 으갸갹!”

“누나!”

바람 한 점 없던 곳에 갑자기 몰아닥친 회오리바람으로 인해 아사는 잡고 있던 덩굴을 놓치고 말았다. 이에 한이 아사의 손목을 움켜쥐었다. 그러나 아사의 몸무게와 가속도를 이기지 못하고 같이 떨어져 내렸다. 구름의 바다에 파묻히기 직전 ‘펄럭’ 하는 날갯짓 소리와 함께 누군가 남매를 낚아챘다.

“미수?”

“레오!”

레오가 미수와 아사 남매를 태우고 구름 아래로 내려갔다. 그러곤 넓게 펼쳐진 초록색 풀밭에 아이들을 내려놓았다.

“미수야, 저기……”

“형, 미안.”

남매는 무섭게 굳은 미수의 얼굴에 어쩔 줄 몰랐다.

“일부러 그런 건 아니지만 어쨌든 잘못했어. 화 풀어, 응?”

“구하러 와 줘서 고마워, 형.”

남매가 기어들어가는 소리로 번갈아 사과와 감사를 표하자 미수가 한숨을 푹 쉬었다.

아사는 영악스럽게도 그의 화가 어느 정도 풀렸다는 것을 눈치채고 생글생글 웃으며 그의 팔에 매달렸다.

“나도 고마워. 아까 무지 멋졌어. 미수야, 인상 펴. 아잉~”

한이 참기름을 한 컵 마신 표정을 지었지만 아사는 꿋꿋하게 미수의 팔에 뺨까지 비벼 대며 애교를 부렸다.

“됐어. 애교는 무슨……. 징그러워.”

미수가 아사의 이마를 검지로 밀어냈다.

그때서야 아사는 미수의 팔을 놓고 한을 향해 ‘V’ 자를 만들어 보였다. 미수가 볼 수 없는 위치라는 것에 한이 입 모양으로 ‘여’, ‘우’ 하고 맞받았지만, 아사는 오히려 혀를 쏙 내밀어 보임으로써 두 배로 되돌려 주었다.

“장난 그만! 다 얘기해!”

남매는 미수의 서늘한 다그침에 찔끔해서 지금까지 겪었던 일을 다 털어놓았다. 그리고 몇 번 더 미수의 매서운 눈길을 받아야만 했다.

“그런데 형, 우리가 여기 있는 건 어떻게 알고 온 거야?”

“책임지는 자는 계약자의 기운을 추적할 수 있어. 다만 너희들이 너무 빨리 사라져서 흔적을 찾느라 시간이 걸렸지.”

그때서야 남매는 미수의 모습을 살폈고, 은근히 미안해졌다. 흐트러진 머리카락과 이마에 촉촉이 밴 땀, 찢긴 옷자락과 옷의 군데군데에 묻은 진흙으로 보아 그가 꽤 고생했음을 알 수 있었던 것이다.

“만약 레오와 저 녀석이 없었다면 시간이 더 걸렸을 거야.”

“곰돌아!”

아사는 레오의 붉은 갈기 속에서 튀어나와 자신의 품으로 달려드는 작은 짐승을 꼭 껴안았다.

“애가 무슨 도움을 준 거야?”

“녀석은 ‘깨우는 자’인 너의 기운을 느낄 수 있어. 그것을 찾아 크게 늘려보라고 했지. 그리고 왜 너희들을 쉽게 찾을 수 없는지 알게 되었어. 이곳, 강한 결계가 쳐져 있더군. 그래서 말인데……”

남매는 미수의 얇고 붉은 입술에 떠오른 위험한 웃음에 찔끔했다.

“이곳에서 나가기 전에 너희들을 끌어들인 놈을 만나야겠어. 감히 나, 미수 시 타란이 책임지는 아이들을 건드려? 아사 타란, 한 타란! 따라 와라!”

“옙!”

남매는 엉겁결에 높임말로 대답했다는 것을 알았다. 그러나 아무려면 어떤가 싶어 성큼성큼 걷는 미수의 뒤를 따랐다.

미수가 멈춰 선 곳은 남매가 내려왔던 나무 둥치와 뿌리 사이에 위치한 커다란 옹이 앞이었다.

“아이들을 이곳까지 끌어들인 이유가 뭐지?”

남매는 마치 나무가 듣기라도 하는 양 큰소리로 외치는 미수를 보며 고개를 갸웃거렸다.

“거기 있는 줄 알아. 셋 셀 때까지 나오지 않으면 불 질러 버릴 거야.”

남매는 미수의 손끝에 맺히는 붉은 기운에 마음이 조마조마해져서 몇 걸음 뒤로 물러섰다.

“하나, 둘……”

미수의 ‘셋’이라는 말이 떨어지기 전에 옹이가 벌어지며 반투명한 연초록색 피부에 초록색 머리카락의 어린 남자아이가 튀어나왔다. 남자아이는 큼직한 금색 눈동자에 두려움을 가득 담고 미수 앞에 무릎을 꿇었다.

“정령 요정의 구역과 일반 요정의 구역은 엄연히 다른 것으로 알고 있다. 그런데 율법을 깨고 저 아이들을 끌어들인 이유가 뭐야?”

“남자애만 끌어들이려고 했는데 여자애가 말려들었어요.”

“왜 남자애지?”

“그에게서 맛있는 냄새와 탐나는 기운을 느꼈어요.”

“내 계약의 인(印)은 느끼지 못했나 보지?”

미수의 빈정거림에 아이가 울먹이며 변명한다.

“느끼지 못했어요. 진짜예요.”

“좋아, 믿어 줄게. 그런데 왜 저 애를 잡으려 한 거냐?”

“주인님이 데려오라고 하셨어요.”

“정말?”

“예? 예.”

“좋아, 그렇다 쳐. 그런데 애기 종에 불과한 네가 그런 힘이 있을 리 없으니, 누가 도운 거지?”

“그, 그게⋯⋯.”

“바른대로 말해!”

아이가 뭐라고 중얼거리자 미수가 무서운 얼굴로 아이의 멱살을 잡아 올렸다. 그 순간 하얀 구름이 시커멓게 변하며 주변이 순식간에 어두워졌다.

“이런 젠장!”

미수가 씹어 뱉듯이 말하여 아이를 내팽개쳤다.

“레오! 아이들을 보호⋯⋯. 윽!”

“미수야!”

“형!”

남매는 먹물 같은 기운이 미수를 뒤덮는 것에 놀라 소리를 질렀다. 그러나 붉은 기운이 번쩍이고 어지러울 만큼 빠르게 느껴지는 움직임에 눈을 질끈 감았다.

남매가 눈을 떴을 때 그들은 레오의 등 위에 있었다. 남매는 누가 먼저랄 것도 없이 고개를 쭉 내밀고 아득히 멀어 보이는 땅을 내려다보았다.

나무 옹이 앞에 있는 미수는 짙고 검은 기운에 휩싸여 그 모습이 잘 보이지 않았다. 검은 기운 사이로 간간이 번쩍이는 붉은빛이 남매의 불안을 더욱 부추겼다.

"어떻게 해? 다시 내려가야……."

아사가 발을 동동 구르며 금방이라도 내려갈 기세를 보이자 한이 말리며 물었다.

"내려가서 할 수 있는 일이 뭔데?"

"하지만……."

"미수 형이 레오더러 우릴 보호하라고 했어. 그러니까 여기에 있는 게 형을 돕는 거야."

분명 한의 말이 맞다. 그럼에도 불구하고 아사는 동생의 냉정한 말이 야속하기만 했다.

그때 울림이 깊은 레오의 음성이 남매의 머릿속으로 흘러들었다.

「인긴 남자애 말이 맞디. 기디려리.」

"하지반 서 시거번 구름도, 붉은 번개두 위험해 보이는데……."

「인간 여자아이야, 그리 불안하면 도레스의 새끼를 내려보내도록 해라.」

아사는 품 안에 쏙 들어갈 만큼 작은 짐승을 내려다보았다.

'이렇게 어린 녀석을 보내느니 차라리 내가 가는 게 더 낫겠다.'

아사는 속으로 중얼거리며 레오의 등에서 상체를 쭉 빼고 아래를 내려다보았다.

“누나, 형이랑 레오의 말을 믿고 좀 더 기다려 보자.”

아사가 고개를 끄덕이곤 한이 이끄는 대로 레오의 등 가운데로 몸을 옮겼다. 그런 아사의 눈에 그렁그렁 고인 눈물을 보며, 한은 미수가 빨리 저곳에서 나왔으면 좋겠다고 생각했다.

다행히 한의 바람이 통했는지 새하얀 빛이 터져 나와 검은 기운을 밀어내며 주변을 환하게 물들였다.

“헉! 저게 뭐야?”

검은 연기로 만든 것 같은 거대한 뱀이 미수에게 멱을 잡혀 있었다. 그것은 몸부림치며 미수의 손아귀에서 빠져나가려고 애를 쓴다. 그러나 미수의 하얀 기운에 닿을 때마다 점점 크기도 작아지고 색깔도 희미해져 맥을 못 추고 있었다. 그러더니 점점 더 작아져 미수의 팔뚝에 감겨 꿈틀거리다 결국 검은색 빛 가루로 변해 사라졌다.

「처치했군. 내려가겠다.」

레오가 여유 있는 몸짓으로 미수의 곁에 사뿐히 내려앉았다. 남매는 레오의 등에서 구르듯이 뛰어내려 미수에게 달려갔다.

“괜찮아?”

“이 정도는 문제없어.”

아사의 다급한 물음에 미수가 덤덤하게 대꾸했다.

아사는 믿을 수 없어 미수의 몸 이곳저곳을 살펴보았다. 그리고 특별히 이상해 보이거나 다친 곳은 없다는 것에 안도의 숨을 쉬며 미수의 허리를 꼭 껴안았다. 그 사이에 한은 한쪽에 널브러져 떨고 있는 금색 눈동자의 아이를 부축해 일으켰다.

“너, 이리와 봐.”

미수가 아사를 슬쩍 밀어내곤 금색 눈동자의 아이를 불렀다. 이에 아이가 움찔하며 한의 옷자락을 움켜쥐었지만 한은 가차 없이 아이를 미수에게 데려갔다.

"애기 종, 아까 소멸한 암흑요정 꼴이 나지 않으려면 바른대로 말하는 것이 좋을 거야."

미수가 금색 눈동자의 아이를 바라보며 다그쳤다.

"말, 말할게요."

바들바들 떠는 아이의 모습에 아사가 나서려고 했지만 이번에도 한에 의해 막힌다.

"너, 어느 방위의 애기 종이냐?"

"남쪽이에요."

"그럼, 네 주인은 세 번째 정목의 아이겠구나."

"예."

"정말 네 주인이 저 애를 데려오라고 한 거냐?"

"그, 그렇다고 하지 않았나요?"

"그래? 그렇다면 너희들의 아버지인 정목과 네 주인인 세 번째 정목의 아이 이름으로 사실이라고 맹세해라."

"그, 그건……."

"맹세하라고 했다!"

아이가 파랗게 질린 얼굴로 바들바들 떠는데도 미수의 표정은 변함없이 싸늘하다.

"그럼, 말을 바꾸지. 네 주인이 시켰다 하니 당연히 네 주인도 이 일을 알고 있겠구나. 그렇지?"

"……."

"알고 있지 않느냐고 물었어."

"흑! 모, 모릅……. 으흑!"

아이의 금색 눈동자에 차오른 눈물이 통통한 뺨을 타고 흘러내린다.

이에 아사가 참지 못하고 아이에게 다가가려 했지만 여전히 한이 꽉 잡고 있는 바람에 발만 동동 구른다.

"운다고 넘어갈 일이 아니야. 원래 애기 종의 잘못은 주인의 책임, 네 주인에게 죄를 물을 테니 안내해."

"안됩니다. 차라리 이 종에게 벌을 주세요, 예?"

아이가 눈물범벅이 된 얼굴로 미수의 옷자락을 잡고 매달린다.

"계속 숨길 생각이냐? 그렇다면 할 수 없지. 문을 부술 수밖에!"

미수가 차가운 얼굴로 한마디 툭 던지곤 아이의 손목을 잡고 거대한 나무둥치로 끌고 간다. 아이가 끌려가지 않으려고 발버둥치려다 결국 바락바락 악을 쓴다.

"주, 주인님이 깨어나지 않으십니다. 그런데 저 애를 잡아 바치면 주인님이 눈을 뜨실 거라고 암흑요정이 그랬어요! 힘도 빌려 주고… 그래서……. 잘못했어요. 잘못했으니까 우리 주인님께 따지지 마세요. 으, 으흑, 으아아앙!"

아이가 서럽게 울음을 터뜨렸다. 그때서야 미수가 표정을 풀며 아이의 머리카락을 쓰다듬는다.

"잘했어. 따지지도 말하지도 않을 테니 네 주인에게 안내해."

"흑, 훌쩍! 정말이죠?"

"그래. 어쩌면 내가 네 주인의 잠을 깨울 수 있을지도 몰라."

"그것도… 정말이죠?"

"물론이지. '시'의 이름으로 맹세할게."

아이가 눈물 젖은 얼굴로 환하게 웃더니 커다란 나무의 옹이 하나를 눌렀다. 그러자 어른도 들어갈 만큼 커다란 문이 하나 나타난다.

아이들은 금색 눈동자 아이의 뒤를 따라 나무속으로 난 구불구불한 길을 한참이나 걸어갔다.

"우와!"

"대, 대단해!"

남매는 눈앞에 펼쳐진 장면에 탄성을 질렀다.

그곳은 나무 둥치 속이라는 게 믿기지 않을 만큼 크고 넓었으며, 빛을 내는 물체도 없는데 밝았다.

아이들은 맑은 실개천을 지나 작은 돌다리를 건넜다. 그리고 반투명한 노란 꽃들이 피어 있는 꽃밭을 가로질러 아담한 오두막 앞에 도착했다.

아이가 반원형의 문을 조심스럽게 열었고, 그들은 아이의 주인이 있다는 안방으로 안내받았다.

금색 눈동자의 아이가 눈물을 글썽이며 쪼르르 달려 들어갔다. 그러곤 발뒤꿈치를 곧추세워 나무 침상 위에 누워 있는 존재의 옷자락을 꼭 잡았다. 이에 남매는 호기심 어린 눈으로 침상을 들여다보았다.

"우와!"

아사가 조그맣게 탄성을 터뜨렸다.

침상 위에는 보라색의 머리카락과 금빛 피부를 가진 정령 요정이 누워 있었다. 판판한 가슴이 아니면 여성이라고 우겨도 믿길 만큼 아름다웠지만 생기 없이 늘어신 몸과 창백한 얼굴이 많이 아파 보였다.

미수가 혀를 차더니 힘없이 늘어져 있는 요정 남자의 손을 잡고 하얀 기운을 풀어내었다. 그러자 '움찔' 하고 남자의 손가락 끝이 움직였고, 눈꺼풀이 떨리더니 신비로운 청보라색 눈동자가 드러났다.

"주인님?"

금색 눈동자의 아이가 조심스럽게 요정 남자의 옷자락을 잡자 그가 잔잔하게 웃었다.

「금빛 애기야.」

남매는 머릿속으로 직접 전하는 것처럼 울림이 깊은 요정 남자의 신비로운 음성을 들었다. 아이도 그 소리를 들은 듯 울음을 터뜨리며 요정 남자에게 매달린다. 그러자 요정 남자가 아이의 머리카락을 쓰다듬으며 달랜다.

「마음고생이 심했겠구나. 괜찮다. 괜찮으니 조금 자거라.」

금색 눈동자의 아이가 훌쩍거리다 요정 남자의 품에서 잠이 든다. 그때서야 그가 미수를 바라보며 사과한다.

「죄송합니다. 이 아이가 아직 어리고 철이 없어서 폐를 끼쳤습니다. 미양 님의 아이여!」

"아! 제 어머니를 아십니까?"

「네. 많이 닮으셨군요. 검은 머리카락도, 검은 눈동자도…….」

요정 남자가 꿈꾸는 듯한 눈으로 미수의 얼굴을 만지려다 기운이 달리는지 힘없이 손을 떨어뜨린다. 이에 미수가 안타까운 표정으로 묻는다.

"제가 당신을 도울 방법이 있나요?"

「말씀은 감사합니다만 저를 회복시킬 수 있는 분은 오직 아버지뿐이십니다. 그보다 어서 이곳을 빠져나가십시오. 지금 소멸한 암흑요정의 짝이 곧 깨어날 겁니다.」

"비록 제가 미성체 요정이지만 그것에게 당할 만큼 약하지 않습니다."

「압니다. 하지만 저 애들은 아니지요.」

요정 남자가 아사 남매를 근심스러운 얼굴로 바라본다.

"그렇군요. 하지만……."

「전 괜찮습니다. 다시 잠들면 되니까요. 이 아이도 잠들었으니 당신을 방해
하지 못할 겁니다. 제가 잠들면 이 나무 밖은 다시 암흑요정이 지배하게 될 겁
니다. 그 전에 빠져나가세요. 시간이 없습니다.」

미수가 어두운 표정으로 요정 남자의 손을 놓으며 한마디 한다.

"구해주지 못해서 미안합니다."

「괜찮습니다. 부디 인간 아이들을 도와 요정의 꼬투리가 빨리 채워지도록 부
탁드립니다.」

요정 남자가 간절한 표정으로 고개를 숙이는 순간 밖에서 우르릉
소리가 들린다.

미수가 아사를 한팔에 번쩍 안아 들고 한의 허리를 잡아 옆구리에
끼고 문을 박찬다.

그가 바람이 일 만큼 빠른 속도로 달리는 바람에 한은 눈을 질끈
감았다. 그리고 아사는 미수의 목을 껴안은 채 날카로운 소리를 내
며 스쳐 가는 검은 연기의 화살들을 질린 눈으로 바라보았다.

"레오!"

붉은빛이 번쩍이더니 레오가 바람처럼 달려온다.

미수가 높이 뛰어올라 레오의 등으로 날아 내렸다. 그 순간 크게
흔들리는 미수의 몸에 아사는 하마디면 손을 놓칠 뻔했다. 그러나
레오가 빛처럼 빠르게 달렸기에 아사는 미수의 목을 껴안고 악착같
이 매달렸다.

눈앞이 확 밝아진다. 밖으로 나온 것이다. 아사는 안도의 숨을 내
쉬며 팔에 힘을 풀었다.

"누나! 미수 형이!"

아사가 한의 비명에 화들짝 놀라 미수를 살폈다. 그리고 미수의 어

깨와 등이 피로 축축하게 젖어있는 것에 놀라 새된 비명을 질렀다.

"레오, 아버지를… 찾아와."

미수가 가쁜 숨을 쉬며 레오에게 명하자 붉은빛이 번쩍이며 레오의 모습이 사라진다.

"형, 레오만 보내면 어떡해?"

"맞아! 같이 빠져나가도 부족할 판에……."

한과 아사의 말에 미수가 힘없이 웃으며 사실을 밝힌다.

"여긴 암흑의 힘이 강해서 아무리 레오라도 우리 셋을 다 데리고 결계를 빠져나가진 못해. 사실 이곳도 위험… 저기 붉은 언덕을 넘어야……."

"미수야!"

"미수 형!"

남매는 무너지듯 쓰러지는 미수를 부축했다.

미수의 부상은 심해서, 깊이 팬 왼쪽 어깨와 등의 상처에서 끊임없이 붉은 피가 흘러내렸다.

아사는 바들바들 떨면서도 한이 시키는 대로 치맛자락을 길게 찢어 피를 멎게 하는 것을 도왔다. 다행히 도레스의 새끼인 곰돌이가 힘을 보태 주었기에 피는 생각보다 빨리 멈추었다.

"이젠 어떡하지?"

"형의 말대로라면 저 언덕까지 가야 한다는 건데……."

한은 정신을 잃은 미수를 보며 난처한 표정을 지었다. 키도 크고 몸무게도 훨씬 더 나가는 그를 어떻게 데리고 가야 할지 몰랐기 때문이다.

그런데 엎친 데 덮친 격으로 뒤쪽 지평선 위에 먹물처럼 검은 뿌리들이 구물구물 기어온다. 그것들에게서 풍기는 비린내와 노린내가 역겹다. 남매는 서로 마주 보고 빠르게 고개를 끄덕였다.

아사가 냉큼 등을 돌리고 앉았다. 한은 미수를 부축해 누나 아사의 등에 업혀 주었다. 아직은 누나보다 키도 작고 힘도 약한 게 사실이기 때문이다. 다행히 누나에겐 꽤 괜찮은 도우미도 딸려 있다.

"곰돌아, 내 힘 좀 키워 줘."

도레스의 새끼가 아사의 어깨 위에 앉아 푸른 기운을 풀어냈다.

잠시 후, 아사는 힘을 주어 몸을 일으켰다. 묵직하지만 그런대로 버틸 만했다.

아사가 무리 없이 첫걸음을 떼는 것에, 한은 안도의 숨을 내쉬었다.

그러나 미수의 키가 큰 탓인지 긴 다리가 바닥까지 질질 끌렸다. 그래서 한은 뒤에서 미수의 엉덩이를 받쳐 들었다. 이렇게 남매는 서로 밀고 끌고 도와가며 쉬지 않고 붉은 언덕을 향해 걸었다.

"누나, 힘들지?"

"아직은……."

한은 걱정스러웠다. 도레스의 새끼가 힘을 키워 준다고는 하지만 어디까지나 본래 가지고 있는 힘을 기준으로 하기에 시간이 갈수록 힘들어질 것은 사실이기 때문이다. 그나마 다행인 것은 검은 뿌리들이 다가오는 속도와 아사가 걷는 속도가 비슷하여 빨리 걸으려고 애쓰지 않아도 된다는 것이다.

"괜찮아?"

"날… 시키시 마."

한은 아사의 퉁명스러운 대꾸에 입을 다물었다.

"누가 꺽다리 아니랄까 봐 무겁기도 되게 무거워요."

아사가 땀을 뻘뻘 흘리며 힘겹게 걷다가 불쑥 한마디 내뱉었다. 그것으로 말의 물꼬가 터지자 이젠 거침없이 이어진다.

‘뭘 먹고 이렇게 컸느냐, 뼈 안에 살이 쪘을 거야, 날개 무게가 있어 더 무거운 거다. 다리는 왜 이렇게 긴 건데?’ 등 끝없이 이어지는 아사의 헐뜯는 소리에 한은 결국 한마디 하고 말았다.

“누나, 입 다물고 가는 게 더 힘이 덜 빠질 것 같은데?”

“누가 그걸 모르냐? 그치만 이렇게라도 하지 않으면 힘을 내기가 더 힘들 것 같단 말이야. 아악! 무거워, 무거워, 무거워!”

“무거워서… 미안하다.”

아사는 우뚝 걸음을 멈추었다. 바싹 뒤따르던 한이 미수의 등에 ‘콩’ 하고 이마를 박았고, 미수가 작은 신음을 흘렸다.

“형, 정신 들어?”

한이 반색을 하며 물었다.

미수가 조금 더 크게 신음을 흘렸다. 아사가 휙 돌아보려다 옆 이마로 미수의 머리를 박았기 때문이다.

“아사, 내려줘.”

“하지만 아직 붉은 언덕까지는 많이 남았단 말이야.”

“이대로 가다간 저것들에게 먹혀.”

미수가 가리키는 곳을 본 남매의 얼굴이 하얗게 질렸다. 검은 뿌리들이 속도를 올려 바싹 따라오고 있었기 때문이다.

“어, 어떡해? 미수야.”

“날아가야지.”

푸득, 미수의 등에서 금빛 날개가 펼쳐졌다. 그리고 한과 아사는 미수의 팔에 들려 허공으로 떠올랐다.

미수의 날갯짓은 너무나 힘겨워서 남매는 미안한 마음을 감추지 못했다. 그런데도 그만두라고 하지 못했던 것은 땅이 새까맣게 보일 만큼 늘어난 검은 뿌리들과 위로 치켜진 뿌리 끝에서 날카롭게 번뜩

이는 톱니바퀴 모양의 소화기관을 보았기 때문이다.

남매는 피에 젖은 미수의 날개를 보고 마음을 졸이며 어서 붉은 언덕에 도착하기를 빌었다.

그 사이에도 검은 뿌리들은 무섭게 쫓아왔다. 그중 제일 먼저 쫓아온 뿌리가 한껏 몸을 부풀려 미수의 발목을 휘어 감으려는 순간, 아사는 붉은 언덕을 보았다.

아사는 생각할 겨를도 없이 미수의 팔을 놓으며 그쪽으로 뛰어내렸다. 그 때문에 갑자기 줄어든 무게에 미수의 몸이 위로 쑥 솟아올랐고, 검은 뿌리의 공격이 아슬아슬하게 비껴갔다. 그럼에도 불구하고 마지막 힘을 다 써버린 미수가 그대로 붉은 언덕으로 추락했다.

미수보다 한발 앞서 뛰어내린 한이 아사와 함께 미수의 몸을 받았지만 그 무게를 이기지 못하고 언덕 아래로 같이 굴렀다.

얼마나 그렇게 굴렀을까? 평평한 곳이 나온 뒤에야 겨우 멈춘 남매는 미수의 날개 사이에서 기어 나왔다. 피에 젖은 미수의 금빛 깃털이 여기저기에 어지럽게 날렸다.

"미수야!"

아사는 한과 함께 미수의 상체를 붙잡아 일으켰다.

"미수야, 눈 좀 떠봐."

아사는 미수의 뺨을 톡톡 치며 애타게 불러댔다. 미수의 얼굴은 너무 창백해서 아사는 겁이 났다. 아사의 눈에서 뚝 떨어진 눈물이 미수의 뺨에 눈물 자리를 만들었다.

"아파……."

"미수야?"

"형, 괜찮아?"

"날개를… 넣어아… 못 쓰게……."

미수가 날개를 억지로 접어 넣고 쓰러지자 한이 그를 부축했다. 그리고 아사는 터져 버린 미수의 등과 어깨의 상처를 다시 한 번 단단하게 동여매고 곰돌이에게 일렀다.

"곰돌아, 미수에게 힘 좀 보태 줘."

곰돌이가 미수의 몸에 푸른 기운을 풀어내었다. 그러자 미수가 눈을 뜨고 힘없이 입을 열었다.

"아버지가… 찾으셔… 교신을……."

"어떻게 해야 하는데?"

"하늘이 보이게 누워야……."

남매는 서로 마주 보았다.

"어떡해? 등의 상처가… 아!"

아사가 미수의 머리를 받치고 한이 미수의 다리를 폈다. 덕분에 미수는 다리를 쭉 뻗고 아사의 무릎을 벤 채 옆으로 누운 자세가 되었다.

곧 미수의 몸에서 하얀빛이 흘러나왔다. 그것이 보일 듯 말 듯 너무 희미하고 약해서 아사는 걱정이 되었다.

"교신이 안 돼… 왜? 잠이… 와……."

미수가 고개를 툭 떨어뜨렸다. 아사가 화들짝 놀라 손을 뻗자 한이 고개를 저었다.

"정신을 잃었어. 쉽게 깨지 못할 것 같아."

"그럼 어떡해?"

"더 이상 우리를 위협하는 건 없는 것 같으니 방법을 찾아 봐야지."

아사는 차분하게 가라앉아 있는 동생의 눈을 들여다보고, 불안한 마음을 애써 가라앉혔다. 그리고 한이 주변을 꼼꼼하게 살피는 동안 미수의 이마와 관자놀이에 맺힌 식은땀을 닦아 주었다.

“누나, 이곳 아무래도 환각인 것 같아.”

“에? 진짜?”

아사는 주변을 둘러보았다. 환각이라고 생각하니 비로소 이상한 것이 보인다. 분명 붉은 언덕에서 굴러내려 왔는데 언덕은커녕 평평한 들판만 끝없이 펼쳐져 있다. 장애물이라고 해 봐야 키 작은 나무 몇 그루, 작은 바위 몇 개, 그리고 한 뼘 높이로 자란 풀들뿐이다.

“잘 봐. 저 나무들도, 저 바위들도, 이 풀들도 진짜가 아냐.”

아사는 풀과 바위를 만져보며 고개를 갸웃거렸다.

“난 모르겠는데”

“하늘을 봐. 해가 있지? 그런데 바위나 나무의 그림자가 없어. 게다가 풀은 누르면 휘어졌다 일어나야 하는데 그대로야. 좀 더 자세히 보면 손이 풀을 뚫고 들어갔다 나오는 걸 볼 수 있을 거야. 하늘 색깔도 그래. 아무리 색이 선명한 세상이라지만 자연 현상인데 저렇게 고르게 파랗지는 못해.”

“헉, 그렇다면?”

“기가 막힐 정도로 사실적인 입체 영상이라는 거지. 내 짐작이 맞는다면 들판 끝까지 간다고 해도 이곳을 빠져나갈 수 없을 거야. 물론 갈 힘도 없지만.”

“그림, 이떡해?”

“메오시 수한 아저씨를 모시고 올 때까지 기다려야지”

“그치만 미수가……”

아사는 미수의 파리한 얼굴을 내려다보며 울먹였다. 한은 누나를 달래려고 손을 뻗다가 멈칫했다. 놀랍게도 팔찌에서 희미한 빛이 일고 있었던 것이다.

“곰돌아, 이 힘 좀 키워 봐.”

한의 말에 곰돌이가 푸른 기운을 풀어냈다. 그러자 팔찌의 빛이 확실히 더 짙어졌다.

"어? 한아, 내 팔찌도 그래. 곰돌아!"

아사의 부름에 곰돌이가 폴짝 뛰어 아사의 팔에 매달렸고, 이어 아사의 팔찌도 눈에 띄게 빛나기 시작했다.

남매는 누가 먼저랄 것도 없이 서로의 팔찌를 부딪쳤다. 그 순간 환한 빛이 하늘로 치솟았고, 파란 하늘이 두 조각으로 찢기며 그 속에서 거대한 눈이 나타났다.

「거기 누가 있는 건가? 내 말 들리면 큰소리로 대답하라.」

"에? 설마?"

우렁우렁하게 들려오는 머릿속 소리가 귀에 익다는 것에 남매는 서로 마주 보았다.

"수한 아저씨!"

"아저씨, 여기예요!"

아사와 한은 환한 얼굴로 크게 외쳤다. 그러자 눈이 사라지고 거대한 손이 내려와 아이들을 한꺼번에 모아 잡은 후 위로 들어 올렸다.

잠시 후 아이들을 움켜쥔 손이 점점 작아지는 바람에 아이들은 손바닥에서 벗어나 흙냄새가 싱그러운 땅에 주저앉았다. 그리고 수한 님의 손이 큰 게 아니라 자신들이 작아져 있었다는 것을 뒤늦게 깨달았다.

"괜찮으냐?"

"네."

수한 님이 미수를 안으며 하는 말에 남매는 동시에 대답했다.

"한, 괜찮아? 놀라 죽는 줄 알았잖아!"

수니가 한을 와락 껴안았다. 한이 수니의 가슴에 얼굴을 박은 채 어쩔 줄 모르는 것을 보여 아사가 킥 웃었다. 그때 그윽한 스피아민트 향과 함께 아사의 몸이 가볍게 들렸다.

"세르 님!"

아사는 루하님의 품에 와락 안겼다.

"무사해서 다행이구나."

"네! 그런데요, 악! 다리에 쥐가 났어. 악, 악, 악! 만지지 마요!"

아사의 엄살에 루하님이 청아한 웃음을 터뜨렸다.

"세르, 가자!"

수한 님이 미수를 안고 날아올랐다.

"난 공주가 아니거든!"

날개를 펼친 수니의 품에 공주님 안기로 안긴 한의 비명이 공중에 울려 퍼졌다.

"엑? 세르 님은 날개가 없는데 어떻게 날 수 있는 거예요?"

아사는 두 요정과 같이 하늘을 날고 있는 루하님을 보며 눈을 동그랗게 떴다.

"루하님은 여왕님의 요정 가루의 축복을 받으셨어. 그래서 마음만 먹으면 그것을 불러내어 하늘을 날 수 있으셔."

한발 앞서 날던 수니가 친절히게 설명을 해준다.

그때서야 아사는 반짝이는 은빛 가루가 루하님의 몸을 감싸고 있는 것을 보았다.

"멋져요, 세르 님."

"유효 기간이 석 달이란다. 그래서 석 달에 한 번씩 다시 받아야 해."

"그래도 멋져요. 저기… 세르 님, 제게도 좀 나눠 주시면 안 되나요?”
“그게 좀…….”
루하님이 멋쩍게 웃자, 수니가 픽 웃더니 대신 말해준다.
“그건 나눠 줄 수 없는 거야. 하지만 받는 방법은 있어.”
“그게 뭔데?”
“시집 가, 고위 요정에게.”
“엑? 그건 뭔 소리야?”
“고위요정만 요정 가루를 만들 수 있는데 오직 자신의 반려에게만
줄 수 있거든.”
아사는 그만 시무룩해졌다. 그러자 루하님이 빙그레 웃으며 아사
를 달랜다.
“네가 날고 싶다면 언제든지 이렇게 해줄게. 그것으로 만족하면
안 되겠니?”
“안 되기는요. 어? 하이포누에 호수다!”
아사는 루하님의 어깨너머로 보이는 호수를 보며 큰소리로 외쳤다.

✽ ✽ ✽

아사와 한, 미수의 상처는 지나 아주머니의 치유술과 도레스의 새
끼인 곰돌이의 힘으로 빨리 아물었다. 그리고 암흑요정의 힘에 의
해 약해진 미수의 생명력은『영혼의 별』루하님의 힘으로 다시 채워
졌다.
미수가 정신을 차리자 루하님과 수한 님이 차란 마을로 떠날 준비
를 갖추었다. 그래서 아사는 친구인 수운에게 보내는 편지를 썼다.
수니의 도움을 받아 꼭꼭 눌러 쓴 꽃잎 편지와 함께 특별히 닮아지

를 위한 선물도 챙겨 넣었다. 이왕이면 타란 마을에 들르는 날에 답장도 가져다주면 좋겠다고 하자, 루하님이 빙그레 웃으며 그렇게 하겠다고 약속했다.

수니는 한의 곁에 머물기로 했다. 이번 일로 한이 가지고 있는 정목의 힘이 더욱 커졌기에 그 힘을 들키지 않기 위해서는 수니의 힘이 필요했기 때문이다.

아사는 다친 미수의 곁을 떠나지 않고 이것저것을 챙겨 주었다. 미수도 싫지는 않았는지 그런 아사의 시중을 얌전히 받아들였다.

"에? 이게 언제 변했지?"

아사는 미수의 상처를 닦은 약초 물이 담긴 대야를 들고 나가다 자신의 팔찌를 보고 고개를 갸웃거렸다. 누구의 행복인지는 모르지만 네 번째 보석을 받치는 틀이 보라색으로 변해 있었던 것이다.

거꾸로 삶을 사는 아이

카란족은 요정계 제일의 신성한 나무인 대요정수를 지키는 부족이다. 모두 열다섯 부류의 소수민족으로 이루어져 있어, 요정계 8대 부족 중 가장 다양한 문화와 전통 및 풍습을 가지고 있다.

그들은 카란소도(대요정수가 있는 신성한 땅 주변을 일컫는 말)를 비롯하여 요정계의 고산 지대나 바다, 사막, 화산 지대 등 일반 요정들이 살기 힘든 곳에 터를 잡고 산다. 온갖 종류의 땅덩어리와 문화가 존재하는 요정계가 고르게 발전할 수 있는 것은 바로 이렇게 카란족이 각자 책임과 의무를 다하며 살아가고 있기 때문이다.

그들은 일 년에 단 한 번, 카란소도로 모여들어 대요정수에게 정성껏 준비한 제물을 바치고 소원을 비는 의식을 치른다. 그것이 바로 요정계의 3대 축제 중의 하나인 카란 축제다. 그들은 닷새 동안 축제를 즐긴 후 각자의 가슴 속에 대요정수의 축복을 담고 다시 거칠고 메마른 자신들의 땅으로 되돌아간다.

이런 의미의 축제이기에 해마다 여왕님은 물론 수한 님과 루하님도 모든 일을 제쳐두고 참석하여 축제를 빛내준다고 했다.

요정 아이 4총사도 이날을 손꼽아 기다리는데, 이는 축제 기간 내내 그분들과 함께 있기 때문이다. 특히 올해는 아로아의 가족은 물론 아사 남매까지 같이 가기로 했기에, 아사는 들뜬 마음으로 마당을 서성댔다.

"왜 아직 안 오시는 거야?"

"아직 7큐(아침 일곱 시)도 되지 않았어. 정신없이 그러지 말고 조금만 참고 기다려 봐."

한이 안달복달하는 누나 아사에게 핀잔을 주자 마루가 킥 웃었다. 이에 아사는 가자미눈으로 마루를 흘겨보았다.

얼마나 시간이 흘렀을까? '펄럭' 하고 힘찬 날갯짓 소리가 들렸다. 아사는 함박웃음을 지으며 두 손을 위로 올려 힘차게 흔들었다.

수한 님이 날개를 접고 내려앉았고, 이내 금빛 꼬리를 길게 끌고 우아하게 내리는 황금새의 등에서 루하님이 뛰어내렸다. 황금새가 풀어지듯 옅어지며 반투명한 네 명의 정령 요정 여인들의 모습으로 변했다. 바로 '봄', '여름', '가을', '겨울'이라는 이름을 가진 정령 요정들이다.

"세르 님!"

아사는 루하님의 품에 와락 안기들었다. 스무날 만에 보는 루하님에게선 여전히 향긋하고 좋은 냄새가 났다.

"어이, 꼬마 아가씨! 난 안 보이는 거냐?"

"잘 보여요. 그치만 저는 아저씨의 다리에 매달리고 싶지 않아요."

아사는 고개를 직각으로 들어야만 볼 수 있는 수한 님과 눈을 맞추며 배시시 웃었다.

“이런, 꼬마 아가씨. 내가 큰 게 아니라 네가 작은 거다.”

“현실은 바로 보셔야죠. 저는 보통이고, 세르 님은 크신 거고, 아저씨는 거인이세요. 그쵸? 세르 님.”

“네 말이 맞다.”

루하님이 아사의 머리카락을 쓰다듬으며 빙그레 웃자 수한 님이 짐짓 원망스러운 표정으로 넋두리를 늘어놓았다.

“세르 너, 이 연약한 형님에게 꼭 그렇게 충격적인 말을 해야 되겠냐? 사랑하는 우리 아들, 넌 어떻게 생각해?”

“저도 세피르 님의 말씀에 한 표 추가예요, 거인 아버지.”

미수가 ‘거인 아버지’에 힘을 주어 똑똑 끊어 말하자 수한 님이 ‘컥’ 소리와 함께 가슴을 움켜쥐고 비틀거렸다. 그러자 아이들이 까르르 웃음을 터뜨렸다.

그때 공중에서 비류(독수리를 닮은 요정계의 영물로, 아로아의 아버지 루에트 님의 탈것)의 울음소리가 들려왔다.

“아사! 나 왔어!”

아로아와 핀 님, 루에트 님이 비류의 등에서 날아 내렸다.

어른 요정들이 인사를 나누는 동안 아로아가 아사를 덮치듯 끌어안았다.

“숨, 숨 막혀!”

아사가 아로아의 품에 갇혀 버둥대자 한이 아로아의 어깨를 밀쳐냈다. 그러자 아로아가 아사를 놔주며 장난스럽게 웃었다.

“어머? 우리 한이 못 본 사이에 키가 컸네?”

“성장기니까.”

한의 무뚝뚝한 대답에 이번에는 수니가 까르르 웃으며 한의 어깨에 손을 얹고 매달렸다.

"힝, 내가 제일 작다니! 마치 거인국에 온 사람 같잖아."

아사가 자신보다 커버린 한을 올려다보며 울상을 지었다.

"거인국에 온 난쟁이는 아니고?"

마루가 짓궂게 아사를 놀렸다. 아사는 그런 마루의 튼실한 정강이를 사정없이 차준 후 얼른 미수의 등 뒤로 숨어 혀를 쏙 내보였다.

"여왕님은 일이 있어 늦게 오시니 지금 출발하지요."

핀 님의 말에 요정들은 서둘러 각자의 탈것에 올랐다.

아로아는 부모님과 함께 비류의 등에 타고, 요정 아이 4총사와 아사 남매는 레오의 등에 올랐다. 루하님이 황금새 위로 뛰어오르자 수한 님이 그 곁에서 여덟 장의 날개를 활짝 펼쳤다.

"카란의 축제장을 향하여 출발!"

아사의 짜랑짜랑한 목소리에 비류와 레오, 황금새가 일제히 하늘로 날아올랐고, 수한 님이 힘차게 날갯짓을 하며 바싹 뒤따랐다.

카란소도는 꼬박 8미큐(8시간)가 걸리는 먼 곳이었다. 그런데도 남매가 지루하지 않았던 것은 수니와 유지, 마루가 번갈아가며 재미있는 이야기를 들려주었기 때문이다.

수니는 주로 카란소도의 자연환경과 기후에 대해 말해 주었다. 그곳은 깅과 호수가 많고 비교적 비기 많온 곳이라 했다.

그때서야 남매는 요정계에 와서 한 번도 비를 보지 못했음을 깨달았다. 이는 항상 습도가 적당했고 물이 흔했던 탓도 있었다.

수니는 그 이유가 바로 요정계의 왕도를 비롯한 본토가 여왕님의 『시에라』의 권능에 의해 가장 이상적인 기후 상태를 유지하고 있기 때문이라고 설명해 주었다.

남매가 신기해했던 것은 비의 새깔이었다.

'푸른 비라니!'

또 카란 축제 기간 중 비가 내릴 때만 신비한 자태를 드러낸다는 고대 요정 레시아에 대한 이야기도 남매의 호기심을 부추겼다.

유지는 식물을 좋아하는 아이답게 대요정수에 대한 이야기를 들려주었다.

대요정수는 요정계가 생겼을 때부터 있었다는 나무로, 요정계의 서쪽을 수호하는 정목과 탄생의 숲에 있는 신목과 함께 요정계를 지탱하는 신령스러운 나무라고 했다.

요정계에 큰 애경사가 있을 때 웅장한 울음을 토해내어 이를 알려주고, 요정 아이가 성체가 되었을 때 '요정명'을 내려주어 삶의 방향을 결정해주는 중요한 역할을 한다고 했다.

마루는 열다섯 부류의 소수민족 중 가장 용맹한 전사족인『죽음의 발톱』이란 요정명을 받은 요정들에 대한 이야기를 해주었다. 주로 암흑요정이나 타락 요정과의 전투나 전쟁 일화가 많았는데, 한이 열심히 듣는 동안 아사는 미수의 등에 이마를 대고 꼬박꼬박 졸았다. 그러다 카란소도의 어딘가에 숨어 있다는 요정의 보물 이야기에 반짝 정신을 차리며 관심을 기울였다.

그것은 꿈을 모아 영글게 한다는 '꿈의 환상'이라는 보물이었다. 그것이 어떻게 생겼고 어디에 있는지는 아무도 모른다고 했다. 그러나 누군가의 간절한 소망이 보물에 깃들면 그것을 키워 품고 있다가 가장 필요로 하고 원할 때 소망을 이루어준다고 했다. 다만 어느 누구도 그것을 보거나 소망을 이룬 적이 없기에 전설의 보물로 남아있는 것이라고 했다.

축제 참여단 일행은 낮 12큐(12시)를 조금 넘겨 초원 지대에서 점심을 먹었다. 그리고 다시 출발하려고 할 때 아사는 달빛 요정들이 합체한 황금새를 타고 싶어 대놓고 부러운 눈으로 바라보았다. 그러자 루하님이 빙그레 웃으며 손을 내밀었다. 아사는 누가 말리기라도 할까 봐 냉큼 그 손을 잡았다.

아사에게 있어서 그것은 또 하나의 신기한 경험이었다. 분명 반투명한 정령 요정 여인들이 변신한 것이었음에도 불구하고 탄력 있는 생고무에 앉은 것 같은 느낌이 나서 무척 편했다.

아사는 루하님으로부터 열다섯 부류의 소수민족에 대한 이야기를 들었다. 그들의 운명과 삶에 대해 이야기하는 루하님의 말투와 표정이 어찌나 다정한지, 아사는 내내 그런 루하님의 얼굴에서 눈을 떼지 못했다.

아사가 가장 재미있게 들었던 이야기는 거꾸로 삶을 산다는 거꾸로 일족과 강한 자가 약한 자의 성(性)을 원하는 쪽으로 강제로 변하게 할 수 있다는 케키아로스 일족에 대한 것이었다.

오후 4큐경, 일행은 드디어 카란소도의 하늘로 들어섰다. 그리고 카란소도의 도주와 수행인들의 따뜻한 환영을 받았다.

✳ ✳ ✳

"진짜 저분이 보영 님이라는 거야?"

"그렇다니까."

"믿어지지 않아. 어떻게……."

아사는 수니의 말에 수한 님과 이야기를 나누고 있는 소년 요정을 보며 눈을 동그랗게 떴다.

이곳에 오면서 마루에게 들은 말에 의하면 카란소도의 『다스리는 자』 보영 님의 연세는 분명 육백 살이라고 했다. 그런데 진청색 고수 머리에 커다란 연갈색 눈동자, 통통한 볼살과 발그레한 뺨을 한 보영 님은 아무리 봐도 미수 또래로밖에 보이지 않았다.

"아까 우리 마중 나오셨을 때 날개 안 봤어?"

"봤지. 세 쌍의 예쁜 진청색… 아!"

아사는 입을 떡 벌렸다.

"세상에! 진짜네. 근데 왜 저렇게 어려 보이는 거야? 이건 사기야!"

아사가 머리를 쥐어뜯으며 하는 말에 수니가 킥 웃고 한이 한숨을 쉬었다.

"누나, 음식에 머리카락 떨어져."

"떨어지든지 말든지…가 아니라 한, 넌 놀랍지 않아?"

"놀랍긴 하지만 머리카락 쥐어뜯을 정도는 아니야. 미수 형, 보영 님 거꾸로 일족 출신이지?"

"그래."

미수의 대답에 아사는 손바닥으로 이마를 짝 치며 루하님의 말을 떠올렸다.

거꾸로 일족은 거꾸로 삶을 사는 몸을 가지고 태어난다고 했다. 알에서 깨어나면 노인의 모습을 하고 있다가 자랄수록 청년에서 소년, 어린아이 모습으로 변하고, 시간의 은총(죽음)을 맞을 때가 오면 아기가 되어 잠을 자다 푸른 빛 가루로 변해 사라진다고 했던 것이다. 처음 그 말을 들었을 땐 그저 신기하다고만 생각했는데 거꾸로 일족을 직접 보니 기분이 이상했다.

아사가 빤히 바라보자 보영님이 둥근 갈색 눈동자를 휘며 환하게 웃었다. 이에 아사는 화들짝 놀라 고개를 돌렸다.

연회가 끝난 뒤 아사 일행은 영빈관 중에서도 가장 귀한 손님들이 머문다는 ‘하얀 나무의 쉼터’로 안내받았다.

하얀 나무의 쉼터는 작은 정원과 야트막한 담장이 있으며 모든 시설이 갖추어진 방 세 칸짜리의 독립된 집들이 층층이 있어 마치 하나의 거대한 탑 같았다. 모두 24층인데 위로 갈수록 조금씩 커지는 역삼각형 모양이어서 아래층이 잘 보이지 않았고, 밖에는 갖가지 나무들이 무성한 넓은 정원이 펼쳐져 있어서 바깥에서 안을 볼 수 없게 되어 있었다.

하얀 나무의 쉼터를 관리하는 『맞이하는 자』 지후가 이곳을 처음 이용하는 남매를 위해 안내를 해주었다.

“각 층마다 ‘여닫음’이라고 불리는 출입구가 있어요. 그곳을 담당하는 자들은 ‘문지기’라고 불리는 고대 요정들이에요. 그들의 도움을 받아 다른 요정들의 눈을 신경 쓰지 않고 마음대로 드나들 수 있지요. 당연히 원하는 곳으로 자유롭게 갈 수도 있어요. 단 카란소도 내에서만 이동이 가능하고 금지 구역으로 정해진 곳은 함부로 들어갈 수 없답니다. 참! 문지기들의 심술로 가끔 엉뚱한 곳에 떨어지기도 하니 조심하는 게 좋아요.”

남매는 『맞이하는 자』 지후의 말에 몸을 부르르 떨었다. 그러자 요정 아이 4총사와 아로아가 웃음을 터뜨렸다.

“날개달린 것들을 만나면 피를 선물로 주면 돼. 너무 많이 줬다간 눈을 뜨시 못할 수도 있으니께 조심히고.”

“발 많이 달리거나 발이 없는 놈들과 사이좋게 짝짜꿍 놀이를 할 수도 있어.”

“시커먼 애들이 놀자 하면 놀아주면 돼. 그렇다고 혼을 달란다고 주지는 말고.”

“그땐 도망가. 조금은… 아니, 많이 구르겠지만.”

“죽지는 않으니 겁먹지는 마라.”

유지, 마루, 수니, 아로아, 미수가 차례로 하는 말에 아사는 얼굴이 붉으락푸르락해졌다가 소리를 빽 질렀다.

“너희들 말이 더 무서워! 단체로 사람 겁주기 놀이하냐? 에라, 이 나쁜 요정들아! 나쁜 인간에게 확 잡혀가 버려라!”

“어이구 무섭네, 나쁜 인간 여자애.”

마루가 짐짓 부들부들 떠는 시늉을 하며 이죽거리자 요정 아이들이 일제히 웃음을 터뜨렸다.

잠시 후, 루하님과 수한 님은 7층, 루에트 님과 핀 님은 8층으로 안내받았다. 그리고 아로아와 수니는 9층, 아사와 한은 10층, 마루와 유지는 11층을 배정받고 짐을 풀었다.

각 층에다 『도와주는 자』들이 손님들의 시중을 들었다. 그래서 남매는 전혀 불편함을 느끼지 못했다.

“누나, 잘 자.”

한이 입이 찢어지게 하품을 하며 옆방으로 사라진 뒤 아사도 잠자리에 누웠다. 그러나 워낙 피곤한 탓인지 잠이 오지 않았다. 그래서 한참을 뒤척이다 살그머니 일어나 레이스 커튼이 드리워진 창가로 갔다.

“아!”

아사는 탄성을 터뜨렸다. 비가 내리고 있었다. 흐릿한 불빛에 비친 비는 마치 가느다란 푸른 실들이 겹겹이 흔들리는 거처럼 보였다. 그 모습을 물끄러미 바라보고 있던 아사는 문득 서러워졌다. 그래서 외투를 걸친 후 우산을 챙겼다.

침대 위에 웅크리고 있던 곰돌이가 고개를 반짝 쳐들고 ‘끼잉’ 하고 울었다. 그리고 아사가 손을 내밀자 쪼르르 올라와 아사의 어깨 위에 자리 잡고 앉았다.

“문지기님, 나가고 싶어요.”

아사의 속삭임에 공간이 일그러지며 작은 문 하나가 나타났다. 그리고 문 위에 걸터앉아 있는 난쟁이의 회색 눈과 마주친 순간 몸이 확 쏠렸고, 아사는 어디론가 이동했다.

✳ ✳ ✳

아사는 가는 비가 실처럼 풀어져 내리는 숲 속의 오솔길에 서 있었다. 비를 잔뜩 머금은 풀과 나무에서 싱그러운 냄새가 풍겨 나왔다. 바깥의 서늘한 공기에 곰돌이가 부르르 떨더니 아사의 어깨 위에 몸을 동그랗게 말고 웅크렸다.

다시 돌아가고 싶다고 말하면 방으로 돌아갈 것을 알면서도 아사는 그렇게 하고 싶지 않았다. 그래서 우산을 펴들고 아무도 없는 오솔길을 타박타박 걸었다.

카란족은 비를 ‘푸른 은총’이라 부른다. 이는 비가 그들의 소원을 모아 대요정수에게 전한다고 믿기 때문이다. 그래서 그들은 비 오는 날이면 외출을 삼가고 집에서 기도를 올렸다.

아사도 이 사실을 알고 있었기에 다니는 요정이 없어도 걱정하지 않았다. 물론 무섭지도 않았다.

엄마는 그렇게 컸을까? 아사는 이상한 소리를 듣고 발걸음을 멈추었다. 그 소리는 뭔가를 질질 끄는 것 같기도 하고, 절뚝절뚝 딛는 것 같기도 했다.

아사는 잠시 망설이다 그쪽으로 달려갔다. 그러곤 비를 맞으며 위태롭게 걷는 작은 아이 요정을 발견했다. 푸른 머리카락과 큼직한 푸른 눈동자를 가진 대여섯 살쯤 되어 보이는 남자아이였다.

"괜찮니?"

아사는 비틀거리며 막 넘어지려는 아이의 팔을 아슬아슬하게 붙잡으며 물었다. 아이 요정은 야멸치게 아사의 손을 뿌리쳤지만 아사는 아이의 새파랗게 질린 입술과 파리한 입술이 걱정되어 모른 체할 수 없었다.

'날개가 아픈 걸까?'

아사는 아이의 등 뒤에 축 늘어진 금빛 날개를 보았다. 세 쌍이나 되는 그것은 체구에 비해 너무 크고 길어서 날개 끝이 땅에 질질 끌렸다.

'에? 세 쌍?'

아사는 고개를 갸웃거렸다. 분명 금빛 날개는 미성체 요정이 가지는 것인데 날개가 세 쌍이라는 게 이상했던 것이다.

찌익, 뭔가 찢기는 소리에 생각에서 깨어난 아사는 기겁을 했다. 아이의 날개가 기어이 가시덤불에 걸려 찢어져 버린 것이다. 금빛 깃털이 날리고 찢긴 자리에서 피가 흐르는데도 아이는 아프지도 않은지 여전히 걸음을 멈추지 않았다. 이에 아사는 더 이상 참지 못하고 아이 요정의 어깨를 잡아챘다.

"괜찮으냐고 묻잖아?"

"괜찮지 않아."

아이 요정의 차가운 음성에 아사는 잠시 멈칫했다가 다시 물었다.

"많이 아파?"

"아파."

"그럼, 나랑 가."

"왜?"

"내가 네 날개 치료해 줄게."

“내가 치료받고 싶은 곳은 날개가 아냐.”

아이 요정이 조금 누그러진 목소리로 대꾸하고 다시 걷기 시작했다.

“다른 곳도 다친 거야? 그곳도 같이 치료하자.”

“넌 치료하지 못해. 이 세상에 오직 그녀만 나를 치료할 수 있어.”

아사는 울컥해서 등을 돌린 아이 앞을 다시 막아섰다. 그리고 두 손으로 아이의 뺨을 아프지 않을 만큼 짝 쳤다.

“난 그녀가 아니라 치료할 수 없어. 그치만 쉬게 할 수는 있어.”

“쉰다……”

“그래. 그러니까 나랑 가. 가서 쉬며 네 소원도 빌자. 비 오는 날에 소원을 빌면 이루어진다고 하더라.”

아이 요정이 핏기 잃은 조그만 입술을 일그러뜨렸다.

“난 믿지 않아.”

“왜?”

“평생 빌었는데 이루어지지 않았어.”

아이 요정의 커다란 눈에서 눈물이 뚝 떨어졌다. 그래서 아사는 달래듯 말을 이었다.

“그러니까 나랑 빌자. 혹시 알아? 소원이 두 배가 되면… 어? 야!”

아사는 힘없이 쓰러지는 아이 요정의 몸을 부축했다. 그리고 손에서 느껴지는 열기에 당황했다.

“헉! 몸이 불덩이잖아. 곰돌아, 얘가 날개를 접을 수 있게 힘 좀 보태 봐.”

곰돌이가 아사의 어깨 위에서 뛰어내려 아이의 날개자리에 푸른 빛을 보탰다. 그러자 다행히 날개가 사라졌기에 아사는 아이를 안아 들었다. 그렇게 무거운 날개를 집어넣었는데도 아이는 마치 깃털처럼 가벼웠다.

'모든 게 사라지고 날개만 남은 아이 같아.'

아사는 아이의 차가운 몸을 꼭 껴안고 돌아섰다.

"하얀 나무의 쉼터 10층으로 가고 싶어요."

공간이 일렁였다. 눈을 뜬 아사는 자신의 방 앞이라는 것에 안도의 숨을 쉬며 들어가려다가 기겁을 했다. 눈앞에 시커먼 그림자가 막아섰기 때문이다.

"아이, 깜짝이야! 놀랐잖아, 유지."

"어디를 다녀오는 거야? 그건 뭐고?"

"답답해서 나갔다 왔어. 그리고 그거가 아니라 아이 요정이야. 아픈 애를 그냥 두기 뭣해서……."

아사는 어색하게 웃었다.

"주워 왔단 말이지?"

"주워 온 게 아니라 데려온 거야."

"그게 그거지."

유지가 심드렁하게 대꾸하며 입이 찢어지게 하품을 했다.

"어차피 죽을 텐데 뭐 하러 주워 온 건지……."

"유지!"

아사는 울컥해서 유시를 노려보았다. 그러나 유지는 아무렇지도 않은 표정으로 여닫음 문을 열며 한마디 툭 던진다.

"아사, 살아있는 걸 주워 온다는 건 그것에 대해 책임을 진다는 뜻이야. 잘해봐."

아사는 유지의 매정한 태도에 뭐라고 대꾸하려다 점점 뜨끈해지는 아이의 체온과 가쁜 숨소리에 당황했다.

"이거 받아."

유지가 문 안으로 들어가려다 연한 갈색 액체가 가득 들어있는 병

하나를 휙 던진다.

"해열제야. 지금 한 번 먹이고 3미큐(세 시간) 뒤에 한 번 더 먹여. 열을 내리는 거 외에 특별한 치료법은 없으니까 그거나 잘해줘."

"아, 고마워."

"별로. 요정 하나 죽어 나간 걸 모른 체했다가 대책 없는 바보 여자애 울리면 누구한테 혼날 것 같아서 그래."

"내가 왜 바보야!"

"바보 맞아. 그래서 해주는 말인데 겉모습에 홀리지 마. 요정계는 인간계와 달리 보이는 게 전부가 아닌 게 많거든."

유지가 손을 설렁설렁 흔들어 보이곤 문 안으로 사라진 뒤 아사는 굳게 닫혀 있는 한의 방문을 바라보았다. 꽤 큰소리를 냈는데도 조용한 걸 보니 잠이 깊이 든 모양이다.

'휴! 다행이다. 여기에서 한의 잔소리까지 들었다간 진이 빠져 아무 것도 하지 못할 거야.'

아사는 요정 아이를 추슬러 안고 방문을 조심스럽게 열었다. 그리고 한 걸음 내딛으려다 얼어붙은 듯 멈춰 섰다.

"헉! 한아. 네가 왜 여기에 있는 거야?"

"어디로 튈지 모르는 철없는 누나를 둔 동생의 조바심이라고 생각해."

한이 아사의 팔에 늘어저 있는 요성 아이를 보며 하는 밀에 아사는 어색하게 웃었다.

"그래. 언제나 철든 동생아, 철없는 누나 좀 도와주라."

아사는 내친 김이다 싶어 뻔뻔하게 요구했다. 그러자 한이 한숨을 쉬며 아이를 받아 침상에 눕힌다.

"이건 어디서 주워 온 거야?"

“유지랑 똑같이 말하네. 주워 온 게 아니라 데려온 거거든. 이거가 아니라 아이 요정이고. 애나 잡고 있어. 해열제 먹이게.”

아사는 한의 말에 꼬박꼬박 대꾸하면서도 익숙한 손놀림으로 아이에게 해열제를 먹였다.

아이는 정신을 차리지 못하고 밤새도록 끙끙 앓았다. 그래서 남매는 번갈아가며 아이를 돌보았다. 다행히 곰돌이의 힘과 고아원에서 아픈 아이들을 돌보던 경험이 많은 도움이 되어 주었다.

새벽 무렵 드디어 아이의 열이 내렸다. 아사는 벌게진 눈으로 꾸벅꾸벅 조는 한을 달래어 제 방으로 가게 했다. 그리고 아이를 지켜보다 깜빡 잠이 들었다.

“아사! 축제에 가자!”

아사는 마루의 우렁우렁한 목소리에 놀라 잠에서 깨었다.

침대는 텅 비어 있었다. 다만 침구에 남아있는 미지근한 온기와 아이의 열을 내리는데 사용되었던 대야와 물수건이 꿈이 아니라는 것을 알려주었다.

“말이나 하고 가지.”

아사는 서운한 마음을 감추고 입이 찢어지게 하품을 하며 밖으로 나갔다.

✳ ✳ ✳

“우와! 대단하다!”

“이게 정원이란 말이야?”

남매는 끝을 알 수 없을 만큼 넓게 펼쳐진 아름다운 정원을 보며 벌린 입을 다물지 못했다.

"그래. '샤르 정원'이라고 부르는데 황금 가지 축제 때 주로 어른들의 축제 장소로 쓰여. 아이들은 여기서 좀 더 안으로 들어간 '나비 정원'에서 축제를 즐기고. 저기 저 나무들 보이지?"

남매는 유지가 가리키는 나무들을 보았다.

샤르 정원의 반을 차지하다시피 한 나무들은 진갈색 둥치에 은갈색 나뭇가지가 끝으로 갈수록 점점 가늘고 잔가지가 많이 퍼져 완벽한 반원 형태를 이루고 있다. 그리고 나뭇가지에는 타원형의 은백색 잎사귀들과 십자형의 작은 통꽃들이 조랑조랑 매달려있다. 만약 바람에 잘게 흔들리는 잎사귀와 꽃에서 풍기는 싱그러운 향기가 없다면 잘 만들어진 조형물이라고 착각할 만큼 나무 크기나 모양, 색깔이 똑같았다.

그 나무들 아래에서 많은 어른 요정들이 음식을 먹고 음료를 마시며 축제를 즐기고 있었다. 그런 그들이 내지르는 환성과 즐거운 웃음소리가 아이들이 있는 곳까지 들려왔다.

"대요정수님의 뿌리가 뻗어있는 땅에서만 살아가는 성스러운 나무 '샤르휘르'야. 요정의 이름을 받으러 온 요정들은 반드시 저 나무의 수액을 온몸에 발라서 삿된 기운을 씻어내야 해. 그래야만 대요정수님이 문을 열어주시거든. 그리고……"

유지가 정원 외곽 언덕을 덮고 있는 연보라색 꽃들과 낮은 지대를 띠처럼 두르고 있는 은백색 풀들을 가리키며 말을 이었다.

"저 꽃들은 '샤르휘나'라고 해. 꽃을 말려 향처럼 피우면 나쁜 기운을 몰아내기에 암흑요정들이 무서워하는 꽃이야. 저기 저 풀들은 '바람사위초'라고 하는데 흔들면 잎 하나하나가 각기 다른 소리를 내. 그래서 바람이 불면 그들만의 화음을 만들어 내는데 진짜 듣기 좋아. 쉿! 들어봐. 지금 저 소리를……."

남매는 바람이 불 때마다 수많은 바람사위초가 부딪치며 만들어내는 신비로운 화음에 홀려 아무 말도 하지 못했다.

유지가 지그시 눈을 감고 입가에 미소를 띤 채 바람사위초의 화음에 맞추어 우아하게 몸을 움직인다.

'우와! 몸 전체가 마치 살아있는 악보 같아.'

아사는 진심으로 감탄했다. 한도 유지가 얼마나 이 풍경을 사랑하는지 알 것 같았다.

그때 '찰싹' 소리가 났다. 수니가 유지의 등짝을 한 대 갈긴 것이다.

"뭐야? 아프잖아!"

"어울리지 않게 분위기 잡고 있으니까 그렇지."

"내가 언제?"

"지금. 어설프게 애들 홀리지 말고 놀러 가자. 아니, 그전에 잠깐! 감히 내게 대들어?"

수니가 또다시 유지의 등짝을 야무지게 내리쳤다.

'윽! 무지 아프겠다.'

남매는 몸을 움찔거렸다.

"수니 너, 죽을래?"

"엑? 유지, 열 받았다. 한, 아로아! 도망가자!"

수니와 아로아가 한의 손을 하나씩 잡고 그대로 하늘로 날아올랐고, 한은 갑작스럽게 위로 쑥 올라가는 아찔한 감각에 억눌린 비명을 내질렀다.

"야! 한은 내 거야!"

유지가 볼멘소리로 쏘아붙이며 날개를 활짝 펼친 순간 아사가 그의 목덜미를 잡아채며 쏘아붙였다.

“왜 내 동생이 네 거… 끼야아아!”

유지가 그대로 날아오르는 바람에 아사는 졸지에 유지의 목에 매달린 채 하늘로 딸려 올라갔다. 그러자 마루가 웃음을 터뜨렸고 미수가 고개를 절레절레 저었다.

＊ ＊ ＊

나비 정원은 대요정수가 모습을 드러내는 장소와 가장 가깝다는 점에서 요정계의 5대 성역에 들어간다. 그래서 일 년에 단 한 번, 카란족의 축제 기간에만 여왕이 선택한 아홉 명의 요정 아이들이 이곳으로 들어갈 자격을 얻는다. 선택받은 아이들은 이곳에서 한나절을 머물며 대요정수의 기운을 듬뿍 받아 각자의 힘을 담을 수 있는 능력의 그릇을 넓혀 나온다.

이번에 여왕은 다란족의 여아 하나와 바란족의 남아 셋, 요정 아이 4총사와 아로아에게 그 자격을 주었다. 그런데 특별히 인간인 아사 남매에게도 자격을 주었기에, 올해는 요정 아이 아홉 명에 인간 아이 두 명이 끼어 모두 열한 명이 되었다.

한은 수니와 아로아의 손에 끌려 제일 먼저 나비 정원에 도착했다. 이어 아사를 목에 매단 유지가 도착하고 뒤를 이어 미루와 미수가 도착했다.

“우와!”

남매는 동시에 탄성을 터뜨렸다. 나비 정원은 온통 키 작은 관목들과 야생화의 천국이었다. 끝없이 펼쳐진 너른 들판에 아이들의 종아리에서부터 키를 살짝 넘기는 온갖 종류의 야생화가 흐드러지게 피어있어 마치 꽃의 바다를 그대로 옮겨놓은 것 같았다. 게다가 키 작은 관목들마다 오색 깃털을 가진 작은 새들이 둥지를 틀고 있었다.

"저 새들은 여왕님만 부릴 수 있는 전령조(傳令鳥: 요정계 각지에 여왕의 명을 전하는 새) 피어니야. 그리고……."

유지는 말끝을 흐리며 픽 웃었다. 아사 남매가 넋을 잃고 보는 것이 따로 있었던 것이다. 그것은 꽃의 바다 위를 날아다니는 수많은 나비들이었다. 형형색색의 나비들은 한데 뭉쳐 또 하나의 공중 꽃밭을 이루었다. 그것은 색색의 구름 같기도 했다.

"우와! 짱이다!"

"이렇게 많은 나비는 처음 봤어."

아사 남매가 고개를 직각으로 들고 정신없이 나비 떼를 올려다보는 동안 유지는 설명을 늘어놓았다.

"나비는 카란족이 '신의 전령'이라고 부르며 제일 좋아하는 곤충이야. 궁족은 나비가 신의 말을 전해준다고 생각해. 상족은 죽은 자를 하늘로 인도하는 길라잡이라고 믿으며, 각족은 신의 선택을 받은 자가 죽으면 나비가 된다고 생각하지. 휴이의 계절 에흐의 달 세 번째 날(3월 3일), 치족은 하얀 나비를 보면 행운이 온다고 믿어. 그런데 우족은 그날 검은 나비를 보면 불행이 온다고 믿어."

남매는 헤아릴 수 없이 많은 나비들의 움직임을 눈으로 좇았다. 나비들이 움직일 때마다 후르르 날리는 색색의 가루가 반짝이는 길을 만들었다. 그런데도 공기는 더없이 맑고 서늘하다는 것에 한은 고개를 갸웃거리다가 호기심을 참지 못하고 손을 뻗었다. 그리고 색색의 가루라고 생각했던 것이 모두 가루 형태의 빛이라는 것을 알고 또 한 번 감탄했다.

"진짜 신기하다! 빛을 얼려서 믹서기에 간 것 같아!"

아사가 빛 가루를 만진 소감을 늘어놓은 후, 그것들을 두 손으로 휘저으며 여기저기 뛰어다녔다.

"보면 볼수록 재미있는 인간 여자애라니까?"

마루가 한마디 하곤 쿡 웃었다. 그도 그럴 것이 처음에 아사가 유지의 목에 매달려 비명을 질러대기에 무서워서 그런가 보다 했다. 그런데 금세 웃음을 터뜨리며 살아있는 탈것 취급을 해 유지의 맥을 빠지게 했던 것이다.

"그들이 왔어."

미수의 말에 아이들은 일제히 하늘을 바라보았다.

세 명의 요정 아이들이 키 작은 꽃들이 핀 정원의 한쪽에 내려와 날개를 접었다. 아사는 그들이 바로 테인과 그의 패거리들이라는 것에 이마를 짚었다.

'하필 앙숙들이 만나다니!'

아니나 다를까, 마루가 얼굴을 찌푸리며 대놓고 빈정거린다.

"하! 이번에 선택받은 애들이 너희냐? 하이엔, 테인 이하 다란족의 두 떨거지!"

"떨거지라니! 난 드론이고 쟨 노에다."

"아하, 드런? 노예? 역시 알아서 옳다고 인정한다니까."

"닥쳐! 이 쪽마루 대청마루야!"

남매의 예상내로 마루와 바란족의 두 남지에가 만나자마자 으르렁기린다. 말없이 서로를 쏘아보고 있는 테인과 미수의 뷰위기도 그다지 좋지 않다.

"한아!"

그들 중 유일하게 하이엔만 아무 상관이 없다는 듯 눈을 반짝이며 한에게 달려온다. 이에 한이 주춤 뒤로 물러선다.

"아니, 저게 또!"

아사는 버르르 성을 내며 한발 나섰다. 그러자 아로아가 아사의 팔을 잡으며 수니에게 눈짓을 했다.

수니가 불의 기운을 불러낸 후 하이엔을 죽일 듯 노려봤다. 그런 그녀의 긴 금발이 바람에 휘날린다.

"멋있다! 전설의 울트라 캡짱 아마조네스, 우리의 수니 용사!"

아사의 말에 한이 킥 웃었다.

"걔 안 잡아먹어. 그러니까 좀 비켜봐."

하이엔의 말에 수니가 한 걸음 더 나서며 톡 쏘아붙인다.

"하이엔 다란, 네 속 다 보이거든, 내 친구한테 눈독 들이지마."

"수니 아란! 넌 왜 나만 보면 시비냐?"

"그러는 넌 왜 사사건건 한을 물고 늘어지는데!"

두 여자애의 말다툼이 점점 높아지자 유지가 입 모양으로 한에게 메시지를 보냈다.

'한, 도망가자.'

유지가 다짜고짜 한의 손목을 잡아끌고 키를 넘기는 야생화 군락을 향해 달리기 시작했다.

"마녀들의 성에서 왕자님 탈출시키기 성공! 으캬캬캬!"

두 여자애가 유지의 괴상한 웃음을 듣고 고개를 돌렸을 때 이미 둘의 모습은 꽃밭 속으로 사라져 버린 후다.

"유지 마란!"

두 여자애가 앞서거니 뒤서거니 하며 꽃밭 속으로 뛰어들었지만 식물을 마음대로 다루는 능력을 가진 유지를 쉽게 찾지 못하자 날개를 펼치고 날아올랐다. 그러나 이번에는 나비들의 방해에 막혀 그를 찾지 못하고 헤맨다.

"테인, 좀 찾아 줘!"

결국 화가 난 하이엔이 뾰족한 음성으로 외치자 테인이 두말없이 뛰어든다. 미수가 그 뒤를 바싹 좇고 마루가 합세하자, 드론과 노에도 같이 뛰어든다.

"아사, 우리도 들어가자."

아로아가 배시시 웃으며 아사의 손을 잡아끄는 것을 끝으로 야생화 꽃밭 속은 졸지에 요정 아이들의 놀이터로 변해 버렸다. 그리고 아이들은 대요정수의 성스럽고 따스한 기운에 둘러싸여 모처럼 껄끄러운 감정을 잊고 숨바꼭질에 빠져들었다.

한은 숨바꼭질이 재미있었다. 꽃밭 안은 마치 미로 같아서 숨는 재미가 그만이었기 때문이다. 물론 그 일이 일어나기 전까지는 말이다.

이 일은 시작은 유지와 한이 수니의 눈을 피해 무성한 잎을 가진 꽃 사이에 숨었을 때 일어났다. 한은 엉덩이 밑에서 움질거리는 뭔가에 놀라 고개를 숙였다. 그곳엔 붉은 꽃잎에 노란 꽃술, 동글동글하고 통통한 잎을 가진 식물이 있었다.

문제는 그것이 땅속에서 슬쩍 뿌리를 빼더니 주춤주춤 뒤로 물러났다는 것이다. 거기까지는 한도 괜찮았다. 요정계에 들어와 소리를 내거나 뿌리를 움직이는 식물을 심심치 않게 보았기 때문이다.

그런데 뿌리 모양이 이상했다. 다섯 개의 발가락과 약간 오목한 발바닥, 동그란 뒤꿈치……

그것은 영락없이 어린아이의 앙증맞은 발과 비슷했다.

"헉! 식물에 발, 발이……."

한은 휘둥그레진 눈으로 말을 끝까지 맺지 못하고 손가락질만 했다.

"헤에, 나도 저런 녀석은 처음인데?"

유지가 눈을 반짝반짝 빛내며 발 달린 식물의 곁으로 잽싸게 다가

갔다. 그러자 그것이 방향을 홱 틀더니 겁에 질린 어린애의 울음과 비슷한 소리를 내면서 냅다 뛰기 시작했다.

"야! 너, 거기 서!"

유지가 발 달린 식물의 뒤를 쫓아 사라진 뒤에야 정신을 차린 한은 발 달린 식물도, 유지도 보이지 않는다는 것을 알고 당황했다.

"유지 형?"

한은 사방을 둘러보았다. 정원이 워낙 넓은 탓에 보이는 곳마다 끝없이 펼쳐지는 꽃의 바다뿐이다. 그렇다고 요정 아이들처럼 하늘을 날 수도 없으니 위에서 살펴볼 수도 없었던 한은 난감해졌다.

"형, 대답해!"

한은 유지의 이름을 부르며 꽃과 꽃 사이를 이리저리 헤집고 다녔다. 나중에는 다른 아이들의 이름도 모두 불렀지만 그 누구의 대답도 들을 수 없었다.

사실 한이 이런 상황을 미리 헤아리지 못한 것은 아니었다. 처음에 유지가 한의 손을 잡고 야생화 군락으로 뛰어들기 직전, 이곳은 워낙 넓고 깊어 서로 떨어지면 찾기 어려우니 꼭 손을 잡고 다녀야 한다고 미리 주의를 주었기 때문이다.

한은 제자리에 멈춰 서서 위를 올려다보았다. 푸른 하늘을 배경으로 색색의 나비 떼가 구름처럼 몰려다닌다. 한은 문득 유지가 나비와 감정을 나눈다는 사실을 떠올렸다.

"나비들아, 나 여기 있다고 유지 형에게 전해 줄래?"

한은 혹시나 싶어 나비들을 보며 외쳤지만 아무 반응이 없었다. 이에 한은 깊은 한숨을 쉬었다.

그때 나비 떼들 위에서 누군가 부르는 소리가 들려왔다.

"한! 어디에 있는 거냐?"

“미수 형?”

한은 손을 흔들며 여기 있다고 외치려다 고개를 갸웃거렸다. 은색 잎을 단 황금색 나뭇가지가 바닥에 떨어져 있었던 것이다. 한은 그것을 주워들었다. 자세히 보니 잎맥은 금색이다. 게다가 황금색이라 생각했던 나뭇가지에도 은색의 가는 줄무늬들이 나 있었다. 한은 예술품처럼 아름다운 그것이 진짜 식물의 일부분이라는 것에 놀랐다.

‘기분이 이상해…….’

어쩐지 머리가 멍하고 눈앞이 아물거려 한은 눈을 질끈 감았다.

「지금 이루고 싶은 건 뭐지?」

“누나를 보는 것…….”

한은 더없이 다정하고 부드러운 속삭임에 멍하게 웅얼거렸다. 그러자 한 줄기 바람이 ‘휙’ 하고 한의 뺨을 스쳐 갔다.

“야! 강한! 여기에 있으면 대답을 해야지! 얼마나 찾았는지 알아?”

한은 귀에 익은 짜랑짜랑한 목소리에 눈을 번쩍 떴다. 그리고 두 주먹을 불끈 쥔 채 자신을 노려보고 있는 누나 아사를 보았다.

“대답하려고 했어. 그런데 황금색 나뭇가지를 주웠… 어라?”

한은 텅 빈 손을 내려다보며 말끝을 흐렸다.

“무슨 소리야? 여기에 황금색 나무가 어디 있다고! 한이 너, 서서 졸았지?”

한은 주변을 둘러보고 할 말을 잃었다. 분명 꽃밭에 있었는데 지금 서 있는 곳은 하얀 자갈이 깔린 오솔길이었다. 길의 양옆에는 아름드리나무들이 쭉쭉 뻗어 있어 오래된 숲의 분위기가 물씬 풍겼다. 한은 당황해서 어쩔 줄 몰랐다.

바로 그 순간 또 눈앞이 아물거리더니 부드러운 속삭임이 들려왔다.

「지금 이루고 싶은 건 뭐지?」

"보고 싶어. 아빠, 엄마……."

한은 솔직하게 털어놓았다.

"어, 어? 아빠다!"

한은 누나 아사의 외침에 나무와 나무 사이에 걸쳐진 투명한 벽으로 달려갔다.

양부모의 집 마당가에 있는 텃밭이다. 그곳에서 양아버지가 등을 돌린 채 뭔가를 심고 계신다. 자세히 보니 누나 아사가 좋아하는 봄꽃의 알뿌리다.

그때, 양어머니가 대문을 열고 들어오신다. 양어머니의 검은색 재킷 칼라에는 한이 지난 어버이날 선물한 브로치가 반짝이고 있다.

양아버지가 김치볶음밥을 만드는 동안 씻고 나온 양어머니가 와인을 내온다. 그러자 양아버지가 기겁을 해서 그것을 빼앗고 대신 포도 주스를 권한다. 양어머니가 그것을 단숨에 들이켠다. 그러곤 식탁에 놓인 사진 액자를 집어 든다.

양부모와 아사 남매, 이렇게 넷이서 다정하게 찍은 가족사진을 보며, 양부모가 그립다는 표정을 감추지 못한다.

한은 그만 콧날이 시큰해졌다.

「지금 이루고 싶은 건 뭐지?」

"부모님과 함께 있고 싶어."

다시 들려오는 부드러운 속삭임에 한은 자연스럽게 대답했다. 그리고 어느새 양부모의 따뜻한 품에 안겨 있었다.

양아버지는 한과 아사를 번갈아 껴안으며 함박웃음을 짓고, 양어머니는 와인을 마시지 않았는데도 '이쁜 우리 딸, 까도남 우리 아들'

을 연발하며 마구 뽀뽀를 해댔다.

식구들은 모두 식탁에 둘러앉았다. 그리고 커다란 양푼에 수북하게 담은 김치볶음밥을 숟가락을 부딪치며 같이 먹었다. 매콤한 김치볶음밥은 지금까지 먹었던 어떤 음식보다 맛있었다. 그래서 한은 그것을 정신없이 입안에 욱여넣었다.

한은 부른 배를 통통 두드리며 소파에 늘어졌다. 그러자 양어머니가 무릎베개를 해주셨다.

누나 아사가 양아버지의 코트에 종이꽃을 붙이고 머리에 손수건을 동여맨 후 텔레비전에 나오는 한 개그맨의 흉내를 냈다. 아사의 능청스러운 연기에 양어머니가 자지러지게 웃고, 양아버지가 박수를 치며 좋아하신다.

뻐꾸기시계가 열 번을 울자 양아버지가 다정하게 잘 자라는 인사를 하고, 양어머니가 손을 흔든다. 누나 아사가 환하게 웃으며 2층으로 향하는 계단을 강중강중 뛰어 올라간다. 한도 잘 주무시라는 인사를 드리고 돌아섰다.

「지금 이루고 싶은 건 뭐지?」

한이 계단을 반쯤 올라갔을 때 또다시 부드러운 목소리가 들려왔다.

한은 얼어붙은 듯 그 자리에 멈춰 섰다가 간신히 몸을 돌려 양부모를 내려다보았다. 그러자 이번에는 양아버지가 손을 흔들고 양어머니가 잘 자라는 인사를 한다.

"나는… 지금 이 시간을 지키고 싶어."

한은 두 주먹을 꼭 쥐고 속삭였다. 양부모가 환하게 웃으신다.

"하지만……"

한은 꼭 쥔 주먹을 들어 눈앞으로 가져갔다. 옷소매에 가려졌던 손목이 훤하게 드러났다. 그 순간 한의 눈에서 눈물이 한 방울 뚝 떨어졌다.

"나는 내가 이루고 싶은 시간을 원하는 게 아니라 내가 꼭 이루어야 할 시간을 원해."

한의 말이 끝나기가 무섭게 거센 바람이 휘몰아쳤다. 그리고 누나 아사도, 양부모도, 텃밭도, 집도 눈 깜짝할 사이에 사라져버렸다.

투명한 벽이 앞을 가로막았다가 그것마저 사라진 순간, 한은 더 이상 참지 못하고 눈물을 뚝뚝 떨어뜨렸다. 그렇게 소리 없는 한의 눈물은 한참이나 이어졌다.

그때 어디선가 날아온 하얀 나비 한 마리가 한의 곁을 맴돌았다. 이에 한이 붉어진 눈으로 고개를 들자 따라오라는 듯 한발 앞서 팔랑팔랑 날아갔다.

한은 두 주먹으로 눈물을 닦은 후 나비의 뒤를 쫓았고, 그곳을 다 빠져나올 때까지 단 한 번도 고개를 돌리지 않았다.

"아!"

나비가 사라졌다. 한은 주변을 두리번거렸다. 그리고 길의 끝에 서 있는 신비한 존재를 보았다.

군데군데 하얗게 센 분홍색 머리카락을 깔끔하게 틀어 올리고 잔주름이 많은 얼굴에 인자한 미소를 띠고 있는 할머니의 하얀 드레스 뒤로 활짝 펼쳐진 세 쌍의 분홍색 날개가 신비로웠다.

"괜찮니, 아가?"

"예."

한은 할머니의 다정한 목소리에 울음이 터질 것 같아 짧게 대답했다. 그리고 자신의 손을 내려다보았다. 사라진 줄 알았던 황금색 나뭇가지가 그대로 쥐여있다.

"이리 온, 정목의 힘을 품고 있는 아가야. 이 할미에게 오렴."

할머니가 한을 향해 양팔을 벌렸다. 그런 할머니의 주름진 손이 더 다정하고 따스하게 느껴진다는 것에 한은 눈시울을 붉히며 달려가 할머니의 품에 안겼다.

"괜찮다, 아가. 울고 싶은 대로 울렴."

한은 할머니의 품에 안겨 더 이상 눈물이 나오지 않을 때까지 한참 동안 서럽게 울었다.

"할머니……."

"그래, 말해 보렴. 마음이 곧은 인간 아가야."

한은 할머니의 다독임에 울먹이며 속마음을 털어놓았다.

"저, 알고 있었어요. 그거 다 꿈이라는 거……."

"그랬구나."

"분명 꿈이라고, 그러니까 깨어나야 한다고 머리는 말하는데… 가슴이 괜찮다고, 좀 더 있어도 되지 않느냐고……. 그래서 저는……."

할머니가 한의 등을 다독이며 부드럽게 위로했다.

"사랑스러운 아가야. 꿈은 언제나 희망과 절망을 함께 안고 있단다. 또한 안다는 것과 실천한다는 것은 전혀 다르지. 그래서 어른들도 분명 헛것임을 알면서도 달콤한 바람을 버리지 못해 쉽게 빠져나오지 못하는데 장하구나, 우리 아가는……."

한은 할머니의 말을 듣다 갑자기 떠오른 생각에 고개를 번쩍 들고 떨리는 목소리로 물었다.

"저… 할머니도 환상인가요?"

"그럴 리가 있느냐? 이 할미는 대요정수님의 황금 가지를 지키는 무녀(巫女)란다."

"이것 말인가요?"

한은 손에 들고 있던 황금 가지를 내려다보며 물었다.

“맞기도 하고 아니기도 하단다. 그것의 안에 깃든 넋이 달아나서 지금은 단지 그릇에 불과하거든. 그 때문에 네가 홀린 거고. 인간이라 그 정도였지 만약 요정이었다면 깨어나기 힘들었을 거야.”

“우와, 무섭네요.”

한은 몸을 부르르 떨었다.

“사실 무서운 건 아니란다. 황금 가지는 대요정수님의 은총의 상징으로, 요정들의 기도를 받아들이고 소원을 이루어주기도 한단다. 다만 네가 인간이기에 이루고 싶은 것을 보여준 것 같다만. 그나저나 아가야, 이 할미는 궁금하구나. 무엇이 너로 하여금 깨어나고 싶지 않은 달콤한 꿈을 뿌리치게 한 거냐?”

한은 손목에 차고 있던 팔찌를 내려다보며 사실대로 털어놓았다.

“계단을 올라가다가 팔찌를 봤는데 여섯 개의 보석 중 세 개의 보석이 아직 투명했어요. 그 순간 파이포니아 님의 말씀이 떠올랐고, 아직 제가 할 일을 다 하지 못한 것을 알았죠. 그래도 믿어지지 않아 2층으로 올라가는 누나의 팔목을 봤는데… 팔찌가 없었어요.”

할머니가 안쓰럽다는 얼굴을 하고 한의 머리카락을 쓰다듬었다. 마음이 편해지며 자꾸만 다리에 힘이 빠진다.

“잠이 와요, 할머니.”

“황금 가지 때문이란다. 인간 아이가 가지고 있기에는 너무 버거운 물건이거든. 이 할미에게 주겠니?”

한은 쥐고 있던 황금 가지를 할머니에게 넘겨주었다.

“아가, 있어서는 안 될 곳에 너무 오래 있어서 없어진 기운을 다시 채워야 한단다. 이 할미를 따라가겠니?”

“예, 할머니…….”

한이 졸음에 겨운 목소리로 겨우 대답했다. 할머니의 다정한 음성이 '웅웅'거리며 멀어져갔다.

"나무타래야, 이리 온. 이 아이를 데려가자."

한은 녹색 머리카락에 녹색 눈을 가진 거인이 성큼성큼 다가와 자신을 안아 드는 것을 끝으로 잠에 빠졌다.

"으, 응……."

한은 누군가 머리카락을 잡아당기는 것에 눈을 떴다. 급한 숨을 들이켜는 소리와 함께 '다다다' 달아나는 발자국 소리가 들렸다.

한은 몸을 일으키고 주변을 살피다 픽 웃었다. 침대 옆 길쭉한 탁자의 위로 곱슬곱슬한 갈색 머리카락 끝이, 탁자의 다리 아래로 앙증맞은 발가락이 삐죽 보였기 때문이다.

그때 초록색 머리카락과 초록색 눈의 거인 요정이 들어오다 문에 머리를 쿵 부딪쳤다.

'아프겠다.'

한은 자신도 모르게 어깨를 움찔했다.

"아파?"

탁자 뒤에 숨어 있던 앙증맞은 발의 주인이 쪼르르 달려 나와 거인을 올려다보며 물었다.

"니쒸."

거인이 울상을 지으며 어눌하게 대답했다.

"머리 숙여 봐. 내가 '호' 해 줄게."

한은 거인의 종아리밖에 차지 않은 갈색 머리의 아이가 거인의 초록색 더벅머리를 쓱쓱 쓰다듬는 것을 보며 그만 웃고 말았다. 그러자 갈색 머리 아이가 샐쭉해진 눈으로 힌을 노려보았다.

“주름 풀어.”

거인이 어눌하게 말하며 투박한 집게손가락 끝으로 아이의 찌푸린 이마를 살살 폈다. 그러자 아이가 표정을 풀며 한을 바라보았다.

“난 잎눈이야. 앤 나무타래고. 네 이름은 뭐야?”

“강한. 한이라고 불러.”

“어? 왜 반말해?”

“그야 애니까… 가 아니야?”

한은 고개를 갸웃거리며 아이를 내려다보았다. 통통한 볼살과 앙증맞은 팔다리가 어려 보였는데 아무래도 아닌가 보다.

“잎눈은 145살, 나무타래는 119살.”

거인이 아이와 자신을 차례차례 가리키면서 하는 말에 한은 뒤로 넘어갈 뻔했다.

“헉, 진짜?”

“안 믿으면 말고.”

“너, 거꾸로 일족이야?”

“아니야!”

아이가 퉁명스럽게 쏘아붙였다. 그 순간 한은 카랄의 소수민족 중 성년이 되고도 30년이 넘어야 어른의 몸으로 성장하는 일족과 미성년인 80살에 어른의 몸으로 먼저 성장하는 일족이 있다는 것을 떠올렸다.

“그럼 잎눈은 태족이고 나무타래는 무족이야?”

“맞아. 지금은 황금 가지 무녀님의 시중꾼이지만.”

“황금 가지 무녀님이라면 그 할머니?”

“할머니라니, 실례야!”

잎눈이 마뜩잖은 눈으로 한을 노려보았다.

“할머니가 맞는데 뭘 그러느냐, 잎눈아.”

“무녀님!”

할머니가 안으로 들어서자 잎눈과 나무타래가 환하게 웃는다.

한은 침대에서 바닥으로 내려섰다. 다행히 몸이 가뿐하다.

“잎눈아, 이 아이와 하고 싶은 말이 있단다. 나무타래를 데리고 좀 나가 있으련?”

“예, 무녀님.”

지금까지 밤송이처럼 까탈을 부리던 잎눈이 공손하게 절을 하곤 나무타래를 끌고 나갔다.

한은 의외로 어울리는 두 요정의 모습에 웃음을 참으며 할머니가 권하는 의자에 앉았다.

“몸은 괜찮은 거냐, 아가?”

“예, 할머니.”

“그거 다행이구나.”

“그래서 말인데요. 누나가 있는 곳으로 가고 싶어요. 많이 걱정할 거예요.”

한은 혹시나 안 된다고 하면 어쩌나 싶어 할머니의 눈치를 살폈다. 그러나 할머니는 선선히 허락을 해주신다.

“그렴. 그 전에 이 할미가 부탁이 있는데 들어주겠니?”

“물론이에요. 말씀하세요.”

“달아난 황금 가지의 넋을 찾아주겠니? 이 할미가 가고 싶지만 황금 가지의 무녀는 이곳을 나갈 수 없단다.”

한은 고개를 끄덕이며 조심스럽게 물었다.

“어떻게 생겼는지 알려주시면 찾아올게요.”

“어떤 생병제의 속으로 들어갔느냐에 따라 모습이 달라진단다. 하지만 이것으로 알 수 있으니 걱정하지 말렴.”

한은 할머니가 자신의 왼손 약지에 끼워준 반지를 자세히 살폈다. 금색 바탕에 은색 나뭇잎 무늬가 섬세하게 새겨져 있어 황금 가지와 비슷한 느낌을 주었다.

“황금 가지의 넋을 이끌어내는 반지란다. 녀석이 깃든 생명체와 가까워질수록 반지가 빛나지. 그 생명체를 찾아 반지를 갖다 대면 황금 가지의 넋이 밖으로 나올 거야. 그런데 육신의 눈으로는 그 애를 볼 수 없단다.”

“그 말씀은 저도 몸을 두고 혼만 가야한다는 건가요?”

“정말 똑똑하구나, 아가. 네가 허락한다면 나머지는 할미가 다 도와주마. 물론 너에게도 아무 해가 없도록 하마.”

“알았어요. 그런데 황금 가지의 넋을 잡으면 어떻게 해요?”

“지금 할미가 하는 말을 그 애에게 전해 주렴. 그럼 너는 네 몸으로 돌아오게 될 거야.”

한은 정신을 바짝 차리고 할머니가 전하는 말을 귀담아 들었다. 그리고 할머니가 시키는 대로 침대에 누워 눈을 감았다.

‘우, 우와!’

한은 공중에 떠서 침대에 누워 있는 자신의 몸을 내려다보며 입을 벙긋거렸다. 침대의 몸과 허공에 떠있는 영혼의 몸은 반투명한 줄로 서로 이어져 있었다.

한은 시험 삼아 영혼의 몸을 움직여 보았다. 반투명한 줄은 꼬이지도 않고 쭉쭉 늘어나 전혀 불편하지 않았다. 이에 한은 슈퍼맨처럼 두 주먹을 불끈 쥐고 가볍게 지붕을 뚫고 날아올랐다. 그리고 속력을 높여 똑바로 날아갔다.

할머니의 말씀대로 그 어떤 장애물도 한의 앞을 가로막지 못했다. 그것은 아주 신기한 경험이었다.

곧 눈에 익은 풍경이 나타났다. 바로 나비 정원이다. 그러나 누나와 요정 아이들은 보이지 않았다. 한은 그곳을 지나쳤다. 이어 샤르 정원을 지났다. 어른 요정들이 많이 있었지만 한이 아는 요정은 없었다. 한은 그곳도 가볍게 지나쳤다.

저녁놀이 발갛게 고인 강을 지나고 이름 모를 노란 꽃들이 한들거리는 들녘을 지나 하얀 띠처럼 보이는 언덕배기가 보였을 때 반지가 반짝 빛났다.

한은 그곳을 향해 빠르게 날아갔다. 언덕배기에 가까이 갈수록 반지가 더욱 환하게 빛났다. 그리고 그곳에서 눈에 익은 생명체를 보았다.

'어? 발 달린 식물이다!'

한은 황금 가지의 넋이 그 식물에게 깃들어 있다는 것을 알고 가까이 다가갔다. 그런데 뭔가 이상했다. 자세히 보니 까만 밧줄이 식물의 발목을 칭칭 감고 있는데 어찌나 세게 옥죄고 있는지 금방이라도 발목이 끊어질 것 같았다.

한은 생각할 겨를도 없이 쏜살같이 날아 내려가 식물의 발목을 감고 있는 밧줄을 잡아 뜯었다. 그러자 한의 손에 우두둑 뜯겨 나온 그것이 붉은 눈을 희번덕거리며 한의 팔을 휘감았다. 쩍 벌린 주둥이 속의 뾰쪽뾰쪽한 이빨을 본 순간 한은 소름이 끼쳐 그것을 냅다 패대기쳤다. 그리고 발로 마구 밟았다. 그때마다 그것의 몸에서 검은 조각들이 후드득 떨어져 내렸다. 이윽고 그것이 축 늘어지며 더이상 움직이지 않았을 때, 한은 헐떡거리며 발길질을 멈추었다.

'아니, 저게?'

죽은 줄 알았는데 죽은 체했던 모양이다. 한은 꽁지가 빠지게 달아나는 그것을 어이없는 표정으로 바라보았다. 그러다 가냘픈 신음에 화들짝 놀라 발 달린 식물에게 반지를 갖다 댔다.

'화악' 눈 부신 빛이 터지며 식물의 몸에서 빛의 구슬 하나가 빠져나왔다. 그것은 곧 하나의 형체를 갖추었다.

'우와, 예쁘다!'

한은 화려한 분홍색 머리카락에 큼직한 청보라색 눈, 새하얀 피부의 아름다운 소녀를 보며 입을 헤 벌렸다.

「너니? 어머니가 보낸 심부름꾼이?」

한은 마치 머릿속에 직접 들리는 것 같은 신비로운 목소리에 바보같이 고개만 끄덕였다.

「난 절대 돌아가지 않아. 그러니까 너도 헛수고하지 말고 어머니께 가서 그대로 전해드려.」

한은 매정하게 돌아서는 소녀의 팔목을 잡아챘다. 그리고 빠르게 할머니의 말을 전했다.

"무녀 할머니께서 말씀하셨어. '놓아 보내야 할 때 놓아 보내는 것도 사랑하는 존재에 대한 깊은 사랑의 표현'이라고."

소녀가 우뚝 발을 멈추었다. 그리고 한참 서 있다가 마침내 돌아서서 붉어진 눈으로 한을 바라보았다.

「그리고 뭐라고 하셨어?」

"마음이 떠나면 '바람이 머무는 언덕'의 '연잎'을 찾으라고 하셨어. 만약 마음이 머물면 승계를 받고 '윤슬의 호수'로 와서 웃어달라고 하셨어."

한은 소녀의 눈물을 모른 체하며 할머니의 마지막 말을 전했다.

「어머니…….」

소녀가 들릴 듯 말 듯 한마디 하더니 다시 빛의 구슬로 변했다. 그 순간 '뚝' 하고 한의 손가락에서 반지가 끊어졌다. 그것은 황금가지로 변해 빛의 구슬 쪽으로 날아갔고 곧 눈이 멀어버릴 것 같이 강한 빛이 터져 나왔다.

한은 눈을 질끈 감았다. 몸이 빠른 속도로 어디론가 끌려가고 있었다.

✻ ✻ ✻

유지는 발 달린 식물을 잡을 욕심에 사로잡혀 한이 사라진 것도 눈치채지 못하고, 숨바꼭질 놀이 중이라는 것도 잊었다.

발 달린 식물은 생긴 것 같지 않게 빨라서 유지는 한참이나 그것의 뒤를 쫓았다. 그리고 드디어 잎이 무성한 풀 사이로 숨어드는 식물의 뒤꽁무니를 덮칠 수 있었다.

그런데 어이없게 허탕을 쳤다. 분명 손에 닿았다고 생각했는데 미끌미끌한 액만 내뿜고 도망쳐버린 것이다.

"이익! 잡은 줄 알았는데……. 진짜 빠른 놈이네."

유지는 속상해하며 돌아서다 날갯짓 소리에 아차 했다.

"잡았다, 유지!"

수니와 아로아가 유지의 양팔을 동시에 잡아 쑤니있다.

"쳇! 괴상한 식물 때문에 잡혔잖아."

유지는 분해서 입술을 깨물었다.

"어? 한은?"

"여기… 어라? 지금까지 같이 다녔는데?"

유지는 아로아가 묻는 말에 이물어물 대답했다. 그리고 수니는 이를 빠득 갈았다. 한이라는 거름 장치가 사라지는 바람에 유지의 마음이 저절로 흘러들었기 때문이다.

"너, 괴상한 생물에 홀려 우리 한을 놓쳤지? 도대체 언제 어디서 잃어버린 거야, 앙?"

유지는 수니의 닦달과 아로아의 비난 어린 눈빛에 잔뜩 주눅이 든 채 한과 마지막으로 있었던 곳으로 갔다. 그러나 한의 모습은커녕 흔적 하나도 찾지 못했다.

세 아이들의 요란한 다툼에 곧 나머지 아이들도 그곳으로 모여들었다. 그리고 모처럼 힘을 합쳐 인간 남자애를 찾아다녔지만 어디에서도 그의 흔적을 찾지 못했다.

결국 아사가 나비 정원이 떠나가라 울음을 터뜨렸다.

"시끄러워! 여긴 나비 정원이야."

"누가 그걸 몰라? 엉엉."

"알면서 왜 질질 짜는 거야?"

"동생이 없는 네가 뭘 알아, 이 무작스러운 시키야! 우아앙!"

아사는 테인의 핀잔에 더욱 서러워졌다.

"테인의 말이 맞아. 여기엔 삿된 기운이 들어오지 못해. 분명 무슨 이유가 있을 거야."

아로아가 상냥하게 달랬지만 한 번 터진 아사의 울음보는 쉽게 멈추지 않았다. 게다가 어찌나 서럽게도 우는지 아이들의 마음은 갈수록 불편해졌다.

결국 마루가 미수의 등을 툭 쳐서 아사 앞으로 밀었다.

"아사, 울고 있을 때가 아니야. 일단 샤르 정원으로 가서 루하님과 아버지께 말씀드리자. 그분들 믿지?"

"으, 으응. 훌쩍!"

겨우 울음을 그친 아사가 미수의 손을 잡자 아이들은 남몰래 안도의 숨을 내쉬며 날개를 펼쳤다. 그리고 일제히 샤르 정원을 향해 날아갔다.

아이들의 모습이 하늘가에 나타나자 몇 명의 어른 요정이 샤르 정원의 외곽으로 마중을 나왔다. 아직 축제가 끝날 시간이 아닌데 아이들이 온 게 이상했던 것이다.

테인과 세 아이가 일족의 어른 요정들에게 가고, 아사 일행은 아로아의 부모에게 갔다.

"어찌 이리 빨리들 온 게냐? 재미가 없었니?"

"아니에요. 그보다 루하님과 수한 님은 어디 계세요?"

"카란소도의 『다스리는 자』와 같이 여왕님을 맞으러 가셨다. 그런데 표정들이 왜 그래? 무슨 일이 있는 거야?"

아로아가 아이들을 대표하여 지금까지 일어난 일을 모두 털어놓았다.

"저런! 많이들 놀랐겠구나. 아사, 이리 온."

아사는 루에트 님의 손짓에 눈물을 글썽이며 가까이 갔다.

"아사, 걱정하지 말렴. 나비 정원에서 한이 사라졌다면 갈 곳은 한 군데뿐이란다. 바로 황금 가지의 무녀님이 계신 황금 가지 신전이지. 한은 정목의 기운을 품고 있으니 그곳에서도 귀한 손님 대접을 받을 거야. 어쩌면 무녀님의 도움으로 지금 이곳으로 오고 있을지도 몰라."

루에트 님이 아사의 머리를 쓰다듬으며 다정하게 달래자 핀 님도 곁에서 말을 거들었다.

"루(루에트 님의 애칭)의 말이 맞다. 그러니까 모두 하얀 나무의 쉼터로 가서 기다리자. 만약 한이 온다면 여닫음 문을 통할 테니까."

"혹시 오늘 밤에 오지 않더라도 내일은 꼭 올 거야. 황금 가지의 신전에서는 외부인이 만 하루 이상 머물 수 없거든. 게다가 밤이 되면 여왕님과 루하님, 수한 님이 오실 테니 그분들의 도움을 받을 수도 있어.”

아사는 핀 님과 루에트 님의 말에 애써 불안한 마음을 가라앉혔다.

＊ ＊ ＊

“어라, 너는?”

아사는 손님이 기다린다는 말에 응접실로 달려갔다가 눈을 동그랗게 떴다. 소파에 앉아 과자를 오물거리는 푸른 머리카락의 요정은 바로 어젯밤 아사가 밤새워 보살핀 아이 요정이었던 것이다.

“야! 너 기껏 간호해 줬더니 말도 없이 도망갔지? 에라, 이 은혜 갚은 까치만도 못한 놈!”

“도망간 게 아니라 일이 있어 간 거다. 그리고 은혜 갚은 까치는 또 뭐야?”

아사가 방방 뛰었지만 아이 요정은 한마디도 지지 않고 또박또박 대꾸했다.

“은혜 갚은 까치?”

의아한 표정의 수니와는 달리 미수가 쿡 웃었다. 가끔 아사가 깜빡 잊고 쓰는 이런 한국적인 표현을, 미수는 용케도 알아듣는다. 아사는 아주 잠깐, 어쩌면 미수도 한국과 관련이 있는 아이가 아닌가 하는 생각을 했다.

“어? 야, 괜찮냐?”

아사는 갑자기 가슴을 움켜쥐고 허리를 숙이는 아이 요정의 어깨를 잡았다. 그런데 어쩐지 어제보다 더 작아진 것 같다. 게다가 핏기 없는 얼굴이 금방이라도 잘못될 것 같아 아사는 불안해졌다.

"안 되겠다. 의사… 아니다, 치유술사를……."

"소용없어."

아이 요정의 힘없는 말에 아사는 허둥거리며 미수와 수니를 돌아보았다. 그러자 수니가 슬쩍 눈을 피하고 미수도 고개를 흔든다. 아사는 울상이 되었다.

"시간의 은총(죽음)이 얼마 남지 않았어. 정목의 힘을 빌리려고 인간 남자애를 만나러 왔는데……. 복도 없지, 나란 놈은……."

아이 요정의 눈에 어린 눈물에, 아사는 아이의 작은 몸을 껴안고 다독거렸다.

"치워!"

아이 요정이 그런 아사의 손을 야멸치게 뿌리치는 바람에 아사의 손등에 붉은 자국이 났다. 그러나 아사는 화가 나지도 않았고 서운하지도 않았다. 아이 요정의 푸른 눈동자에 가득한 슬픔과 절망을 읽었기 때문이다.

"한은 넉넉잡아 내일 올 거래. 운이 좋으면 오늘 밤에 올지도 모른댔어. 그러니까 기다리면……."

"내일은 늦어."

"왜?"

"내일 아침 해 뜨는 시각……."

아이 요정이 어두운 표정으로 고집스럽게 입을 다물었다.

"그게 왜?"

아사는 답답해져서 목소리를 높였다.

"내가 시간의 은총에 드는 시각이야."

아사는 아이 요정의 웅얼거림에 '흡' 하고 주먹으로 입을 막았다.

“보고 싶어.”

“누구?”

아이 요정이 창밖으로 고개를 돌리며 하는 말에 아사는 조심스럽게 물었다.

“아그리나, 내 사랑…….”

“어, 어? 그, 그래.”

“내 생명의 힘을 다 풀었는데도 그녀가 느껴지지 않아. 그녀, 어쩜 나보다 먼저 시간의 은총에 들었는지도 몰라.”

아사는 혹시나 싶어 조심스럽게 물었다.

“저기, 도레스의 힘을 빌리면 안 될까?”

“내게 남아있는 힘이 너무 적어서 안 돼.”

“그럼, 어떡해? 아이 요정아!”

아사는 울먹였다. 그러자 아이 요정이 조금 누그러진 표정으로 말했다.

“아이 요정이 아니고 그린비야. 그리고 내 나이는 822살이야.”

아사는 멍해졌다가 수니와 미수를 돌아보았다. 그러자 둘 다 고개를 끄덕인다.

“혹시 거꾸로 일족이세요?”

“응.”

“그럼, 그린비 님?”

“했던 대로 해. 인간들은 보이는 것이 가장 옳다고 생각하는 종족이라는 거 알아.”

“응, 그린비 님.”

아사는 이젠 서너 살가량의 어린아이로 보이는 거꾸로 일족의 요정을 보며 반말 반 높임말 반으로 어정쩡하게 대답했다. 그때 거꾸로 일족의 요정이 몸을 일으킨다.

"어? 어디 가려고?"

"마지막으로 가보고 싶은 곳이 있어."

"거기가 어딘지 모르지만 나랑 가면 안 돼?"

"아무나 갈 수 없는 곳이야."

아사는 그가 곧 죽을 것 같다는 생각에 눈물을 글썽였다. 그러자 잠자코 지켜보기만 했던 미수가 끼어들었다.

"제가 모셔다 드리겠습니다. 어디입니까?"

"윤슬의 호수인데 가능할까?"

"물론입니다."

거꾸로 일족의 요정이 미수를 바라보고 잔잔하게 웃더니 입을 열었다.

"시의 기운을 품은 아이구나. 게다가 미양의 힘도……."

"아! 제 어머니를 아십니까?"

"그래. 혼인식에서 뵈었지. 그 뒤에도 몇 번 더 만난 적이 있고."

"어머니는……."

미수가 말끝을 흐렸다. 그러자 그가 미수의 마음을 알아차리기라도 한 듯 자세하게 말해 준다.

"이계의 신령(神靈)인 미양은 시원시원한 성격에디 불의를 보면 참시 못하는 곧은 여성이었지. 비록 생녕의 율법을 적용받지 못해 힘든 삶을 살았지만 하루하루를 열정적으로 산 멋진 여성이었어. 그녀가 죽음을 각오하고 알을 낳은 후 기뻐하던 얼굴은 지금도 눈에 생생해. 그리고 보니 너의 무뚝뚝함 속에 깃든 상냥함은 네 어머니를 닮았구나."

"아, 삼사합니다."

아사는 목덜미까지 붉어진 미수의 얼굴에 잠시 슬픔을 잊은 채 웃고 말았다.

미수가 그린비 님의 작은 몸을 안고 베란다로 나가 날개를 활짝 펼쳤다.

"나도 데려가!"

아사는 막 날아오르려는 미수의 옷자락을 잡고 외쳤다.

"그곳은 아무나 가는 곳이 아니야."

수니의 말에 아사는 시무룩한 표정을 지었다.

"그 아이, 요정의 꼬투리를 가지고 있으니 괜찮을 거다."

거꾸로 일족의 요정의 말에 미수가 아사에게 손을 내밀었다.

✽ ✽ ✽

"할머니."

"그래, 몸은 괜찮으냐?"

한은 제 몸을 살펴보고 무사히 돌아왔다는 것을 알았다.

"예, 괜찮아요. 그리고 저, 분홍색 머리카락의 예쁜 여자애를 만났어요. 할머니의 말씀을 전하니까 승계(무녀의 지위를 이어받는 것)를 받겠다고 했어요. 그리고 윤슬의 호수에도 오겠대요. 하지만 웃어 줄 수는 없다고 했어요."

"그래, 고맙구나."

할머니가 잔잔하게 웃자 한은 조심스럽게 물었다.

"그 애, 다음 대의 무녀이죠?"

"그래. 그 애는 주어진 운명을 거스를 수 없음을 알면서도 이 할미의 소멸을 차마 받아들이지 못했지."

"아! 그래서 도망갔던 거군요."

"그래. 하지만 네가 이 할미 말을 제대로 전해준 덕에 그 사실을 인정하고 되돌아왔단다. 덕분에 조금 전 무사히 승계 의식을 치렀단다."

한은 할머니의 창백한 얼굴을 차마 바라보지 못하고 말문을 돌렸다.

"그럼, 이제 어떻게 하실 거예요?"

"윤슬의 호수로 가서 마지막 시간을 보낼 참이다. 부디 그를 한 번만이라도 보면 좋겠는데……."

"그럼, 그분이 오실 때까지 제가 같이 있어 드릴까요?"

한이 애써 용기를 내어 묻자 할머니가 환하게 웃었다.

✳ ✳ ✳

은은하게 빛을 내는 하얀 꽃들로 둘러싸인 윤슬의 호수는 아름다웠다.

한은 연보랏빛 달빛을 받아 반짝이는 잔물결이 마치 달님의 몸에서 한 조각 한 조각 떨어지는 비늘 같다고 생각했다. 그리고 각기 다른 두 그루의 나뭇가지가 서로 맞닿아 붙어 있어 마치 하나처럼 보이는 신비로운 나무를 바라보며 감탄했다.

"저게 무슨 나무죠?"

"연리시란다. 아샤의 수호목이기도 하지."

"아샤가 뭔데요?"

"남성이 모든 것을 다 바쳐 사랑하는 여성을 다정하게 부르는 말이란다."

한은 마치 새끼줄처럼 꼬여 바람구멍 하나 없을 만큼 딱 엉겨 붙어있는 나뭇가지와 줄기를 만져보았다. 부드러울 것 같았는데 마치 돌처럼 단단했다.

"아가, 이리 오렴."

한은 쪼르르 달려가 할머니 곁에 나란히 앉았다.

쏴아, 쏴아아―

바람이 일 때마다 하얀 꽃들이 서로 부딪히며 듣기 좋은 소리를 냈다. 이에 한은 눈을 지그시 감고 꽃들의 노래에 귀를 기울였다.

"그 애가 오는구나."

할머니가 언덕 위를 가리켰다. 한들거리는 꽃들 사이로 분홍색 머리카락을 구름처럼 틀어 올려 비녀로 장식한 아름다운 요정 여인이 사뿐사뿐 걸어오고 있었다. 그런 그녀의 뒤에 초록색 머리와 초록색 눈의 거인 남자와 갈색 머리에 갈색 눈의 아름다운 소녀가 뒤따라온다.

"어라?"

한은 고개를 갸웃거렸다. 한 번도 본 적이 없는 요정들인데 어쩐지 모두 눈에 익었기 때문이다.

"어서 오렴. 아름다운 내 딸 민서야, 황금 가지 무녀의『수호하는 검』잎눈아, 그리고『수호하는 방패』나무타래야."

한은 그때서야 그들의 정체를 알고 눈을 동그랗게 떴다.

그들이 빠르게 다가와 할머니 앞에 무릎을 꿇었다. 그러곤 슬픈 눈으로 할머니를 올려다본다. 금방이라도 울음바다가 될 것 같은 분위기에, 한은 더 이상 참지 못하고 발딱 일어나 주변의 하얀 꽃들을 가리켰다.

"할머니, 저 꽃 이름은 뭐예요?"

"사랑별맞이꽃이란다. 주로 사랑을 고백하거나 청혼을 할 때 쓰이는 꽃이지."

"예뻐요, 할머니."

"그렇지? 사실은 할미도 이 꽃을 받은 적이 있단다."

"혹시 할머니가 보고 싶다고 하신 그분인가요?"

"그래. 아주 오래전에……. 듣고 싶니?"

한은 힘차게 고개를 끄덕였다. 그러자 새 무녀님과 수호자들도 편한 자세로 앉으며 할머니의 이야기에 귀를 기울인다.

"나는 카란의 황족(黃族) 수장의 딸이었단다. 공교롭게도 우리 마을엔 내 또래의 요정이 없어 난 항상 외로웠지. 그런데 우리 일족의 축제 날, 나는 거꾸로 일족 사절로 온 한 요정에게 첫눈에 반해버렸어. 그는 성년을 갓 넘겼기에 노인의 모습을 하고 있었지만 훤칠한 키와 반짝이는 푸른 눈동자가 근사한 요정이었어."

"그래서요, 어머니?"

새 무녀님이 할머니의 말을 다정하게 받았다.

"다행히 그는 꼬마 계집애인 나를 귀찮아하지 않고 놀아주며 많은 것을 가르쳐 주었지. 이렇게 같이 있는 시간이 점점 많아지면서 우린 사랑에 빠졌고, 내가 성년이 되면 혼인하기로 했단다. 그의 마음은 성년이 되는 30년 동안 변함없이 이어졌기에 난 행복했어. 내가 성년이 되기 전날 그 일이 있기 전까지는 말이야."

"힘들면 말씀하시지 않아도 돼요, 어머니."

할머니의 얼굴에 짙은 슬픔이 어리자 무녀님이 또 한마디 한다.

"아니다. 가슴 속에 하나의 불빛으로 남아있는 행복한 기억을 이렇게 들어주는 너희들이 있어서 얼마나 기쁜지 모른다. 계속 들어주겠니?"

"예."

새 무녀님과 수호자들이 일제히 대답했다.

한도 그리운 눈빛으로 먼 하늘을 바라보는 할머니를 바라보며 고개를 끄덕였다.

"암흑요정이 쳐들어왔단다. 놈들은 집중적으로 나를 노렸지. 그 때문에 나는 아버지와 많은 일족들의 희생으로 간신히 마을을 빠져나올 수 있었단다. 그리고 아버지의 당부대로 나비 정원으로 도망쳤고, 그곳에 무사히 도착했지."

"와! 잘되었네요. 그래서요?"

한은 두근거리는 가슴을 움켜쥐며 성마르게 물었다.

"나는 그곳에서 전대 황금 가지의 무녀를 만났고, 그분은 나를 황금 가지의 신전으로 데려갔어. 그리고 암흑요정들이 나를 노렸던 이유도 알게 되었단다."

"어머니가 다음 대의 황금 가지의 무녀이기 때문인가요?"

"그래, 사랑스러운 내 딸아."

할머니의 다정한 부름에 새 무녀님의 눈가에 물기가 어린다.

한은 애써 모른 체하며 할머니만 바라보았다.

"나는 기가 막혔단다. 황금 가지의 무녀가 되면 신전을 벗어날 수도 없고 일반 요정들과 사사로이 연락을 주고받을 수도 없었거든. 게다가 다음 대의 무녀에게 승계를 해주기 전까지는 혼인은커녕 사랑을 해서도 안 되었단다. 그래서 나는 어머니(전대 황금 가지의 무녀)께 애원했단다. 무녀의 승계를 받기 전에 그를 한 번만 만나게 해달라고……."

"그래서 만났나요?"

한은 가슴이 벌렁거려 참지 못하고 물었다가 할머니의 쓸쓸한 웃음에 금방 후회했다.

“아니다, 아가. 나는 깨끗이 거절당했단다. 그리고 어머니가 수정구로 보여준 장면을 보고 절망했지. 비로소 나는 알게 된 거야. 내가 왜 무사히 나비 정원에 도착할 수 있었는지. 그것은 그가 내 뒤를 쫓는 암흑요정들을 목숨을 걸고 막아냈기 때문이었어. 내가 마지막으로 본 장면은 깊은 상처를 입은 그가 암흑요정에게 산 채로 삼켜지는 장면이었어. 그를… 따라가고 싶었어. 하지만 황금 가지의 무녀는 삶과 죽음도 마음대로 선택하지 못해. 그래서 나는…….”

솨아, 솨아아—

윤슬 호숫가에 서늘한 바람이 분다. 한은 아까는 그리도 듣기 좋았던 하얀 꽃들의 노래가 슬프게 들려서 두 손바닥으로 귀를 막았다. 호숫가에서는 한동안 어떤 말도 들리지 않았다.

“3년 뒤, 나는 한 가지 물건을 얻는 대가로 기꺼이 승계를 받고 황금 가지의 무녀가 되었단다. 그것은 바로 천 년에 한 번씩 열리는 대요정수의 열매를 갈아 만든 만남의 가락지였어. 그것에 만나고 싶은 요정의 얼굴을 새기고 항상 끼고 있으면 언젠가 그 요정을 다시 만나게 된다는 전설이 있는 가락지지. 그때가 오면 검은색의 가락지가 저절로 황금빛을 낸다는 사실도 그녀는 굳게 믿었어. 그것은 그의 죽음을 끝내 인정하지 않았던 내가 마지막으로 건 희망이었지. 그때부터 나는 해마다 축제의 날이 오면 샤르 정원과 나비 정원 쪽을 향해 귀를 열어두고 부디 가락지가 빛나기를 간절히 바랐지. 그렇게 오랜 세월이 흘러갔지만 가락지는 단 한 번도 빛나지 않았어.”

“도대체 얼마나 기다렸는데요?”

“670년…….”

한은 할머니의 주름진 손가락에 끼워진 검은 가락지를 바라보았다. 그런데 그것이 흐려지며 점점 잘 보이지 않았다.

"아가, 울지 마렴. 이제 시간의 은총에 들면 그도 다시 만나게 되겠지. 나의 그린비, 그를……."

한은 달빛을 받아 찰랑이는 호수를 보며 잔잔하게 웃는 할머니의 모습에 더 이상 참지 못하고 눈물을 뚝 떨어뜨렸다.

바로 그 순간, 한은 믿을 수 없는 장면을 보았다.

"어? 할머니! 가락지가 빛나고 있어요!"

"뭐?"

한의 말에 할머니는 물론 새 무녀님도 수호자들도 할머니의 손가락을 바라보았다. 놀랍게도 새까맣게 빛을 잃었던 가락지가 황금빛으로 찬란하게 빛나고 있었다.

"이럴 수가! 그린비?"

한은 벌떡 일어나는 할머니를 따라 같이 일어나 연보라색 하늘을 바라보았다.

'펄럭' 힘찬 날갯짓 소리와 함께 누군가 날아오고 있었다. 그들이 점점 가까이 올수록 할머니의 가락지가 아름다운 황금빛을 쏘아내며 빛의 길을 만들었다.

"미수 형?"

미수가 아사와 푸른 머리카락의 아이 요정을 안고 날아오고 있었다. 그리고 호숫가에 내려 미처 날개를 접기도 전에 아이 요정이 미수의 품에서 뛰어내려 세 쌍의 금빛 날개를 펼쳤다. 그것은 곧 날개 끝에서부터 푸르게 물들어갔다.

"그린비!"

"아그리나?"

그들은 한 걸음이라도 더 다가가면 눈앞의 존재가 사라져 버릴 듯 서로를 뚫어지게 바라만 보고 있었다. 그런 그들을 번갈아 바라보던 한은 그동안 뒤죽박죽이던 퍼즐이 착착 맞는 것에 이마를 짚었다.

"한아!"

아사가 짜랑짜랑한 목소리로 외치며 날 듯이 달려와 한의 허리를 와락 껴안았다.

그때서야 아이 요정 모습의 그린비 님이 할머니 모습의 아그리나 님에게 먼저 다가가 떨리는 손을 뻗었다. 그러자 아그리나 님이 털썩 무릎을 꿇으며 그 손을 마주 잡았다.

"살, 살아있었나요?"

"그대도……."

"분명 암흑요정에게 먹히는 것을 봤는데……."

"놈이 타락요정의 알을 심을 숙주로 쓰려고 산 채로 데려갔어. 타락요정이 알을 낳을 때 그것을 죽이고 탈출했지. 하지만 몸이 망가져서 생명수 속에서 잠들었고, 200년 만에 깨어났어."

"그럼, 그때 왜 바로 마을로 오지 않았나요? 단 한 번이라도 샤르 정원이나 나비 정원에 오셨다면 저를 느낄 수 있었을 텐데요."

"미안……."

"미안? 미안하다면 다인가요? 축제 때마다 행여나 당신이 오실지 모른다는 희망을 품고 기다리고 또 기다렸는데… 그런데 당신은… 어떻게……."

아그리나 님이 서럽게 울음을 터뜨렸다. 이에 그린비 님이 슬픈 눈빛으로 어쩔 줄을 모르자 황금 가지의 새 무녀 민서가 아그리나 님의 어깨를 잡으며 진실을 알려준다.

"어머니, 저분은 오셨을 거예요. 하지만 쫓겨났겠죠."

"그게 무슨 말… 아, 혹시 당신?"

아그리나 님이 뭔가를 깨달은 듯 그린비 님의 날개자리에 손을 갖다 대더니 깜짝 놀란다.

"설마 암흑요정과 싸울 때 날개가 잘못된 건가요? 아니, 잘못된 거로군요. 그래서 요정명을 잃고… 아예 성스러운 땅을 밟지도 못한 채 떠돌아다니신 거예요? 평생 나를 찾아? 당신……."

아그리나 님이 말을 채 잇지 못하고 울먹이자 그린비 님이 순순히 고개를 끄덕인다.

"설마 그대가 황금 가지의 무녀가 되었으리라곤 생각지도 못했어. 날개는 생장점이 망가져서 생명수로도 되살릴 수 없었고."

"오, 맙소사! 그럼 불완전한 세 쌍의 금빛 날개 때문에 평생 고통을 받으며 사셨다는 말이잖아요!"

결국 아그리나 님이 눈물을 뚝뚝 떨어뜨린다. 이에 그린비 님이 어쩔 줄 모르며 허둥대다 슬쩍 말문을 돌린다.

"그래도 이렇게 다시 만나서 얼마나 기쁜지 몰라. 시간이 조금만 더 있었으면……."

그린비 님의 몸이 조금 더 줄어들더니 세 살배기 어린아이와 비슷한 체구로 변했다. 그러곤 짧은 다리로 더 이상 서 있기도 힘든 듯 그 자리에 주저앉아 버렸다.

"그린비!"

아그리나 님이 그의 작은 몸을 안고 연리지 나무에 몸을 기댔다.

"어머니!"

새 무녀님이 애절한 음성으로 아그리나 님을 불렀다. 남매는 본능적으로 두 분의 죽음이 다가왔음을 느끼고 더욱 슬퍼졌다. 그러나 정작 슬퍼해야 할 그린비 님과 아그리나 님의 표정은 평안하고 행복하게 보였다.

"사랑스러운 딸아. 수호하는 검과 방패를 데리고 황금 신전으로 돌아가려무나."

"어머니, 전 갈 수 없어요. 아니, 어머니를 두고 가지 못해요."

새 무녀님이 흐느낀다. 그러자 아그리나 님이 엄한 얼굴로 새 무녀님을 나무란다.

"황금 가지의 무녀가 없는 황금 신전은 3미큐(세 시간)을 버티지 못하고 무너진다는 사실을 누구보다도 잘 알고 있는 네가 아니냐? 지금 당장 가도록 해라."

"노여워하지 마세요, 어머니. 지금 갈게요."

"그래.『황금 가지의 무녀』민서야, 부디 강하고 좋은 무녀가 되길 바란다."

"어머니께도 부디 평안한 시간의 은총이 내리길……."

새 무녀님과 잎눈, 나무타래가 큰절을 한다. 그러곤 몇 번이나 뒤돌아보며 물러나더니 마침내 날개를 활짝 펼치고 날아올랐다. 애틋한 눈으로 그들의 모습을 지켜보던 아그리나 님이 아이들이 있는 쪽으로 고개를 돌렸다.

"아가, 이리 오런?"

아그리나 님의 손짓에 한은 쪼르르 달려갔다.

"아가, 이 할미가 가장 외로울 때 같이 있어 줘서 얼마나 고마웠는지 모른단다. 부디 정목의 힘을 무사히 돌려주고 네 행복을 찾기를 바란다."

"그럴게요, 할머니."

아그리나 님이 한의 머리를 쓰다듬어 주고 이번에는 아사에게 손짓을 했다. 이에 아사도 달려가 할머니 앞에 쪼그리고 앉았다.

"인간 여자아이야. 네가 이분을 도와주고 간호했다는 말을 들었다. 덕분에 같이 시간의 은총을 맞는 축복을 누리게 되었으니 정말

고맙구나."

"아니에요, 할머니. 제대로 도와주지도 못한 걸요."

아사는 창백한 얼굴로 눈을 감고 있는 그린비 님을 보며 고개를 붕붕 저었다.

"아니다, 충분히 도와주었어. 그래서 이 할미가 너희에게 축복을 내려주고 싶구나."

아사는 미수를 흘낏 보았다. 그러자 그가 고개를 끄덕였다. 아사는 한과 나란히 앉았다.

"아가, 네가 요정의 꼬투리에 모은 정목의 힘을 빼앗기지 않도록 수호의 힘을 내려 주마. 그리고 여자아이야. 네겐 요정계의 보물 '꿈의 환상'과 단 한 번 연결할 수 있는 힘을 주마. 부디 네가 바라는 간절한 소망을 키워 꼭 이루길 바란다."

아그리나 님이 남매의 머리에 차례로 손을 올리며 축복을 내리고 미수를 바라보았다. 그러자 미수가 다가와 아사의 곁에 앉으며 물었다.

"제게 하실 말씀이 있으십니까?"

"시의 기운을 품은 아이여, 이이를 데려다 줘서 고맙구나. 네게도 축복을 내리마."

아그리나 님이 미수의 머리에 손을 갖다 대고 말을 이었다.

"네게는 일생에 단 한 번, 보이지 않는 것을 보게 하는 힘을 주겠다. 부디 도움이 되면 좋겠구나."

"감사합니다."

미수가 아그리나 님에게 깊숙이 고개를 숙였다.

"이제 가야 할 시간이구나. 시의 기운을 품은 아이여, 이이와 마지막 시간을 함께하고 싶으니 인간 아이들을 데리고 떠나주겠니?"

아그리나 님이 이젠 들리지도 않을 만큼 약한 숨을 내쉬고 있는 그린비 님을 내려다보며 하는 말에 아이들은 눈물을 글썽였다.

"마지막 작별 인사를 나누지도 못할 만큼 그린비 님의 상태가 좋지 않은데 가능하겠습니까?"

"괜찮아. 마지막 체온을 함께 나누는 것만으로도 난 행복한걸."

아그리나 님이 환하게 웃는 순간 그린비 님의 모습이 갓난아이의 몸으로 변해버린다.

"야! 미수 시 타란! 어떻게 좀 해봐. 넌 뭔가 방법을 알게 아냐? 이렇게 그냥 보내드릴 수는… 으, 으흑, 우아아앙!"

아사가 미수의 옷자락을 움켜쥐며 호수가 떠나가라 울음을 터뜨렸다. 그러자 미수가 뭔가를 결심한 듯 입술을 깨물더니 눈을 감았다. 곧 그의 몸에서 빛이 터져 나왔고, 그것은 하얀 빛기둥이 되어 하늘로 치솟았다.

"생명의 기운을 뿜어내다니! 그만두어라."

아그리나 님이 놀란 표정으로 미수를 말렸다.

"지금 『시에라』와 『영혼의 별』, 『미오네스』의 이름을 가진 분들에게 도움을 청했습니다. 그분들이라면 당신의 마지막 소망을 들어주실지도 모르겠군요. 아쉽게도 제가 해줄 수 있는 일은 이것뿐입니다."

미수가 힘없이 말하며 하얀 빛기둥을 기두어들였다.

'얼굴이 창백해.'

아사는 금방이라도 쓰러질 것 같은 모습으로 기대어오는 미수의 몸을 부축했다.

"어? 여왕님이다! 세피르 님이랑 수한 님도 오셔!"

한의 말이 끝나기도 전에 루하님을 태운 황금새와 수한 님, 그리고 어왕님이 호숫가에 내려앉았다.

그들과 아그리나 님이 간단한 인사를 나누는 사이, 아사는 자꾸만 무너지려는 미수의 몸을 잡은 채 쩔쩔맸다. 그러자 수한 님이 혀를 차며 아사의 곁으로 다가왔다.

"잘하는 짓이다. 생명의 기운을 함부로 쓰면 안 된다고 몇 번이나… 이런!"

수한 님이 의식을 잃은 미수를 안아 들었다. 이에 아사는 가슴이 뜨끔했다. 모르고 그러긴 했지만 미수가 저렇게 된 것엔 자신의 책임도 있었기 때문이다.

아사는 수한 님이 뭐라고 할까 봐 피하듯 루하님에게 달려갔다. 그리고 그린비 님을 살피는 루하님의 곁에 쪼그리고 앉았다.

"스노토라."

루하님이 여왕님을 불렀다. 루하님이 저 이름으로 여왕님을 부른다는 것은 뭔가 부탁하거나 허락을 받을 일이 있다는 뜻이다.

"안 됩니다, 세르 님."

"조금이면 됩니다. 부디 허락해 주십시오."

여왕님의 단호한 거절에 루하님이 간절하게 애원한다.

"11미큐(열한 시간)밖에 안 되는 짧은 시간 때문에 그대가 위험해지는 건 바라지 않아요."

"11미큐나 됩니다. 충분히 긴 시간이죠. 특히 저 가엾은 연인들에게는 영원과도 같은 시간이 될 수 있습니다. 스노토라, 저의 아린 가슴에 또 하나의 슬픔을 담게 하실 생각입니까?"

"세르 님!"

"부탁입니다."

루하님의 물기 어린 눈동자에 여왕님이 긴 한숨을 내쉰다.

"그대가 잘못되어도 난 모릅니다."

“당신은 전지전능한 『시에라』입니다. 난 그런 당신을 믿습니다.”

“세르 님, 그대는 정말… 좋아요. 단 공짜는 아니라는 거 아시죠?”

“물론입니다.”

루하님이 환하게 웃었다.

여왕님이 그들에게 다가가 한 손은 아그리나 님의 머리에, 한 손은 그린비 님의 가슴에 갖다 댔다. 그러자 여왕님의 손에서 새하얀 아지랑이가 아른아른 피어올랐다.

“『황금 가지의 무녀』이자 시간의 은총을 앞둔 자인 아그리나, 『푸른 바람의 방랑자』이자 시간의 은총을 앞둔 자 그린비여! 생에서 가장 눈부신 한때의 모습으로 돌아갈지어다.”

여왕님의 말이 떨어진 순간 놀라운 일이 발생했다.

아그리나 님의 쭈글쭈글한 피부가 팽팽해지고 군데군데 센 머리카락이 선명한 분홍색으로 되돌아가며 아름다운 처녀의 모습으로 변한 것이다. 어디 그뿐인가, 갓난아기 모습이던 그린비 님의 몸이 쑥쑥 자라더니 멋진 청년의 모습으로 변했다.

“『푸른 바람의 방랑자』 그린비여! 나 『영혼의 별』 세피르의 이름으로 원하노니 마지막 영혼의 빛을 일깨워 잠시의 깊은 잠에서 깨어날지어다.”

루하님의 손에서 일렁이는 초록빛이 그린비 님의 몸을 감쌌다. 그러자 거짓말처럼 그린비 님이 눈을 떴다.

“아그리나!”

그린비 님이 낮고 굵은 목소리로 연인의 이름을 부르며 몸을 일으켰다. 그리고 아그리나 님이 울음을 터뜨리며 그의 품에 와락 안겼다.

“아그리나, 그린비여! 『영혼의 별』께서 베푼 자비를 헛되이 하지 않고 부디 좋은 시긴이 되길 바란다.”

“감사합니다, 『영혼의 별』세피르시여!”

“정말 감사합니다.”

두 요정의 진심 어린 감사의 말에 빙그레 웃던 루하님의 몸이 휘청했다.

“세르 님!”

여왕님이 다급하게 외치며 쓰러지는 루하님의 몸을 받아 안았다. 그리고 강한 바람에 모두 눈을 감았다 떴을 때 이미 여왕님의 모습은 멀어져가고 있었다.

“어이구, 저 못 말릴 사랑……. 도대체 누가 그의 『수호하는 검』인지 모르겠네.”

아사는 루하님이 쓰러졌음에도 불구하고 위기감이 전혀 없는 수한 님의 음성에 마음을 놓았다.

“어이, 꼬맹이들! 이번에도 거하게 한 건 건졌네? 우리도 가자.”

수한 님이 한 팔로 미수를 안고 나머지 한 팔로 아사와 한을 한꺼번에 안아 들었다. 그런데도 넉넉하게 여유 있는 팔에 아사는 킥 웃고 말았다.

“그럼요, 가야죠. 거인 아저씨.”

“내가 큰 게 아니라 다른 녀석들이 작은 거라니까!”

“그렇다고 해두죠, 거인 아저씨… 캬아악!”

아사는 육중한 체구에 어울리지 않게 수직으로 빠르게 날아오르는 수한 님의 팔을 움켜쥐며 새된 비명을 질렀다. 그리고 수한 님이 방향을 틀기 위해 높은 허공에서 잠깐 멈추었을 때 아그리나 님과 그린비 님이 서로 껴안은 채 손을 흔드는 모습을 보았다. 이에 아사는 뿌옇게 흐려진 눈으로 그들을 향해 손을 흔들었다. 그리고 두 요정이 짧은 시간이나마 부디 행복하기를 바라며 수한 님의 굵은 팔뚝에 얼굴을 묻었다.

여왕님의 처소는 12층이었지만 루하님이 깨어날 때까지 7층에 머물렀다. 그래서 시에라의 『호위하는 검』들만 12층을 지켰다.

미수는 숙소로 돌아온 지 1미큐(한 시간) 만에 깨어났다. 그리고 아직 미성체인데 생명의 기운을 태우는 위험한 짓을 했다고 꽤 오랫동안 수한 님의 걱정을 들었다.

아사는 문틈으로 그 모습을 지켜보며 발만 동동 구르다 수한 님이 7층으로 내려간 뒤에야 쪼르르 달려 들어갔다.

"미수야, 미안해. 그리 위험한 일인 줄 알았으면……."

"결정은 내가 했으니 네 탓이 아니야."

미수는 덤덤한 이 한마디로 아사의 무거운 마음을 편하게 해주었다. 이에 아사는 미수의 커다란 손을 꼭 잡았다가 놓은 후 10층으로 내려갔다.

'아그리나 님과 그린비 님은 어찌 되었을까?'

남매는 두 분에 대한 궁금증과 걱정으로 인해 잠을 이루지 못하고 밤새 뒤척였다. 그 때문에 아침 햇살이 창문을 두드렸을 때쯤 두 분이 시간의 은총에 들었다는 사실을 제일 먼저 알았다. 이는 요정의 꼬투리가 변했던 이유도 있었다.

한의 네 번째 보석이 맑은 갈색으로 반짝였다. 바로 아그리나 님의 행복이었다. 그것의 힘은 한의 가슴 위에서부터 가슴 아래까지의 흉한 피부를 매끄러운 피부로 바꾸어 놓았다. 그리고 그린비 님의 행복에 의해 하늘색으로 변한 아사의 다섯 번째 보석의 힘은 한의 가슴 아래에서부터 옆구리까지의 흉을 깨끗이 사라지게 했다. 이에 남매는 너무나 기뻐 서로 부둥켜안고 울다가 웃다가를 반복했다.

“아사! 한! 루하님이 깨어나셨대!”

수니의 짜랑짜랑한 음성에 남매는 물론, 잠에서 깨어난 다른 층의 요정 아이들도 7층으로 우르르 내려갔다. 그러나 아이들은 루하님을 만나지 못하고 아직은 푹 쉬어야 하며 여왕님의 치유의 기운도 더 받아야 한다는 말만 들었다. 이에 아이들은 굳게 닫힌 루하님의 방문을 바라보며 시무룩한 표정을 지었다.

“그는 괜찮을 거다. 게다가 여왕님이 계시는데 무슨 걱정이냐? 나가서 맘껏 놀다 오너라.”

수한 님의 말에 아이들은 안심을 하고 밖으로 몰려나갔다. 그리고 따가운 햇살을 피해 하얀 나무의 쉼터 앞을 흐르는 카란 강물로 뛰어들었다. 곧 아이들의 즐거운 웃음소리가 강가에 울려 퍼졌다.

한은 웃통을 벗고 당당하게 윗몸을 드러냈다. 그리고 태어나서 처음으로 어깨를 활짝 펴고 아이들과 함께 물놀이를 즐겼다. 아이들의 물장구에 튀어 올라 햇살에 눈부시게 빛나는 물방울마다 한의 해맑은 얼굴과 행복하게 웃는 아사의 얼굴이 방울방울 담겼다.

그날 오후, 웅장한 나팔 소리가 카라소도에 울려 퍼졌다. 그러자 축제를 즐기던 모든 요정들이 일제히 환호성을 터뜨리며 성스러운 땅인 샤르 정원으로 모여들었다.

나팔 소리는 귀빈들의 숙소인 하얀 나무의 쉼터에도 어김없이 들려왔다.

늦은 점심을 먹은 후 노곤한 낮잠에 빠져 있던 아사 남매는 나팔 소리와 요정 아이들의 환호성에 놀라 방에서 뛰쳐나왔다. 그리고 까닭을 알기도 전에 아사는 미수에게, 한은 수니에게 잡혀 허공으로 떠올랐다.

“도대체 무슨 일이야? 저 나팔 소리는 또 뭐고?”

남매는 누가 먼저랄 것도 없이 그들에게 물었다.

“너희들은 참 운이 좋구나. 어쩜 백 년에 한 번 보기도 힘들다는 대요정수님의 모습을 다 보게 되는 거냐?”

“내 말이 바로 그 말이야. 저 소리는『대요정수의 파수꾼』들이 부르는 나팔 소리로, 대요정수님이 나타나신다는 뜻이거든. 게다가 우리가 나비 정원에 들어갈 자격이 있을 때 나타나시다니 어째 이런 행운이!”

남매는 유지와 수니의 들뜬 목소리에 대요정수의 모습을 가장 가까이에서 볼 수 있는 곳이 나비 정원이라는 사실을 떠올렸다.

잠시 후, 남매는 미수와 수니에게 매달린 채 나비 정원에 도착했다. 그리고 형형색색의 나비들이 만드는 화려한 공중 꽃밭아래의 잔디밭에 서 있는 요정 아이들을 보았다. 그들은 바로 테인 일행이었다.

“유지, 자리 좀 마련해 봐.”

“알았어.”

수니의 말에 유지가 나비 떼들 속으로 뛰어들었다.

유지의 몸에서 흘러나온 푸른빛에 닿은 나비들이 일제히 같은 높이로 늘어서서 날갯짓을 하자 거기에서 떨어진 색색의 빛 가루들이 뭉쳐 화려한 빛의 구름을 이루었다. 그것은 엄나 폭신하고 탄력이 있어 남매와 요정 아이들이 앉아도 끄떡하지 않았다.

아이들은 각자 편한 곳에 자리를 잡고 앉아 나비 정원을 내려다보았다. 그러다 나비 정원의 야생화 꽃밭에 옹기종기 앉아 있는 테인 일행을 보았다.

“어라? 저기보다는 여기가 잘 보일 덴데 왜 올라오지 않는 거지?”

“여긴 아무나 못 와. 이 애들의 허락을 받아야 하거든.”

아사의 말에 유지가 의기양양한 표정으로 대답하며 나비 떼들을 향해 손을 내밀었다. 그러자 유난히도 크고 아름다운 오색나비 한 마리가 유지의 손바닥 위에 살포시 앉더니 날개를 팔랑거렸다. 그때마다 반짝반짝 빛나는 오색의 빛 가루가 후르르 날렸다.

“우와, 예쁘다.”

아사가 나비를 향해 손을 뻗었다. 그러자 나비가 포르르 날아가 버린다.

“아무나 하는 게 아니라니까.”

유지가 오색나비의 빛 가루가 묻은 손을 아사의 눈앞에서 흔들어 대며 비웃었다. 이에 심술이 난 아사는 유지의 손등을 찰싹 소리가 나게 때려주었다.

그때 『대요정수의 파수꾼』들의 나팔 소리가 다시 울렸고, 요정 아이들이 벌떡 일어나 한 곳을 보며 외쳤다.

“대요정수님이다!”

남매는 고개를 갸웃거렸다. 요정 아이들이 일제히 바라보는 그곳엔 시리도록 푸른 하늘만 펼쳐져 있었기 때문이다.

“도대체 대요정수님이 어디 계시다는 거야? 한아, 넌 보이니?”

“아니.”

아사의 말에 한이 고개를 저었다.

“미수야.”

아사는 푸른 하늘 쪽을 바라보고 있는 미수의 팔을 흔들었다. 그러자 미수가 한 곳을 가리키며 단호하게 한마디 한다.

“저기 계시잖아.”

아사는 다시 그쪽을 바라보았다가 볼멘소리로 쏘아붙였다.

“왜 내 눈에는 보이지 않는 건데?”

“믿지 않으니까. 보려고 하지도 않고.”

“아악, 도대체 뭔 소리인지…….”

머리를 감싸 쥐는 아사와 달리 한이 뭔가 깨달은 듯 작은 탄성을 터뜨렸다.

“한이 너, 보이는 거야?”

“아니. 하지만 지금부터 보려고.”

“에? 어떻게?”

“누나, 대요정수님이 저곳에 계신다고 진심으로 믿어. 그리고 보고 싶다고 빌어 봐. 예전에 산수유나무에 대고 빌었던 것처럼…….”

“아! 그런 뜻이었어?”

아사는 냉큼 두 손을 모으고 눈을 감았다.

“눈을 뜨고 봐야…….”

그러나 바로 이어지는 아사의 말에 한은 말끝을 맺지 못했다.

“보여, 한아. 그런데… 뭐라고 말을 해야 할지… 나는 …….”

한은 누나 아사의 뺨에 흐르는 눈물을 보며 망치로 뒤통수를 맞은 것 같은 충격을 느꼈다. 그리고 태어나서 처음으로 보이지 않음에도 존재하는 것이 있다는 것을 믿기로 했다.

이윽고 그 마음이 머리끝에서부터 가슴까지 닿아 단 한 줌의 의심도 남지 않았을 때, 비로소 한은 대요정수를 만나고 싶다고 간절히 빌었다.

‘아!’

한의 머릿속에 한 번도 보지 못한 나무 하나가 선명하게 떠올랐다. 그것은 점점 실체감을 띠면서 쑥쑥 자랐고, 마침내 한의 상상을 뛰어넘어 어지러울 만큼 크게 자라 아득한 곳까지 짙은 녹색으로 물들었다. 그것은 믿을 수 없을 만큼 성스럽고 신비로운 경험이었다.

한은 태어나서 처음으로 '눈으로 보는 것이 아니라 마음으로 보는 형체도 있구나.' 하고 생각했다. 그리고 가슴을 뒤흔드는 벅찬 감동을 이기지 못하고 울음을 터뜨리고 말았다.

대요정수가 사라진 지 한참이 지난 뒤에야 남매와 요정 아이들은 깊은 감동에서 깨어나 하얀 나무의 쉼터로 돌아왔다.

그때 천지를 푸르게 물들이며 소나기가 쏟아졌다. 그리고 비가 그쳤을 때 남매는 요정계의 레시아(무지개)를 처음으로 보았다.

요정계의 레시아는 색의 경계가 또렷하고 색깔도 선명해서 마치 아이들이 일곱 가지 색깔의 반짝이 풀을 발라 정성껏 꾸민 무지개 다리 같았다. 그러나 그것은 시작에 불과했다.

남매는 하늘가에 나타난 반투명한 몸의 아름다운 여인의 모습을 보며 감탄했다. 처음엔 그저 자연이 만든 환상이거니 했다. 구름이 가늘고 길게 풀어지거나 뭉쳐 여인의 머리카락과 얼굴을 빚고, 일곱 빛깔 레시아가 아래로 향할수록 넓게 퍼진 것이 상의와 치마처럼 보였던 것이다. 그러나 그 모습이 점점 또렷해짐에 따라 남매는 그것이 살아있는 존재라는 것을 깨닫고 넋을 잃었다.

"레시아의 정령 요정이야. 평소에는 볼 수 없지만 대요정수님의 축복이 내린 바로 뒤라 보이는 거야."

언제 왔는지 10층의 난간에 아슬아슬하게 걸터앉아 있던 미수가 담담하게 설명해 주었다.

레시아의 정령 요정이 하늘과 산과 푸른 는개를 무대 삼아 너울너울 춤을 추기 시작했다. 남매는 비가 그치고 활짝 갠 하늘 끝이 오렌지색에서 청보라색으로 물들고 땅거미가 슬금슬금 몰려올 때까지 고개를 반짝 치켜든 나팔꽃이 되어 신비로운 춤사위를 지켜보았다.

악몽의 요정과 뉴트 님의 눈물

휴이의 계절 르베의 달(3월) 중순으로 접어들면서 타란 마을에도 따스한 봄기운이 감돌았다. 물오른 나무마다 새잎이 돋고 꽃밭에는 파릇파릇한 새싹들이 땅을 밀고 올라와 온 마을을 고운 연둣빛으로 물들였다.

아사와 한의 집 앞마당에도 어김없이 봄은 찾아들어 야트막한 담장의 포슬포슬한 흙 사이로 여린 싹들이 얼굴을 쏙 내밀었다.

남매는 요정 아이들이 낮잠을 자는 시간을 틈타 『풀꽃의 손길』 초아 님이 나누어 준 꽃씨의 알뿌리를 신느라 비시만을 플데고 있었니.

"세월이 참 빠르다, 그치?"

"응."

"우리가 이곳에 온 게……."

"다음 달 7일이 딱 일 년이야."

"벌써 일 년이구나. 보고 싶… 에이, 아나."

기어이 뚝 떨어진 눈물이 잘게 부순 고운 흙 위에 짙은 동그라미를 그렸다.

'달가닥' 한이 호미질을 멈추었다. 이에 아사는 고개를 들지 못했다. 어린 동생 앞에서 약한 모습을 보인 게 창피했기 때문이다.

"누나, 나 물 좀 떠올게."

한은 물이 반이나 남아 있는 물뿌리개를 들고 일어섰다.

아사는 엉겁결에 아직 물이 남았다고 말하려다 동생의 붉어진 눈시울을 보고 입을 다물었다. 때로는 모른 체하는 것도 위로의 한 방법이라는 것을, 남매는 잘 알고 있었다.

"정신 차리자, 강아사!"

아사는 손바닥으로 양 뺨을 짝 소리가 나게 쳤다. 그 바람에 흙이 얼굴에 달라붙었다. 그리고 엉겁결에 닦는다는 게 더욱 흙 범벅이 되어버렸다.

'에라, 모르겠다.'

아사는 옷자락으로 얼굴과 손에 묻은 흙을 대충 닦은 후 고운 흙 위에 벌렁 드러누웠다. 시리도록 푸른 하늘이 얼굴로 쏟아져 내렸다. 그 눈부신 맑음에 아사는 눈을 질끈 감았다.

'일 년……'

이곳에 온 지 벌써 일 년이 되었다. 그동안 참으로 많은 일을 겪었다. 아사는 그린비 님의 일 이후에 있었던 중요한 일을 하나하나 되새기기 시작했다.

첫째는 해가 바뀌고 새해를 맞았다. 이곳은 세르의 계절이 새해의 시작으로, 에흐의 달 초하룻날(9월 1일)이 설날이다. 그날 남매는 요정 아이 4총사, 아로아와 함께 여왕님의 궁인 세르미오네스 궁에서 열리는 연회에 초대받았다. 그리고 여왕의 귀한 손님이 되어 온갖 귀한 음식을 맛보고 여러 가지 볼거리에 빠져 즐거운 하루를 보냈다.

둘째는 두 개의 달 중 붉은 달이 사라졌다. 붉은 달이 사라지자 연보랏빛 달빛이 부서지며 화선지에 먹물이 스미듯 푸른 달빛이 퍼져가던 그날 밤의 장면은 지금도 잊지 못할 만큼 눈에 선한 풍경이다.

셋째는 심술궂은 바람에 떨어지는 봄날의 벚꽃처럼 요정계를 하얗게 물들이는 눈송이의 춤으로 시작된 스마의 계절(겨울)의 아름다움이다. 그것은 아사가 어릴 적 처음으로 백화점 나들이를 갔을 때 보았던 워터볼의 눈 내리는 이국의 풍경처럼 신비로웠다.

넷째는 세르의 계절 에흐의 달 아흐렛날(9월 9일)에 있었던 루하 님의 생일 축하연에 대한 기억이다. 그날, 남매는『영혼의 별』세피르 님이 생명을 일깨우는 갖가지 능력을 직접 보았을 뿐만 아니라 갓 태어난 요정 아기들을 안아보는 기쁨도 누렸다.

다섯째는『따스한 품』의 이름을 가진 보모들의 보살핌으로 무사히 일 년을 넘긴 타란의 요정 아기 희주와 그의 부모가 타란 마을에 들어와 새 식구가 된 것이다. 그들은 스물세 번째 집의 주인이 되며 새로운 이웃으로 인정받았다.

마지막 일은 한의 성장이다. 한은 그동안 크지 못한 것을 보상이라도 하듯 일 년 동안 무려 12센티미터나 자랐다. 게다가 변성기까지 와서 이제는 제법 소년의 티가 났다. 힘도 부쩍 세져 집안에서 힘을 쓰는 일이 있으면 혼자서 너끈히 해치워 아사에게 기쁨과 자랑스러움을 느끼게 했다.

그러나 마냥 즐겁고 기쁜 일만 있었던 것은 아니다. 그중에서도 가장 염려스러운 일은 정목의 힘이 부쩍 약해짐으로써 비오는 날 죽순이 돋듯 암흑요정들이 많이 태어났다는 것이다. 그럼에도 불구하고 요정의 꼬투리의 색을 채울 만한 일이 더 이상 일어나지 않았다는 것도 마음에 걸렸다. 이러다가 주어진 일을 마치지 못하고 기한이 끝나버리면 어쩌나 싶어 남매는 불안했다.

요정아이들은 아직 일 년이나 남아 있는데 무슨 걱정이냐고 했지만 그게 어디 말처럼 쉬운 일인가 말이다. 그 불안함이 쌓이고 쌓여 오늘 그만 물꼬가 터져버린 것 같다.

아사는 동생 앞에서 꼴사납게 눈물을 보였다는 것에 창피해하며 팔찌를 들여다보았다.

"첫 번째 분홍색은 수운의 행복, 두 번째 파란색은 세현의 행복, 세 번째 초록색은 티아루아 님의 행복, 다섯 번째 하늘색은 그린비 님의 행복, 여섯 번째는 아직 투명하네. 네 번째는 여전히 진행형이고…… 도대체 누구의 행복인 거야?"

아사는 틀만 보라색으로 물들었을 뿐 아직도 투명한 네 번째 보석을 만지작거리며 투덜거리다 '하아' 하고 깊은 한숨을 쉬었다.

"누나! 이게 무슨 짓이야? 아예 꽃씨가 되려는 거야? 내친김에 씨앗이랑 같이 묻어 줄까?"

아사는 한심하다는 눈빛으로 자신을 내려다보는 동생의 얼굴을 보며 어색하게 웃었다.

한이 아사를 번쩍 들어 일으켜 세우더니 흙 묻은 옷을 툭툭 털어준다. 그 모습이 사뭇 믿음직해서 아사는 자신보다 커진 동생의 손을 잡아 흔들며 호들갑을 떨었다.

"엑? 언제 이렇게 큰 거야? 이건 완전 사기야!"

"성장은 사기가 아니라 세월의 열매거든."

"악, 또 애늙은이 같은 소리!"

아사는 입을 삐쭉이며 한의 팔찌를 들여다보았다. 요정계의 물건답게 자동 맞춤 기능까지 있는지 제법 굵어진 한의 손목에 맞게 고리가 커져 있다.

"첫 번째 붉은색은 수아의 행복, 두 번째 까만색은 아로아의 행복, 세 번째 노란색은 수니의 행복, 네 번째 갈색은 아그리나 님의 행복, 다섯 번째와 여섯 번째는 아직도 감감……. 에휴!"

아사의 말에 한의 얼굴에도 잠깐 초조함이 스쳤다.

"어? 미수다."

아사가 크게 외치며 사립문 쪽으로 내달린다.

"누나! 손은? 옷도……."

그러나 아사의 까만 뒤통수는 이미 사립문을 벗어난 뒤다. 이에 한은 한 손으로 이마를 짚었다.

"저리도 좋을까? 하지만 뭐, 미수 형이니까 봐준다."

한은 호미와 물뿌리개를 정리한 뒤 아사의 뒤를 따랐다. 요정 아기들이 낮잠을 자는 시간이라 그런지 마을이 유난히 조용했다.

"미수야!"

아사는 전령의 임무를 띠고 요정계의 구석구석을 돌고 한 달 만에 돌아오는 미수가 무척 반가웠다. 그래서 환한 웃음과 함께 전속력으로 달려가 미수의 허리를 와락 껴안았다. 그 바람에 어깨를 살짝 덮고 등 언저리에서 찰랑대는 아사의 머리카락이 팔랑 올라갔다 내려앉았다.

대놓고 반가워하는 아사와 달리 미수는 아사의 어깨를 잡아 매정하게 밀어낸다.

"어? 왜!"

"옷 꼴이 그게 뭐냐?"

"아!"

아사는 흙 범벅이 된 옷과 미수의 허리께에 찍힌 손바닥 판화에 얼굴을 붉히며 한발 물러섰다. 그러나 곧 사악한 웃음과 함께 미수에게 달려들어 아무 데나 손자국을 찍어댔다.

미수가 기겁을 해서 밀어내 보려고 하지만 찰거머리처럼 달라붙어 있는 아사를 떼어내지 못하고 쩔쩔맨다.

한은 그런 미수를 보며 쿡 웃었다. 힘으로 하면 쉽게 떼어낼 수 있음에도 차마 손을 대지 못하고 쩔쩔매는 미수의 귓불이 붉어져 있음을 보았기 때문이다.

한은 성큼성큼 다가가 그의 품에서 아사를 떼어냈다.

"말리지 마, 한아! 쳇, 쳇! 애정이 식었어."

'그 반대일 걸.'

한은 하마터면 목구멍까지 올라올 뻔한 말을 꿀꺽 삼켰다.

"네게 전할 게 있어."

미수가 금세 평정을 되찾고 두루마리 하나를 내민다. 아사는 그것이 차란 마을의 꽃잎 편지라는 것을 한눈에 알아보았다.

"수운의 편지다!"

아사는 함박웃음을 지으며 두루마리를 펼쳤다. 이곳에 와서 일 년이 되었지만 '꽃자리'라고 부르는 이 편지는 여전히 신기하다.

"수운, 아사야."

아사의 목소리에 반응한 두루마리에서 꽃잎들이 하나하나 날려 나오며 수운의 목소리로 변했다.

사랑하는 내 친구 아사에게

아사야, 우리가 헤어진 지도 벌써 일 년이 다 되어 가는구나. 여전히 밝고 씩씩하게 잘 지내고 있겠지?

나랑 닭아지도 잘 지내고 있어.

닭아지 녀석은 부쩍 자라 곧 성체가 돼. 나도 키가 많이 컸어. 그리고 이 말 하기는 조금 부끄럽지만 가슴도 커졌어. (이 부분에서 아사는 빨개진 얼굴로 미수와 한을 보았다. 그들이 헛기침을 하며 고개를 돌렸다.)

아버지는 내가 무지 예뻐졌다고 기뻐하셔. 마을 요정들은 내 힘이 세졌다는 말만 하는 걸 보니 아무래도 아버지의 편애인 것 같지만 좋은 건 사실이야. 네게도 변한 내 모습을 꼭 보여주고 싶어.

그래서 말인데 이번 달 열아흐렛날이 닭아지가 성체가 되는 날이야. 아사 너도 그 애의 반쪽 보호자이니 와서 축하해 주었으면 좋겠어.

닭아지가 어떻게 변했는지 궁금하지? 여기 영상을 보낸다. 참! 내 모습은 비밀이야. 네게 직접 보여주고 싶어. 아마 깜짝 놀랄걸, 후후후!

아사, 보고 싶다. 꼭 올 것으로 믿고 우리 마을의 출입 허가서도 동봉했어. 그럼 기다릴게. 안녕.

너와 영원한 한 쌍의 평행선이 되고 싶은 친구 수운 씀.

아사는 팔랑거리며 떨어지는 허가서와 함께 홀로그램처럼 떠오르는 닭아지의 모습을 보곤 탄성을 터뜨렸다.

"우와! 마치 새끼 봉황 같아. 그치, 한아?"

붉은 벼슬과 홍옥 같은 눈, 늘씬한 목과 날렵한 몸통에 화려하고 긴 꼬리를 가진 신비로운 생명체의 모습을 보니 미수는 고개를 끄덕였다. 아사는 닭아지의 멋진 모습을 보며 그리운 친구의 얼굴을 떠올렸다.

"비싼 계집애! 얼굴 영상 하나 보내주면 뭐가 어때서?"

"네가 원한다면 수운 차란의 모습을 자세히 설명해 줄 수 있어."

아사의 시무룩한 표정에 미수가 힌마디 덧붙였다. 그러나 아사는 고개를 저었다.

"말 안 해줘도 돼. 여자의 변신은 무죄니까."

"변신도 죄에 들어가는 거냐?"

"물론이지."

아사는 혼란스러워하는 미수를 보며 킥킥 웃었다.

"갈 거냐?"

"당연하지."

"말은 잘한다. 넌 미성체, 아니 미성년이다."

"네가 있잖아. 이 편지를 받아왔다는 건 네가 책임진다는 뜻 아니야?"

아사의 뻔뻔한 말에 어지간한 미수도 입을 떡 벌린 채 잠시 말이 없다. 그러나 아사는 한술 더 뜬다.

"언제 출발하면 돼?"

"모레 아침."

"엑? 그렇게 빨리? 준비할 게 많은데……."

아사는 넉 장의 허가서를 움켜쥔 채 허둥지둥 집을 향해 달렸다. 그러다 문득 어둠의 숲 근처에 있는 차란 마을은 위험하다는 이유로 미수의 체험활동지에서 빠져 있었다는 사실을 깨달았다.

그런데 미수는 차란 마을에 들렀고, 소중한 친구의 편지를 가져왔다. 아사는 그 사실을 깨닫는 순간 몸을 돌려 다시 미수에게 달려가 외쳤다.

"고마워, 미수야."

"알면 되었다. 그 전에 수장님의 허락을 받는 것이 먼저다."

아사는 미수의 무뚝뚝한 말에 담긴 따스한 배려에 가슴이 뭉클해져 그를 와락 껴안으며 외쳤다.

“사랑해, 미수야. 이 은혜 잊지 않을게.”

미수는 아사의 까만 머리카락이 보이지 않을 때까지 멍하니 있다 한의 웃음소리에 정신을 차렸다.

“예뻐졌지, 우리 누나?”

“그래. 키도 조금 컸다. 가슴도…….”

“아니라고 할 줄 알았는데 한술 더 뜨네, 미수 형.”

한은 붉어진 미수의 얼굴에 슬쩍 말을 돌렸다.

“마을 순회는 모두 끝난 거지?”

“그래.”

“무지 피곤하겠다. 마침 루에트 님의 특제 피로 회복제를 몇 병 얻어다 놓은 게 있어. 우리 집으로 가, 미수 형.”

미수가 싱긋 웃으며 고개를 끄덕였다.

✱ ✱ ✱

오늘은 아사와 한이 수운의 초청을 받아 차란 마을로 떠나는 날이다. 남매는 설레는 가슴을 안고 마을을 나섰다.

이번 아사와 한의 일정은 오고 가는 날까지 합쳐 열흘 남짓으로 꽤 길다. 이는 하늘을 지배하는 암흑요성들의 영역이 늘어나 군네군데 하늘길이 막히는 바람에, 이룸의 숲 시상시리글 돌아 육모모 가는 게 안전했기 때문이다.

게다가 미수가 사흘 동안 다녀와야 할 곳이 갑자기 생겨버렸다. 그것은 남매가 사흘 동안 ‘책임지는 자’의 안내 없이 여행을 해야 한다는 것을 의미했다.

그나마 다행인 것은 세현의 부모인 나단 아저씨와 지나 아주미니기 남매의 보호자로 따라간다는 것이다. 이는 세현이 물을 고르게 다루는 힘을 배우기 위해 왕궁의 수련관에 들었기에 가능한 일이었다.

미수는 영 마음이 놓이지 않는지 동구 밖까지 따라 나와 아사에게 이른다.

"아사, 내가 갈 때까지 아저씨, 아주머니 말씀 잘 들어야 해. 아무거나 먹지 말고, 아무 데나 빨빨거리고 다니지 말고, 누가 부른다고 따라가지 말고, 해가 지면 무조건 방에만 있고……."

"알았어, 알았다니까."

아사는 성의 없이 대꾸했다. 그러자 미수가 눈썹을 치켜세우며 더욱 목소리를 높였다.

"아사, 덜컥덜컥 사고 치지 말고 내 말 새겨들어!"

"칫! 맨날 나만 갖고 그래. 한이랑 같이 치는 사고도 많단 말이야."

"한은 뒷수습이라도 잘하지."

"뭐야? 그 말은 마치 내가……."

아사는 입술을 쭉 내밀며 미수에게 따지려 들다가 말끝을 흐렸다. 한의 엄한 눈빛과 마주쳤기 때문이다.

"미수 형 말이 다 맞는데 뭘 그래? 이제 그만 가자, 누나. 아주머니랑 아저씨가 기다리시잖아."

남매는 나단 아저씨와 지나 아주머니가 기다리고 있는 하이포누에 호숫가로 달려갔다. 그리고 두 분의 곁에 늠름하게 버티고 선 짐승들을 보며 헤실헤실 웃었다.

남매의 탈 것은 피오다. 피오는 튼튼한 네 다리와 근육이 발달한 몸체, 짧고 바싹 세운 귀를 가졌다. 힘이 세고 험난한 땅에서도 잘 달리기에 주로 요정들이 먼 여행을 할 때 타는 탈것으로 이용된다.

나단 아저씨와 지나 아주머니는 로암을 탔다. 로암은 요정 전사들이 싸울 때 타는 탈것인데 말과 비슷하게 생겼다. 그러나 날카로운 뿔과 이빨, 발톱을 가진 데다 용맹스러워 주로 요정 전사들의 탈것으로 이용되는 동물이다.

잠시 후, 주인들을 태운 네 마리의 짐승은 빠른 속도로 마을을 벗어났다. 새파랗게 질린 얼굴로 하얀 피오의 등에 납작 엎드린 한과 달리, 아사는 까만 피오의 갈기를 잡고 연신 깔깔거렸다. 남매의 이런 대조적인 모습을, 지나 아주머니와 나단 아저씨가 빙그레 웃으며 지켜보았다.

여행 첫날은 그야말로 호기심과 감탄의 연속이었다. 옥빛으로 펼쳐진 호수와 하얗게 반짝이는 설산, 그림에나 나올 법한 전나무 숲 지대를 지나는 동안 남매는 피곤한 줄도 모르고 연신 고개를 두리번거리며 감탄했다. 그런 남매를, 나단 아저씨와 지나 아주머니는 친자식처럼 따스하게 돌봐 주었다. 또한 피오들도 몰이에 서툰 어린 주인들에게 너그러웠다.

한이 피오를 모는 것에 익숙해질 때쯤, 일행은 야생화가 흐드러지게 피어난 이름 모를 산의 풀밭에서 제인 아주머니가 정성껏 싸주신 점심을 먹었다.

아사는 제일 먼저 점심을 뚝딱 해치우고 닭아시에게 줄 아사한 잎이 담긴 보따리와 수문과 마을 요정들에게 선물할 물건이 담긴 선물 번갈아 만져보며 생글거렸다.

아사한 잎은 작년 티아루아 님 사건 이후에 호숫가에 뿌리를 내린 나무의 어린잎이다. 티아루아의 권능이 살아있는 데다 영양 성분도 높아 일반 동물은 물론 영물이나 수호수에게도 좋은 영양제가 된다는 말에 아사가 늠뿍 챙겨 넣었다. 재미있는 깃은 남매의 이름을 합쳐서 나무 이름을 지었다는 것이다. 이는 파인 수장님의 배려였는데, 아사는 이 일도 수운에게 자랑할 참이다.

해 질 무렵, 일행은 눈이 시릴 듯 푸른 물이 흐르는 강에 도착했다. 강 이름을 묻는 아사의 말에 지나 아주머니가 뉴트 강이라고 알려 주었다.

아사는 뉴트 강가에서 하얀 돌로 깎아 만든 여인상과 청년상을 보았다. 그것은 연보라색의 길쭉길쭉한 꽃잎을 단 식물과 자잘한 노란색의 이름 모를 꽃들 사이에 숨어 있었다.

여인은 가슴 위에 두 손을 모은 채 눈을 감고 있는 청년의 상체를 꼭 껴안고 있었다. 여인의 볼에 맺힌 눈물이 금방이라도 똑 떨어질 것 같이 실감 났다.

"저들은 누구예요? 왜 슬퍼하는 거죠?"

아사는 호기심이 일어 지나 아주머니에게 물었다.

"저 청년은『물의 사랑을 받는 자』뉴트이고, 저 여인은 휘이(봄)의 정령 요정 리아란다. 그리고 리아가 슬픈 이유는 뉴트가 소멸했기 때문이란다."

"좀 더 자세하게 얘기해 줘요, 네?"

아사는 눈을 반짝이며 졸랐다. 그러자 지나 아주머니가 아사의 머리를 쓰다듬은 후 이야기를 시작했다.

"카란족의 청년『물의 사랑을 받는 자』뉴트는 흰여울 강에 놀러 온 휘이(봄)의 정령 요정 리아를 보고 첫눈에 반했단다. 그러나 마음이 여린 그는 고백을 하지 못한 채 그녀의 곁에서 맴돌며 애만 태웠지. 리아는 그런 뉴트에게 무심했고, 오랜 세월 동안 그의 마음을 아프게 했어."

"저런, 그래서요?"

“문제는 스마(겨울)의 정령 요정 카루도 그녀를 좋아했다는 거야. 그런데 다정한 뉴트와 달리 심술궂은 그는 그녀가 자신의 마음을 받아주지 않자 그녀를 괴롭히기 시작했어.”

“에휴! 어디를 가나 꼭 그런 초딩 같은 놈들이 있더라. 아, 한이 넌 빼고! 그래서 어떻게 되었대요?”

“그런 카루를 피해 도망 다니던 리아는 결국 화가 날 대로 난 카루의 차가운 입김에 쐬어 그만 심장이 얼어 죽게 되었지. 이를 슬퍼하던 뉴트는 그녀를 살리기 위해 자신의 뜨거운 영혼의 심장을 녹여 그녀에게 들이부었단다. 덕분에 그녀는 살아났어.”

“잘되었네요…가 아니라 헉! 그럼 그는요?”

아사는 지나 아주머니의 턱밑으로 바싹 다가들며 성마르게 물었다.

“심장, 그것도 영혼의 심장이 녹았는데 어찌 살기를 바라겠니? 다행히 강의 정령 요정들이 그를 가엾게 여겨 강으로 만들었다는구나. 그때서야 리아는 그의 목숨을 건 사랑과 그를 사랑하게 된 자신의 마음을 뒤늦게 깨닫고 슬피 울었어. 그리고 차갑게 식은 뉴트의 시신을 안고 돌이 되고 말았단다.”

“그게 바로 저 조각상인가요?”

“그래.”

한은 지나 아주머니의 말에 조각상들을 바라보다 여인상의 눈물이 반짝 빛나는 것을 보고 눈을 크게 떴다. 그러나 그것은 한의 마음속 깊이 감추어져 있던 뭔가를 건드렸고, 찌르르 울리는 통증과 함께 의식 위로 터져 나왔다. 이에 한의 마음이 얼음처럼 싸늘해졌다.

“어떡해! 너무 슬퍼요.”

아사가 눈물을 글썽이며 한을 돌아보았다.

“그렇지 않니, 한아?”

“아무리 슬퍼도 이미 일어난 일은 되돌릴 수 없어. 그러니까 후회
는 필요 없는 감정이야.”

“한, 너…….”

아사는 서늘한 한의 눈빛에 더 이상 말을 잇지 못했다.

그날 밤, 아사 일행은 뉴트 강이 훤히 내려다보이는 언덕 위의 아
담한 여관에 짐을 풀었다.

등짝만 붙였다 하면 누가 업어 가도 모를 만큼 잘 자는 누나 아사
와 달리, 한은 깊은 밤인데도 쉽게 잠을 이루지 못했다. 여인상의 뺨
에 맺힌 눈물을 본 순간, 까맣게 잊고 있었던 어린 시절의 기억 하나
가 떠올랐던 것이다.

한이 일곱 살 되던 해, 고아원에 동갑내기 여자애 하나가 들어왔
다. 그 애는 들어온 첫날부터 한에게서 시선을 떼지 않더니 지겨울
만큼 한을 졸졸 따라다녔다. 심지어 모두가 꺼리는 한의 피부가 징
그럽지도 않은지 그 애는 틈만 나면 한을 만지려 들었다. 그러나 한
은 자신에게 진드기처럼 달라붙는 그 애가 싫었다. 그래서 차갑게
대하며 피해 다녔다.

그 무렵, 고아원의 건물을 넓히는 공사가 있었다. 그래서 건물 옆
의 땅을 깊게 파 놓았기에 원장님은 아이들이 그곳 근처에 가지 못
하도록 단단히 일렀다.

며칠 뒤 비가 왔다. 그것도 파서 쌓아놓은 흙이 붉은 속살을 드러
내고 뻘건 물을 줄줄 토해낼 만큼 거센 장대비였다. 그런 날이면 더
욱 기분이 좋지 않았던 한은 곁에서 떨어지지 않는 여자애에게 짜증
이 날 대로 났다. 그래서 손이 끈적거려 싫으니 저 비에 깨끗이 씻고
오라고 했다. 그럼 놀아줄 거냐는 여자애의 말에 귀찮아서 무작정

고개를 끄덕였다. 그러자 여자애가 비가 억수같이 오는 바깥으로 나갔다.

다음 날 아침, 여자애는 공사장의 깊은 웅덩이에서 싸늘하게 식은 채 발견되었다. 그리고 한은 며칠 동안 열이 펄펄 끓으며 앓아누웠다. 그리고 다시 일어났을 때 한은 더 이상 그 여자애를 기억하지 못했다.

그런데 지금… 기억이 났다. 한은 이를 악물었다. 그리고 아픈 머리를 감싸 쥐며 베개에 얼굴을 묻었다.

"한아! 왜 그래? 일어나 봐, 어디 아파?"

아사는 식은땀을 흘리며 연신 신음을 토해내는 한의 어깨를 흔들었다. 그러나 한은 쉽게 눈을 뜨지 못했다. 아사의 다급한 고함에 옆방에서 지나 아주머니가 달려왔다.

"아사, 무슨 일이야?"

"지나 아주머니, 어떡해요? 한이 많이 아픈가 봐요."

"어디 봐!"

지나 아주머니가 한에게 치유술을 펼쳤다. 곧 은은한 약초 향기가 방 안에 감돌았고, 다행히 한은 정신을 차렸다.

"한아, 괜찮니?"

"누나? 아, 괜찮아. 그냥 조금 나쁜 꿈을 꾸었을 뿐이야."

"진짜?"

"그래."

한이 덤덤하게 대답하며 침대 아래로 내려섰다. 지나 아주머니의 꼼꼼한 검진에도 아무 이상이 없다는 것에 아사는 대수롭지 않게 생각하고 곧 잊었다.

그러나 한의 마음은 괜찮지 않았다. 일곱 살 때 있었던 그 끔찍한 일을 처음부터 끝까지 다시 생생하게 꿈꿨기 때문이다. 그런데도 한은 누나가 걱정할까 봐 내색하지 않았다.

이틀째 밤이 왔다. 한은 또 같은 꿈을 꾸었다. 이번에는 더욱 자세하고 생생해서 여자애의 원망스러운 눈빛과 차가운 손길까지 느낄 정도였다. 이에 손끝하나 까딱하지 못하고 악몽에 시달렸고, 그것은 무서울 만큼 빠르게 한의 마음을 좀먹었다.

사흘째 되는 아침 한의 낯빛이 너무나 파리하자 지나 아주머니가 출발을 늦추기로 결정을 내렸다. 그러곤 치유술은 물론, 아주머니의 친구라는 유명한 주술사까지 불러 문제가 있는지 살폈지만 여전히 원인을 밝히지 못했다.

이에 아사가 무슨 말 못할 근심이라도 있느냐고 다그쳤지만 한은 아무 일 없으며 모처럼 긴 여행이라 긴장해서 그런 모양이라고 얼버무렸다. 그러곤 이러다 늦겠다는 한의 말에 그들은 어쩔 수 없이 갈 길을 재촉했다.

사흘째 되는 날 해 질 무렵, 일행은 어둠의 숲과 가까운 곳에 있는 오두막(요정계에서는 여행자들을 위한 자유 쉼터의 의미로 쓰임)에 짐을 풀었다.

"내일 아침 일찍 출발해서 어둠의 숲을 지나면 점심때쯤 차란 마을에 도착할 수 있을 거다. 참! 미수는 내일 새벽에 온다고 하더구나. 문제는 오늘 밤인데 괜찮겠니? 또 몸이 나빠지면……."

"괜찮으니 걱정하지 마세요."

한은 애써 밝은 웃음을 지어 보였다.

그날 밤 한은 잠을 자지 않기로 마음먹었다. 그러나 꾸벅꾸벅 졸면서도 같이 깨어 있으려고 애를 쓰는 누나 아사의 모습에, 침대에 누워 일부러 자는 체했다.

잠시 후, 아사의 고른 숨소리가 들리자 한은 살며시 눈을 떴다. 그러곤 팔을 들어 요정의 꼬투리 팔찌를 보았다. 창틈으로 스며든 푸른 달빛에 색이 깃든 네 개의 보석과 투명한 두 개의 보석이 반짝인다.

한은 그것을 물끄러미 바라보다 문득 다정한 양아버지와 속정이 깊은 양어머니가 생각나 콧날이 시큰해졌다.

‘집에 가고 싶어……’

한이 속으로 중얼거리며 팔찌를 쓰다듬었다. 그러다 누나 아사의 새근거리는 숨소리에 전염되기라도 한 듯 어느 순간 깜빡 잠이 들고 말았다. 그리고 어김없이 악몽이 찾아왔다.

그런데 뭔가 이상했다. 지금까지는 꿈의 중심에 있어 실제라는 느낌에서 벗어날 수 없었는데, 지금은 마치 한 걸음 물러서 있는 것처럼 꿈이라는 느낌이 또렷했던 것이다. 그럼에도 불구하고 끔찍한 기분은 여전해서 한은 잠에서 깨어나려고 허우적거렸다.

바로 그때 어디선가 희미한 울음소리가 들려왔다. 놀라운 것은 울음소리가 커질수록 한의 악몽이 밀려나며 그런대로 참을 만해졌다는 것이다. 그래서 한은 소리가 들리는 쪽으로 발걸음을 옮겼다.

푸른 물안개가 피어오르는 강가에 한의 또래로 보이는 한 소녀가 쪼그리고 앉아 울고 있었다. 한은 흐릿한 물안개 속에서도 선명하게 빛나는 소녀의 분홍색 머리카락과 하얀 뺨에 흐르는 눈물을 볼 수 있었다.

“흑흑흑……”

소녀의 울음소리는 구슬펐다. 그래서 한은 소녀에게 다가가 말을 걸었다.

“왜 울고 있니?”

소녀가 움찔하더니 고개를 들었다. 그 순간 한은 소녀의 진주같이 하얗게 빛나는 얼굴을 보며 넋을 잃었다. 이어 소녀의 맑고 깊은 물빛 눈동자와 마주쳤을 때에는 빨개진 얼굴로 고개를 돌렸다. 그 와중에도 소녀의 얼굴을 어디선가 본 것 같다고 생각했지만 도통 기억이 나지 않았다.

"넌 누구니?"

소녀가 눈물이 어룽어룽 맺힌 눈으로 한을 쳐다보며 물었다.

"나, 난… 한이야. 강한, 아니 한 타란……."

한은 자꾸 헛나가는 말에 입술을 잘근 씹었다. 그러나 소녀는 한의 어눌한 말보다는 팔찌에 더 신경을 쓰는 것 같았다.

"그 팔찌, 요정의 꼬투리지?"

"응."

한은 순순히 고개를 끄덕였다. 그러자 소녀가 고개를 갸웃하더니 이해할 수 없다는 표정으로 물었다.

"그런데 왜 악몽의 요정에게 잡혀 있는 거야?"

"악몽의 요정? 그게 뭔데?"

"어? 몰라? 지금 네 머릿속에 똬리를 틀고 있는 그것 말이야. 그렇게 커져 있는 걸로 보아 많이 힘들 텐데……. 괜찮다면 이리 와 볼래?"

한은 안타까움이 가득 깃든 표정으로 손짓을 하는 소녀에게 다가갔다. 그러자 소녀가 스스럼없이 한의 이마에 손을 갖다 댔다.

"어?"

한은 머리를 콕콕 찌르는 통증과 멍한 느낌이 사라지는 것에 눈을 동그랗게 떴다. 그와 함께 머릿속에 뭔가 웅크리고 있으며, 그것이 소녀를 무서워하고 있다는 것도 알 수 있었다. 그것은 이상하면서도 신기한 경험이었다.

"왜 그렇게 기억하고 있는 거야?"

갑자기 소녀가 한에게 물었다.

"뭐가?"

한은 소녀의 알 수 없는 말에 고개를 갸웃거리며 되물었다.

"네가 알고 있는 그 여자애……."

"아! 나는, 그 애는……."

한은 뭐라고 말해야 할지 몰라 얼버무렸다. 그러자 소녀가 먼저 입을 열었다.

"내가 너를 도와 악몽에서 벗어나게 해줄게. 그러니까 너도 나를 좀 도와줄래?"

"좋아."

한은 잠깐 생각한 후 고개를 끄덕였다.

"눈을 감아 봐."

한은 소녀가 시키는 대로 했다. 그리고 소녀의 손을 통해서 건너온 서늘하고 맑은 기운에 기분이 좋아졌다.

"내가 악몽의 요정을 잠재웠어. 하지만 내 힘이 약해서 오랜 시간은 힘들어. 그러니까 빨리 네 꿈의 진실을 알아내."

"고마워. 이떻게 하면 돼?"

"네가 꿈속으로 다시 들어가야 해."

"그건 좀……."

한은 생각하기도 끔찍한 꿈의 내용을 떠올리며 망설였다.

"그럼, 평생 그렇게 무서워하며 살 거야?"

한은 소녀의 핀잔에 아무 말도 하지 못하고 고개를 숙였다. 그러자 소녀가 조금 누그러진 표정으로 혼잣말을 했다.

"넌 왜 그 애를 싫어했을까? 그 애가 널 괴롭혀서? 아니면 너 자신이 보잘것없다는 생각에 그 애의 마음을 있는 그대로 받아들이지 못한 것은……."

"시끄러워! 잘 알지도 못하면서!"

한은 왠지 억울해져서 소리를 빽 질렀다.

"잘 아는 것과 잘 안다고 생각하는 것과는 달라. 그런데 난 그것을 몰랐기에 지금 후회하고 있어. 내가 불쾌하게 했다면 미안해."

소녀가 슬픈 얼굴로 고개를 숙였다. 한은 그만 마음이 언짢아졌다.

"나도 미안……."

한은 들릴 듯 말 듯 작은 목소리로 사과하며 여섯 살 때 바닷가에서 있었던 일을 떠올렸다.

그날, 한은 아무리 도망가도 자꾸만 쫓아와 자신을 쓰러뜨리는 파도가 무서웠다. 그래서 파도에 밀려 모래톱에 얼굴을 몇 번 박았을 때 그만 울음을 터뜨리고 말았다.

"바보! 돌아서서 한 번만 맞으면 되는데."

누나 아사가 한을 일으켜 세우며 볼멘소리로 종알거렸다.

한은 창피했다. 그래서 무서움을 꼭 참고 돌아서서 누나의 말대로 덮쳐오는 파도를 한 번 맞았다. 신기한 것은 파도를 직접 눈으로 보고 맞으니 생각보다 높지도, 무섭지도 않았다는 것이다. 게다가 다음 파도가 오는 것도 보였기에 마음을 다잡고 두 다리로 굳게 버텼다. 그렇게 몇 번을 맞서자, 한은 더 이상 파도가 무섭지 않았다.

'그래. 돌아서서 한 번 더 부딪쳐 보는 거야.'

한은 소녀의 말간 물빛 눈동자를 바라보며 힘차게 고개를 끄덕였다. 그러자 소녀가 환하게 웃으며 방법을 알려주었다.

"꿈속으로 들어갔을 때 네가 진실을 깨닫고 악몽을 악몽이라 여기지 않는다면, 그것은 더 이상 너에게 해코지를 하지 못할 거야. 어때? 할 수 있겠어?”

“해볼게.”

소녀가 다시 한의 이마에 손을 얹었다. 그리고 한은 장대비가 무섭게 내리는 꿈속으로 들어와 있었다.

한은 오들오들 떨면서도 꿈속의 장면을 외면하지 않았다. 그리고 흙탕물이 출렁대는 웅덩이에서 기어 나온 여자애의 원혼과 마주친 마지막 장면까지 도망치지도 않았다. 아니, 오히려 손을 내밀었다.

“내가 잘못 알고 있는 게 뭐니?”

한은 여자애의 얼음장같이 차가운 손에 손목을 맡긴 채 조용히 물었다. 그러자 여자애가 움찔했다. 놀랍게도 여자애의 손아귀 힘이 느슨하게 풀리며 한의 시린 손목에 온기가 느껴졌다.

“넌 내게 무엇을 바랐니?”

한은 흰자위가 많았던 여자애의 눈에 검은자위가 돌아오는 것을 보며 가장 묻고 싶었던 것을 조심스럽게 물었다.

“바란 거… 없어.”

“그런데 왜…?”

“네게 주고 싶은 것이 있어서…….”

“그랬구나. 그게 뭔데?”

한이 다정히게 묻자 여자애가 꼭 쥐고 있던 나머지 한 손을 수줍게 내밀었다. 한은 그런 여자애 앞에 손을 내밀었다.

여자애가 손을 펴자 ‘톡’ 하고 뭔가 한의 손바닥에 떨어졌다.

“감꽃?”

“응. 예뻐서 목걸이 만들려고… 네게 주고 싶어서… 주우려다 미끄러졌어. 자꾸만 더러운 물이 묻어서…….”

한은 눈시울이 뜨거워졌다. 그래서 일부러 불퉁하게 쏘아붙였다.

"겨우 그까짓 것 때문에……. 너, 바보냐?"

"바보 아냐. 네가 좋아서… 그냥 곁에만 있어도 좋아서… 네가 싫어하는 데도……. 이거만 주고 가려고 했는데… 넌 자꾸 도망만 가고……."

"미안해. 네 맘도 모르고 싫어해서, 널 죽게 해서 미안……."

한은 목이 메어 더듬더듬 사과했다. 그러자 여자애가 눈을 크게 뜨더니 한의 손목을 힘없이 놓았다.

"나, 죽었구나."

속삭이듯 웅얼거리는 여자애의 눈에서 눈물이 뚝 떨어졌다.

한은 바싹 마른 낙엽이 바스러지듯 그렇게 부서져 사라지는 여자애의 모습을 보며 꿈속에서 튕겨 나왔다.

"악몽의 요정을 물리쳤구나. 잘했어."

소녀가 환하게 웃었지만 한은 일그러진 얼굴로 우두커니 서 있기만 했다. 그러자 소녀가 한의 손을 잡고 그 마음을 안다는 듯 손등을 톡톡 두드리며 위로했다.

"괜찮아, 한아, 네 잘못이 아냐. 그건 여자애의 실수였어. 그러니까 네 탓이 아니야."

그때서야 한은 누군가가 자신에게 그렇게 말해주기를 간절히 기다리고 있었음을 알게 되었다. 그것을 깨닫는 순간 굳은 어깨에 힘이 빠지며 눈물이 후드득 떨어졌다.

한은 소녀의 손에 얼굴을 묻었다. 그리고 가슴 깊숙한 곳에 묻어두었던 죄책감과 후회의 눈물을 아낌없이 흘려보냈다.

“도와줘서 고마워.”

“해결은 네가 했는데 뭐. 나도 네 도움이 필요하고.”

“그래도 고마워. 네 이름이…….”

“리아.”

소녀가 조그맣게 대답했다.

“그래, 리아. 내가 도와줄 게 뭐야…가 아니라 너 설마?”

한은 아련한 눈빛으로 뉴트 강가의 조각상을 바라보는 소녀의 모습에, 갑자기 한 가지 생각이 떠올라 눈을 크게 떴다. 그러자 소녀가 순순히 고개를 끄덕였다.

“역시 너, 휴이(봄)의 정령 요정 리아였구나…요. 그런데 왜 조각상보다 훨씬 어려 보이는 거야…요?”

“그냥 하던 대로 해.”

한의 어색한 높임말에 소녀가 픽 웃으며 한마디 했다.

“그럴게.”

한은 소녀의 말에 잘되었다 싶어 냉큼 말을 내렸다. 아무리 오래전의 요정이라고 해도 자신의 또래로 보이는 소녀에게 높임말을 쓰려니 이상했던 것이다.

“왜 어려 보이느냐고 물었니? 그야 그를 위해 힘을 나누어야 했으니까.”

“그라면 뉴트 님을 말하는 거야?”

“그래.”

“하지만 뉴트 님은 이미…….”

한은 ‘소멸’이라는 말을 차마 입 밖에 내지 못하고 머뭇거렸다. 그러자 소녀가 담담하게 설명을 늘어놓았다.

“그는 내게 심장을 내주고 소멸한 걸로 되어 있지만 사실이 아냐.

강의 정령 요정들이 그를 감싸서 채 녹지 않은 심장 한 조각을 숨겼거든. 그래서 난 내 생명의 힘을 둘로 나누었어. 그리고 한쪽으로 그의 몸을 지키고, 나머지 한쪽으로 그의 심장 조각을 찾아 헤맸어. 하지만 찾지 못했어."

소녀가 쓸쓸하게 웃었다. 그러나 곧 희망에 찬 얼굴로 한을 돌아보았다.

"그런데 이제 찾을 수 있게 되었어."

"그게 바로 내가 가진 정목의 힘을 빌리는 거야?"

"응. 정목의 흡수의 힘을 빌리면 강물의 정화(精華: 깨끗하고 순수한 부분이나 여기에서는 강물의 영혼을 뜻함)가 숨기고 있는 그의 심장 조각을 드러나게 할 수 있어."

한은 고개를 갸웃거리며 물었다.

"내가 어떻게 하면 되는데?"

"요정의 꼬투리를 빌려줘."

"얼마나?"

"약 1미큐(한 시간)정도면 충분해."

한은 잠시 생각에 잠겼다가 조심스럽게 다시 물었다.

"심장 조각을 찾으면 뉴트 님을 살릴 수 있어?"

"아니, 그의 영혼만 살릴 수 있어."

"그래도… 괜찮아?"

"응. 그와 함께 있을 수만 있다면……."

한은 소녀가 가여워서 눈물이 날 것 같았다. 그래서 아무 말 하지 않고 요정의 꼬투리를 풀어 소녀에게 건넸다.

"고마워."

소녀가 눈을 커다랗게 뜨더니 떨리는 손을 내밀었다.

한은 눈물을 글썽이는 소녀의 팔에 요정의 꼬투리를 끼워 주었다.

그 순간 제일 먼저 채웠던 붉은 보석에서 빛이 흘러나왔다. 선명한 붉은빛은 보석을 감싼 틀을 따라 덩굴손을 타고 내려와 소녀의 손바닥에 고였다. 그리고 곧 빛의 구슬로 뭉치기 시작했다. 놀라운 것은 소녀의 손바닥 위에 맺힌 구슬이 커질수록 붉은 보석의 색깔이 투명해진다는 것이었다.

"어? 왜 보석의 색깔이 빠져나가는 거야?"

한은 뭔가 이상하다는 생각이 들어 소녀에게 물었다. 그러나 소녀는 아무 말 없이 날개를 펼치고 하늘로 날아올랐다.

"리아?"

한은 당황해서 소녀를 불렀다. 소녀가 돌아보았다.

한은 소녀의 차갑고 어두운 눈빛에 가슴이 철렁 내려앉았다.

"미안! 나, 널 속였어. 흡수의 힘을 쓰면 그 힘, 다시 돌아오지 않아."

"그, 그게, 무슨……?"

한은 믿을 수 없어 말을 더듬었다. 그 와중에도 두 번째 까만 보석에서 흘러나온 빛이 이미 뭉쳐 있는 붉은 구슬의 겉을 까맣게 감싸고 있었고, 구슬의 검은 층이 두꺼워질수록 팔찌의 까만 보석이 투명해지고 있었다.

"두 개, 딱 두 개만 쓸게."

"리아! 쓰고 돌려준다고 했잖아! 그걸 다 채워야 우리나라로 갈 수 있단 말이야. 아직 태어나지 않은 내 동생도 살릴 수 있다고… 으윽!"

한은 뺨과 목덜미의 피부가 세차게 땅기는 통증에 신음을 흘렸다. 그리고 그곳에 손을 긋다 대었다가 피부가 다시 우둘투둘해진 것을 알고 이를 악물었다.

"어쩔 수 없었어. 난 그와 다시 만나고 싶어."

"돌려줘! 제발……."

한이 애원했지만 소녀는 슬픈 얼굴로 고개만 저었다.

"세상의 모든 강이여! 정목의 흡수의 힘을 제물로 바치나니, 부디 그의 심장 조각이 있는 곳을 드러나게 해 주세요."

소녀가 주문을 외우며 손에 든 빛의 구슬을 머리 위로 높이 들어 올렸다.

"안 돼!"

한은 다급한 외침을 터뜨렸다. 그 순간 한의 이마에서 환한 빛이 터져 나왔다. 그것은 한줄기 날카로운 빛의 화살이 되어 공중에 떠 있는 소녀의 팔을 그대로 꿰뚫었다.

"캬아악!"

소녀가 비명을 지르며 팔을 움켜쥐었다. 그 바람에 빛의 구슬이 소녀의 손바닥에서 튕겨 나와 아래로 떨어져 내렸다. 그러나 곧 보이지 않은 뭔가가 잡고 있기라도 허공에서 멈추었다.

"어, 어떻게 황금 가지 무녀의 수호의 힘이……?"

"아!"

그때서야 한은 아그리나 님의 축복을 떠올렸다. 요정의 꼬투리에 모은 정목의 힘을 빼앗기지 않도록 하는 수호의 힘 말이다. 한은 안도의 숨을 내쉬었다.

"안 돼! 뉴트… 그를……. 아아악!"

소녀가 빠르게 날아내려 허공에 떠 있는 구슬을 움켜쥐려다 또다시 비명을 질렀다. 동시에 한도 억눌린 비명을 질렀다. 빛의 구슬에 닿은 소녀의 손이 손끝부터 손목 쪽으로 마치 지우개로 지우기라도 하는 것처럼 사라지고 있었던 것이다. 그리고 사라진 소녀의 손목 부근에서 요정의 꼬투리가 툭 떨어져 내렸다.

그것은 빛의 구슬이 떠 있는 주변에서 멈칫했고, 그것과 나란히 떠서 고운 빛으로 반짝였다.

그러는 동안에도 구슬에서 옮겨붙은 빛은 성냥의 깜부기불처럼 소녀의 팔꿈치를 사라지게 하며 어깨 쪽으로 기어오르고 있었다. 그 때문에 소녀의 비명이 더욱 높아지자 한은 당황했다. 소녀의 고통을 멈추게 하고 싶은데 저 빛을 어떻게 꺼야 할지 몰랐기 때문이다.

"뉴트!"

소녀의 울음 섞인 부름이 허공에 울려 퍼졌다. 그 순간 강가의 조각상 쪽에서 하얀빛이 피어올랐다. 그것은 순식간에 허공에 떠 있는 소녀 쪽으로 다가오며 이내 흐릿하게 요정의 형체를 갖추었다.

그 존재가 요정의 꼬투리와 빛의 구슬을 감싸 품에 안았다. 신기한 것은 해를 입은 소녀와 달리 그는 아무렇지도 않았다는 것이다. 아니, 이제는 청년 모습이라는 것을 알 정도로 형체가 좀 더 뚜렷해졌다.

한은 청년의 모습이 눈에 익다고 생각했다가 그가 조각상의 뉴트를 닮았다는 것을 알았다. 아니, 그와 똑같았다.

청년이 간절한 눈빛으로 한을 바라보았다. 그리고 한은 머릿속으로 살짝 스며드는 것 같은 슬픔의 그의 목소리를 들었다.

「정목의 힘을 품은 자이자 황금 가지의 무녀의 축복을 받은 소년이여, 노여움을 거두고 부디 그 힘을 거두어 주십시오.」

"저도 그러고 싶은데 어떻게 하는지 모르겠어요."

「요정의 꼬투리에게 돌아오라고 하시면 됩니다.」

한은 생각해볼 거를도 없이 그대로 했다. 놀랍게도 요정의 꼬투리가 청년의 손에서 벗어나 한에게 날아왔고, 저절로 한의 손목에 감겼다. 그리고 빛의 구슬도 두 가지 색으로 분리되더니 다시 두 개의 보석 안으로 스며들었다.

투명하게 변했던 두 개의 보석이 다시 붉은색과 검은색을 되찾자 드디어 소녀의 비명이 멈추었다.

「리아!」

청년이 소녀의 이름을 다정하게 불렀다. 그러자 소녀가 화들짝 놀라며 고개를 들었다.

"뉴트?"

「네, 리아.」

리아가 믿을 수 없다는 눈으로 청년을 바라보다 한 번의 날갯짓으로 그에게 다가갔다. 이에 청년이 그만큼 뒤로 물러나자 금방이라도 울음을 터뜨릴 듯한 표정으로 물었다.

"뉴트, 왜 피하는 거야?"

「피하는 게 아닙니다, 리아.」

"거짓말! 이젠 내가 싫어진 거야?"

「제가 어찌 그럴 리가 있습니까? 지금 제 모습은 제 육신에 남아 있던 심장의 부스러기 한 올을 '시'의 힘으로 붙잡아 임시로 만든 그릇입니다. 그래서 조금만 건드려도 먼지가 되어 사라져버릴 겁니다.」

"그러니까 정목의 힘을… 아! 언제?"

소녀가 한의 손목에 얌전히 감겨 있는 요정의 꼬투리를 보며 절망 어린 표정을 지었다.

「소용없습니다, 리아. 그 소년이 갖고 있는 힘은 요정의 꼬투리 힘의 반도 되지 않습니다. 그것으로는 강물의 정화를 흡수할 수 없습니다.」

청년의 담담한 설명에 소녀의 얼굴이 일그러졌다.

"하지만 타락 요정 포키안이 두 개만으로도 충분하다고 했단 말이야."

「하아, 그들의 습성을 벌써 잊으신 겁니까? 놈들은 꼬투리의 힘 중 가장 모으기 힘든 두 개를 없애 정목에게 힘을 돌려줄 기간을 늦출 속셈이었을 겁니다. 그렇게 함으로써 암흑요정의 힘이 더욱 강해질 테니까요.」

"진짜 내가 속은 거야?"

소녀가 울 듯한 표정으로 묻자 청년이 괜찮다는 듯 따스하게 웃었다.

「그래도 소멸 전에 이렇게 당신을 만날 수 있었으니 더 이상 원이 없습니다.」

"뉴트! 불길한 말 하지 마! 어떻게든 네 심장의 조각을 찾아 나랑 같이 환생하게 할 거야."

「리아, 이룰 수 없는 꿈입니다. 그러니 당신만이라도 명부에 들어 환생할 기회를 얻으십시오.」

청년이 권하는 말에 소녀가 울음을 터뜨렸다.

한은 그들의 애틋한 모습에 시간이 갈수록 마음이 불편해졌다. 그래서 하릴없이 요정의 꼬투리만 만지작거렸다.

"어? 저건……."

한은 강물을 바라보며 외쳤다. 강물이 부글거리더니 물살이 갈라졌고, 그 속에서 흉측한 존재가 모습을 드러냈다.

"타락 요성 포키안!"

소녀가 떨리는 목소리로 외쳤다. 한은 그것이 마치 옛날이야기에 나오는 이무기 같다고 생각했다.

그때 포키안의 시뻘건 눈이 한을 훑고 지나갔다. 한은 소름이 쫙 끼쳤다. 놈의 시선이 소녀에게 머물자 청년이 소녀의 앞을 막아섰다.

「리아! 소년을 데리고 피하십시오.」

“싫어! 너는…….”

「저는 괜찮습니다. 놈은 지금 저 소년의 육신과 당신의 영혼을 노리고 있습니다. 그러니까 어서!」

청년의 손에서 터져 나온 빛이 소녀를 밀쳐냈고, 한은 자신이 있는 쪽으로 떨어지는 소녀를 엉겁결에 받았다.

그때 포키안이 주둥이를 쩍 벌리고 청년의 허리를 두 동강 낼 듯 빠르게 짓쳐갔다.

“뉴트!”

한의 품에 안긴 소녀가 처절한 비명을 터뜨렸다.

「도망가십시오, 리아! 소년이여, 제발 그녀를!」

한은 이를 악물었다.

‘일단 이곳을 빠져나가자.’

한은 빠르게 판단을 내린 후 자신의 품에서 버둥거리는 소녀를 꼭 껴안고 몸을 돌렸다.

한이 미처 몇 발자국 떼기도 전에 뒤에서 ‘펑’ 하는 소리가 들렸다. 한은 자신도 모르게 뒤를 돌아보았고, 이어 눈이 멀듯 터져 나오는 새하얀 빛에 눈을 질끈 감았다. 그리고 다시 뉴을 떴을 때 타락 요정 포키안은 새하얀 빛 속에 갇혀 거대한 몸을 뒤틀며 몸부림치고 있었다.

그런데 공격을 하고 있는 요정의 모습도, 놈의 몸뚱이를 바작바작 태우는 하얀 빛도 눈에 익었다.

“미수 형?”

한이 긴가민가하며 부르자 그가 돌아보았다. 분명 미수가 맞다. 그런데 몸이 반투명해서 반대편이 희미하게 비쳤다.

그때 포키안이 검은 연기로 변해 사라졌고, 반투명한 미수의 모습도 혹 꺼지듯 사라져 버렸다.

"뉴트!"

리아가 한의 손을 뿌리치고 뉴트에게 달려갔다. 이제 그의 몸은 흐릿해질 대로 흐릿해져 겨우 형체만 보였다. 리아는 그런 그를 차마 만지지도 못하고 눈물만 글썽였다.

한은 그들의 곁으로 다가갔지만 아무것도 도울 수 없었기에 그저 우두커니 서 있기만 했다.

"어떡해! 어떡하지? 아!"

갑자기 리아가 조각상이 있는 곳으로 달려가 손을 뻗었다. 그러자 조각상에서 분홍색 빛 덩이가 떠올라 형체만 남은 뉴트에게 스며들었다. '펑' 하고 청년의 조각상이 터졌고, 이내 뽀얀 돌가루로 날렸다.

"리아! 뉴트 님의 몸이 점점 진하고 또렷해지고 있어."

"알아. 곧 눈도 뜰 거야."

"뭐야? 이렇게 할 수 있으면서 아까는 왜……."

그러나 한은 더 이상 말을 잇지 못했다. 리아가 금방이라도 눈물을 떨어뜨릴 듯 슬픈 표정을 지었던 것이다.

"뉴트, 눈을 떠."

리아가 그를 꼭 껴안으며 다정하게 말을 걸었다.

"그리고 날 봐, 뉴트."

리아의 말이 채 끝나기도 전에 한은 뉴트의 신비로운 하늘색 눈동자를 보았다.

「리아.」

그가 머릿속으로 직접 스며드는 것 같은 울림의 목소리로 소녀의 이름을 불렀다.

"그래, 나야."

「어, 어떻게? 저는 이미 소멸… 아!」

뉴트가 뚜렷하게 보이는 자신의 양손을 내려다보며 놀란 표정을 지었다.

「리아, 생명의 힘을 제게 주신 겁니까? 그것도 반이나 주시다니요! 아니, 지금도 계속 주고 계시지 않습니까?」

뉴트가 그녀의 품에서 벗어나려고 애를 써보지만 리아가 꼭 껴안고 있는 탓에 빠져나오지 못한다.

「리아! 안 됩니다. 그만 멈추십시오! 이리하면 어찌 되는지…….」

"알아. 나도 소멸하겠지. 하지만 네가 없다면 나도 환생하고 싶지 않아."

「왜입니까? 어디까지나 저의 짝사랑이지 않습니까? 그런데 왜 저를 위해서 이런 희생을 치르는 것입니까?」

뉴트가 이해할 수 없다는 표정으로 묻자 리아가 버럭 소리를 질렀다.

"짝사랑 아니야! 누가 좋아하지도 않은 요정이 따라다니는 걸 그대로 둔대? 누가 관심도 없는 요정을 일부러 괴롭힌데? 네가 나만 보고 나밖에 생각하지 않는 게 너무 좋아서 그랬단 말이야. 흑, 흐윽, 흐아아앙!"

리아가 기어이 울음을 터뜨렸다. 뉴트가 그런 그녀를 보며 믿을 수 없다는 듯 눈을 크게 떴다가 환하게 웃었다.

그러나 곧 엄한 표정을 지으며 타이른다.

「그래도 안 됩니다. 리아. 제가 무엇 때문에 영혼의 심장을 녹여 당신을 살렸는데요. 게다가 당신의 생명의 힘을 다 붓는다 해도 저의 소멸을 잠시 늦추기만 할 뿐 막을 수는 없습니다. 그러니 이제 힘을 거두고 환생의 궤도에 드십시오.」

"싫어!"

리아가 그를 안은 채 눈을 꼭 감아버렸다. 시간이 지남에 따라 리아의 몸이 흐릿해지기 시작하자 뉴트가 어쩔 줄 모르는 표정으로 한을 바라보았다.

한은 영혼까지 빨아들일 듯 깊고 맑은 그의 눈에 담긴 도움 요청에 난처한 표정으로 이마를 짚었다.

'강한, 생각해! 한 번에 하나씩, 침착하게 차근차근……'

한은 마음을 다잡고 머리를 굴렸다. 그리고 마침내 가능성이 있는 한 가지 방법을 떠올렸다.

"저기, 리아."

"뭔데? 너도 나를 설득할 생각이라면……"

"아니, 묻는 말에 대답해 주기만 하면 돼."

"좋아, 그 정도라면."

한은 리아의 긍정적인 대답에 알고 싶은 것을 물었다.

"너, 분명 뉴트 님의 영혼의 심장 조각 하나가 강물 속에 있다고 했지?"

"그래."

"그것만 찾으면 네가 심장을 녹일 필요 없이 그의 영혼을 살릴 수 있다고 했고?"

"맞아."

한은 자신의 짐작이 맞았다는 것에 기분이 좋아 들뜬 목소리로 물었다.

"흡수의 힘은 꼭 강물의 정화에만 영향을 끼치는 건 아니지?"

"무슨 말을 하고 싶은 건데?"

"영혼이 있는 건 무엇이든 되는 거냐고 묻고 있는 거야."

"그야 물론이지. 근데 그게 왜?"

'올레!'

한은 침을 꼴깍 삼키고 드디어 결정적인 말을 꺼냈다.

"그럼, 강물의 정화를 흡수하는 것과 영혼의 심장 조각 하나를 흡수하는 것 중 어느 것이 힘이 더 적게 들까?"

"아!"

리아와 뉴트가 놀란 눈으로 서로 마주 보더니 환하게 웃었다. 그 모습에 한은 마음을 놓았다.

"당연히 심장 조각이지. 그것을 흡수하는 데엔 요정의 꼬투리 힘을 쓰지 않고 빌리기만 해도 돼. 그것으로 영혼의 심장 조각을 그물질하면 되니까. 그렇지만……."

들뜬 목소리로 말하던 리아가 말꼬리를 흐리며 한의 눈치를 슬쩍 봤다. 이에 한은 속으로 웃었다. 한 번 속인 게 마음에 걸린다는 표정이 리아의 얼굴에 역력하게 드러났던 것이다. 한은 뉴트를 보았다. 그리고 그의 곧은 눈빛에 마음을 굳혔다.

"빌려줄 테니 방법이나 말해."

"에? 정말?"

"뭐야, 그 반응은? 그만둘까?"

"아냐! 고, 고마워."

"됐어. 너 때문이 아니야. 뉴트 님 때문이지."

"응, 응! 그래도 고마워. 그리고……."

리아가 들릴 듯 말 듯 작은 목소리로 미안해, 한다. 한은 그 소리를 못 들은 체했다. 왠지 쑥스러웠던 것이다.

그때 리아가 뉴트에게 주었던 힘을 다시 거둔다. 이에 뉴트가 작고 희미한 빛 덩이로 변하자 리아가 애틋한 눈빛으로 빛을 쓰다듬었다. 그리고 한에게 방법을 알려준다.

"제일 먼저 할 일은 영혼의 조각을 감쌀 그물을 만드는 거야. 그러려면 네 생명의 힘을 조금 써야 하는데 괜찮겠어?"

"해볼게."

"좋아. 정신을 집중해서 요정의 꼬투리에게 흡수의 힘을 빌려달라고 해 봐."

한은 리아가 시키는 대로 했다. 그러자 몸에서 힘이 쑥 빠져나가는 느낌과 함께 요정의 꼬투리 팔찌에서 붉은색, 까만색, 노란색, 갈색 빛이 흘러나왔다.

"그것으로 그물을 짠다고 생각해."

"응."

네 가닥의 빛은 한의 의지에 따라 날줄과 씨줄로 갈라져 그물을 짜기 시작했고, 곧 고르고 아름다운 빛의 그물이 완성되었다.

"성공이야! 한, 대단해!"

"아, 뭐……."

한이 쑥스러워하자 리아가 방긋 웃으며 말을 이었다.

"강물 속으로 들어가게 되면 내가 이끄는 대로 따라와야 하는데 날 믿을 수 있겠니?"

한은 서슴없이 손을 내밀었다. 그러자 리아가 배시시 웃으며 그 손을 마주 잡았다.

"물속에서는 전음(소리를 머릿속으로 직접 전하는 기술)만 통해. 그래서 넌 내 말을 듣기만 해야 하는데 답답하더라도 좀 참아."

"그럴게."

그리고 둘은 사이좋게 강물로 뛰어들었다.

「이제 눈을 떠도 돼.」

한은 리아의 전음에 눈을 떴다. 강물은 너무나 맑아 마치 물로 된 공기 속에 들어 있는 것 같았다. 게다가 리아의 도움으로 숨 쉬는 데 아무런 불편을 느끼지 못했기에 한은 곧 긴장을 풀었다.

「한, 나는 영혼의 심장 조각을 볼 수 없어. 하지만 네겐 보일 거야. 강물 속을 잘 살피다가 뭔가 반짝이는 것이 있으면 그 그물로 감싸면 돼.」

한은 고개를 끄덕였다. 그러곤 리아의 손을 꼭 잡은 채 강물 아래쪽을 향해 헤엄쳤다.

얼마나 그렇게 내려갔을까. 드디어 한은 금색으로 반짝이는 조각 하나를 발견하고 잽싸게 빛의 그물로 감쌌다.

「잡았어?」

한이 힘차게 고개를 끄덕이자 리아가 반가운 얼굴로 그물 속에 손을 넣어 더듬었다. 그러나 곧 시무룩한 표정을 지었다.

「이건 길 잃은 아이 요정의 영혼이야. 그냥 버려.」

한은 불안한 듯 빠르게 깜빡거리는 금빛 조각을 물끄러미 내려다보았다.

「데려가고 싶은 거야?」

한은 얼른 고개를 끄덕였다.

「그럼, 요정의 꼬투리 속으로 들어가라고 해.」

길 잃은 아이 요정의 영혼 조각이 한의 의지에 따라 요정의 꼬투리 속으로 빨려 들어갔다.

둘은 계속 강물 아래로 헤엄쳐 내려갔다. 그리고 두 번째 조각을 발견했다.

리아가 한의 그물에 감싸인 짙푸른 조각을 만져보더니 슬픔에 가슴이 멍들어 조각난 영혼이라고 했다. 한은 그것을 얼른 요정의 꼬투리에 넣었다. 리아는 눈치챈 듯했지만 아무 말도 하지 않았다.

한은 리아의 손을 잡고 강 밑바닥까지 내려갔다. 그러나 더 이상 아무것도 발견하지 못했다. 이에 리아의 얼굴이 점점 어두워지자 애가 탄 한은 강바닥을 샅샅이 훑었다. 그리고 다행히 강바닥의 모래에 묻혀 귀퉁이만 조금 보이는 하늘색 조각 하나를 발견했다. 그것은 바닥 깊숙이 박혀 끝 부분만 희미하게 빛나고 있었다.

한은 주변의 모래를 파헤쳤다. 그러자 투명하고 깨끗한 하늘색 조각이 드러났다. 한은 그것을 빛의 그물로 조심스럽게 감쌌다.

「찾았어!」

리아가 눈물을 글썽이며 뉴트의 심장 조각을 꼭 쥐었다.

한은 리아의 손목을 잡고 강물 밖으로 나왔다.

리아는 강가에 도착하자마자 날 듯이 달려가 이젠 깜부기불만큼 작아진 뉴트의 심장 부스러기 위에 그것을 올려놓았다.

하늘색 빛이 확 커졌다. 그것이 쑥쑥 자라 뉴트의 모습으로 변했지만 리아도 한도 기쁘지 않았다. 반투명하게 재생된 뉴트의 팔다리가 하나씩밖에 없었기 때문이다.

"어, 어떡해? 조각이 망가졌나 봐."

리아가 울상을 지으며 어쩔 줄 몰라 했다.

「괜찮습니다, 리아.」

"괜찮긴 뭐가 괜찮아? 이러면 요정으로 환생을 하지 못하고 잘해야 동물, 아니면 식물로 태어날 텐데. 그것도 하등생물이 될 수도 있단 말이야! 흑, 흐윽, 흐어어엉!"

결국 리아가 울음을 터뜨렸다. 그러자 뉴트가 어쩔 줄 모르며 그녀의 몸을 외팔로 감싸 안고 달랬다.

「울지 마십시오. 전 당신과 함께 환생할 수 있다는 것만으로도 고맙고 행복합니다.」

"난 아니야! 뉴트, 바보! 멍청이!"

리아의 욕설이 연달아 터졌지만 뉴트는 해맑게 웃기만 했다. 한은 그런 그가 대단하다고 생각하면서도 한편으론 눈물이 날 만큼 가여웠다.

그때 갑자기 리아가 환한 표정으로 외쳤다.

"맞다! 내 반쪽 생명의 힘을 네게 다시 주면? 그럼 우리는 같은 종(種)으로 태어날 거야."

「그건 안 됩니다. 고귀한 당신이 어떻게 그렇게 천한 생명으로 살아가려고 하십니까?」

"벌레면 어떻고 이끼면 어때? 너랑 함께 있을 수 있다면 나도 괜찮아."

「안 된다고…….」

"내 맘이야! 내 반쪽 생명의 힘이여, 그에게 건너가……!"

그러나 리아의 주문은 이루어지지 못했다. 뉴트가 커다란 손으로 리아의 입을 막아 주문을 끊어버린 것이다.

「리아, 계속 고집부리시면 이럴 수밖에 없습니다.」

뉴트의 몸에서 빠져나온 하늘색 심장 조각이 '빠직빠직' 소리를 내며 깨질 조짐을 보이자, 리아가 그의 소멸을 말리려고 발버둥 쳤다.

「한, 도와줘…….」

리아가 애절하게 전음을 보냈지만 한은 고개를 저었다. 뉴트의 꾹 다문 입술과 꿈쩍하지 않는 손아귀에서 그의 의지가 강하게 느껴졌기 때문이다.

결국 리아가 울음을 터뜨리며 뉴트의 뜻에 따르자 뉴트가 심장 조각을 다시 갈무리했다. 그러나 꽤 무리했던지 그의 몸이 눈에 띄게 희미해져 있었다.

"뉴트 미워! 한, 너도 미워!"

한은 리아의 원망스러운 눈빛을 차마 마주하지 못하고 허둥대다 눈앞의 공기가 일렁이는 것을 보았다. 그리고 그곳에서 들리는 희미한 소리에 귀를 기울였다.

"한아! 어디 있어? 대답해!"

"한! 무사한 거냐?"

"누나! 미수 형! 나 여기 있어!"

한은 반가운 기색을 감추지 못하고 냅다 소리를 질렀다. 그러자 허공의 틈새가 벌어지며 눈에 익은 요정과 사람의 모습이 나타났다.

한은 그들에게 달려가려다 우뚝 멈춰 섰다. 미수는 물론 누나 아사까지 몸이 반투명해서 반대편의 나무가 훤히 비쳤던 것이다.

"헉! 누나, 죽은 거야?"

"무슨 소리야? 잠을 자서 꿈속으로 들어온 거거든. 미수가 도와줘서. 그러는 넌 아닌 줄 아냐?"

"에?"

그때서야 한은 반투명한 자신의 손 아래로 보이는 땅바닥과 자갈들을 보며 입을 떡 벌렸다. 아사가 그런 한의 뒤통수를 사정없이 후려쳤다. 분명 둘 다 반투명함에도 불구하고 '딱' 하고 야무지게 부딪치는 소리가 났다.

"아얏! 무슨 짓이야?"

한이 볼멘소리로 외쳤다.

"무슨 짓이 아니라 이 누나님의 사랑의 뒤통수치기다, 왜? 네 멋대로 하면 누가 용기 상이라도 준다던? 도대체……."

한은 뭐라고 하려다가 누나의 사나운 눈빛에 찔끔해서 꼬리를 내렸다.

그렇게 한없이 이어지려던 아사의 잔소리를 막은 것은 슬픔에 찬 뉴트의 외침이었다.

「안 됩니다. 리아!」

"이미 늦었어. 그러니까 무엇이 되든지 우린 함께 하는 거야."

남매는 뉴트가 잠깐 한눈을 판 사이, 리아가 생명의 힘의 반을 그의 몸에 넣어 버렸다는 것을 알았다. 뉴트의 형체가 좀 더 또렷해지고 팔다리도 멀쩡해진 대신, 리아의 몸이 흐릿해져 둘이 비슷하게 보였던 것이다.

"그러니까 같이 가자."

리아가 생긋 웃으며 손을 내밀자, 뉴트가 체념의 표정을 지으며 그녀의 손을 잡았다. 그러곤 사이좋게 미수의 앞으로 걸어왔다.

「『물의 사랑을 받는 자』 뉴트, '시'의 기운을 가진 분께 인사 올립니다. 도와주셔서 감사합니다. 덕분에 사랑하는 이를 만날 수 있었습니다.」

"아닙니다. 제가 아직 힘이 약해 좀 더 도와 드리지 못해 죄송합니다."

뉴트와 미수의 대화에 리아가 휘둥그레진 눈으로 미수를 올려다보았다.

"그럼, 이 소년이 네 심장의 부스러기 한 올을 붙잡아 그릇으로 만들어준 요정이야?"

「예. 리아.」

리아가 감사의 눈빛으로 미수를 바라보았다. 그러곤 악몽의 요정에 의해 꿈속으로 끌려 들어온 한을 만나게 된 때부터 지금까지 일어났던 모든 일을 자세히 털어놓았다. 물론 사과의 말도 잊지 않았다.

한은 누나의 표정을 슬쩍 살폈다. 정에 약한 성격답게 눈물을 글

썽이며 그들의 운명을 안타까워하리라 믿었는데 의외로 차갑다. 아
니나 다를까, 평소와 달리 야멸치게 말을 내뱉는다.

"만약 우리 한에게 끝까지 해코지를 했다면 나도 가만있지 않았을
거예요. 당연히 환생을 하든지 소멸을 하든지 신경 쓰지도 않았을
거고요."

"미안……."

「죄송합니다.」

리아와 뉴트의 사과에도 아사는 입술을 꼭 깨문 채 좀처럼 화난
표정을 풀지 않았다.

그때 미수가 품에서 초록빛이 도는 투명한 구슬을 꺼냈다.

한은 그것이 루하님이 만든 생명의 구슬임을 알고 얼굴을 찌푸렸다.

"또 형의 힘을 써야 하는 거야?"

"아니. 이번에는 네 힘이 필요해. 그들을 도울 거야?"

미수의 말에 한은 리아와 뉴트를 돌아보았다. 그들은 이제 투명해
져 겨우 형체만 보였다. 그런데도 두려워하지도 않고 도움을 바라지
도 않는 눈치여서 한은 가슴이 아팠다.

"누나."

한의 부름에 아사가 한숨을 쉬더니 곰돌이를 불렀다. 그런 남매를
바라보며 미수가 나시 물었나.

"생명의 힘이 너무 약해 요정으로 환생하지 못할 텐데 그럴 가치가
있다고 생각해?"

"그래도 벌레나 이끼가 되는 것 보다는 나을 거 아냐?"

"그건 그렇지."

한의 말에 미수가 대꾸하며 구슬을 내밀었다.

"여기에 내 정목의 힘을 넣어줘."

한은 미수가 내미는 구슬을 받아 정목의 힘을 넣었다. 그러자 곰돌이가 그것의 힘을 늘려주었다.

잠시 후, 구슬이 초록빛 연기로 풀어져 리아와 뉴트의 몸을 감쌌고, 그들은 곧 두 줄기 빛이 되어 강물 속으로 사라졌다.

"어떻게 된 거야?"

"쉿! 조금만 기다려 봐."

남매는 미수의 말에 숨을 죽이고 강물만 바라보았다.

얼마나 기다렸을까? '참방' 하고 강물이 튀는 소리와 함께 투명하고 납작하며 긴 몸체를 가진 물고기가 모습을 드러냈다. 질 좋은 다이아몬드처럼 투명하게 반짝이는 비늘과 사파이어같이 푸르게 빛나는 눈을 가진 아름다운 물고기였다.

"우와, 예쁘다!"

남매는 누가 먼저랄 것도 없이 탄성을 질렀다.

"그들의 환생체야."

미수의 말이 채 끝나기도 전에 또다시 물이 튀기는 소리와 함께 또 한 마리의 물고기가 튀어 올랐다. 크기만 조금 작을 뿐 앞에 튀어 오른 물고기와 똑같이 생겼다.

"드리세나로 환생했군."

"저 물고기들 이름이 드리세나야?"

"그래. 행운을 가져다준다고 해서 귀하게 여기는 신성한 물고기야. 또 금실이 좋아 항상 암수 한 쌍이 같이 다니기에 '연인들의 수호어(守護魚)'로 불리기도 해."

"그 말은 그들이 잘 환생했다는 거지?"

"그래."

미수의 거침없는 대답에 남매는 마주 보며 환하게 웃었다.

그때 다시 '참방' 하고 물이 튀더니 두 마리가 한꺼번에 튀어 올랐다. 남매는 물고기들을 향해 손을 흔들었다.

"시간이 많이 흘렀어. 돌아가자."

미수가 남매에게 손을 내밀었다.

✳ ✳ ✳

한은 눈을 뜨자마자 보이는 까만 눈동자에 놀라 그만 손바닥으로 확 밀어버렸다.

"아아야!"

"누나?"

"그래, 나야. 네가 눈을 뜨지 않아 깨우려고 했는데 이렇게 무지막지하게 밀면 어떡해?"

아사가 방바닥에 찧은 엉덩이를 문지르며 볼멘소리로 쏘아붙였다.

"미안! 갑자기 얼굴을 들이대니까 그렇지."

한은 몸을 일으켜 누나의 손을 잡아주었다. 창문이 금빛으로 밝아오는 걸 보니 곧 해가 뜰 모양이다.

그때 문이 열리며 미수가 잔 두 개가 담긴 쟁반 하나를 들고 들어왔다.

"한, 일어났구나. 몸은 어때?"

"괜찮아, 형."

"다행이구나. 그리고 아사 너, 장난치려다 되레 당했구나."

"아니야! 이번엔 내가 일방적으로 당했거든."

"그것참 슬픈 일이네?"

말과는 달리 미수기 히나도 슬프지 않은 표정으로 내민 잔을, 남매는 사양치 않고 받았다. 그러곤 그 속에 든 푸른색 액체를 벌컥벌컥 마셨다.

“맛있다. 이게 뭐야?”

톡 쏘는 차가운 맛과 함께 갈증이 가시는 것에, 아사가 입맛을 다시며 미수에게 물었다.

“요정화의 눈물이야. 그걸 마시면 더 이상 악몽의 요정이 접근하지 못해.”

“고마워, 형.”

한은 아사의 물 잔을 받아 자신의 잔과 함께 쟁반에 내려놓았다. 그리자 미수가 엄한 표정으로 한을 바라보았다.

“어째서 혼자 해결하려 한 거냐?”

“맞아. 힘든 일이 있으면 냉큼 누나에게 말해야지. 좋은 일은 나누면 두 배가 되고 나쁜 일은 나누면 반으로 준다는 아빠 말씀을 벌써 잊은 거야? 내가 얼마나 걱정했는데…….”

미수의 말에 이어 아사가 다다다 쏘아붙이다 눈물을 글썽였다.

“잘못했어, 누나.”

한이 사과하자 미수가 이해할 수 없다는 표정으로 물었다.

“악몽의 요정에게 홀린 것은 어쩔 수 없었다고 치자. 그런데 어떻게 리아의 얄팍한 수에 넘어간 거냐? 똑똑한 네가 말이야.”

“저, 그게…….”

한이 선뜻 대답하지 못하자 미수가 뭔가를 깨달은 듯 놀란 어조로 되물었다.

“그게, 라니? 설마 너, 의심해 보지도 않은 거냐?”

“아냐!”

한은 큰소리로 외쳤다. 그러나 곧 기어들어가는 음성으로 덧붙였다.

"이상하다고 생각했어. 하지만 그 말을 물어보기가 무서웠어. 아니, 싫었어."

"왜?"

아사가 되물었지만 한은 고집스럽게 입을 닫아버렸다. 이에 고개를 갸웃거리던 아사가 갑자기 뭔가를 깨달은 듯 조심스럽게 물었다.

"한이 너, 설마 그 애를 좋아한 거니? 에이, 아니겠지? 겉보기에 어린 여자애 모습이지만 나이가 무지 많은 할머니… 헉!"

아사는 확 붉어지는 한의 얼굴에 놀라 잠시 할 말을 잃었다가 곧 소리를 버럭 질렀다.

"너, 진짜였어? 어떻게 세상에 이런 일이!"

한은 붉으락푸르락해지는 누나의 얼굴이, 여우 같은 짝꿍에게 금쪽같은 아들을 빼앗겼다고 푸념하던 혜원 아주머니(유치원에 다니는 늦둥이 아들이 천재라고 믿는 양어머니의 친구)의 표정 같다고 생각했다.

"한이 너, 시방 웃음이 나오냐? 아오, 이걸 그냥!"

아사가 버르르 화를 내며 한에게 달려들자 미수가 그런 아사를 달랑 들어 문 앞에 내려놓으며 한마디 툭 내뱉었다.

"해가 뜰 때 보여줄 게 있어. 지금 나가야 해."

"응, 미수 형."

한은 살았다는 표정으로 미수의 뒤를 따랐다. 이에 아사도 기운이 쭉 빠져 터덜터덜 밖으로 나갔다.

"한아, 해가 뜨면 첫 햇살이 네 요정의 꼬투리에 닿게 해."

"응, 미수 형."

한은 소맷자락을 걷었다. 그리고 동녘에 노란 태양이 모습을 드러낸 순간 팔을 높이 들어 올렸다.

"우와!"

아사가 탄성을 질렀다. 첫 햇살이 요정의 꼬투리에 닿은 순간 한의 투명한 보석 두 개에 색이 깃들었던 것이다.

한은 다섯 번째 군청색 보석이 뉴트의 행복이고, 마지막의 자주색 보석이 리아의 행복임을 알고 가슴이 벅차올랐다. 드디어 요정의 꼬투리를 모두 채운 것이다.

"이젠 어떻게 하는……. 어라?"

한은 눈을 동그랗게 떴다. 보석들의 틀을 연결하는 덩굴이 꿈틀하더니 마치 살아있는 식물처럼 순식간에 자라난 것이다. 그것은 한의 몸을 부드럽게 감쌌고 이내 연기처럼 흩어졌다.

연이어 요정의 꼬투리가 터지고 여섯 개의 보석이 허공으로 치솟았다. 그것들은 여섯 줄기의 빛으로 변해 서로 얽히고설키더니 빛의 고리가 되어 서쪽 하늘로 사라졌다. 그리고 한의 팔목에는 더 이상 아무것도 남아있지 않았다.

그러나 신기한 일은 계속되었다. 갑자기 '펑' 하는 소리와 함께 어둠의 숲이 있는 하늘 위에 붉은색, 까만색, 노란색, 갈색, 자주색, 군청색의 여섯 가지 빛줄기가 치솟았다. 그것은 마치 축제 때 터뜨리는 화려한 폭죽 같았다.

그 빛이 어둠의 숲 전체를 덮었을 때, 끔찍한 울부짖음이 터져 나왔다. 숲과 상당히 떨어져 있음에도 선명하게 들릴 정도로 그 소리는 컸다. 이에 남매가 화들짝 놀라자 미수가 그 이유를 설명해 주었다.

"네가 가진 힘의 반을 돌려준 덕에 정목의 힘이 커졌어. 그 때문에 정목의 세 번째 아이가 힘을 받아 깨어났지. 방금 들린 소리는 그에 의해 어둠의 숲에 도사리고 있던 고위 암흑요정이 쫓겨나는 소리야."

남매는 보라색 머리카락의 아름다운 정령 요정과 그의 애기 종인

금색 눈동자의 아이를 떠올렸다. 그리고 그가 깨어나서 참 다행이라고 생각했다.

"그럼, 앞으로 어떻게 되는 거야?"

"요정계 서쪽의 결계가 강해짐으로써 그만큼 어둠의 영역도 줄어들겠지. 아, 너희들에겐 이 말이 더 실감 나겠구나. 놈이 달아난 덕분에 하늘길이 열려 약 1미큐(한 시간) 만에 차란 마을로 갈 수 있다는 것?"

"올레!"

남매는 두 주먹을 불끈 쥐고 동시에 외쳤다. 그러나 한은 곧 비명을 지르며 누나 아사의 손을 피해 도망을 다녀야만 했다. 아사가 한의 피부를 직접 확인하려 들었기 때문이다. 이에 한은 한참을 쫓겨 다니다 결국 커다란 나무가 있는 막다른 담벼락까지 몰리고 말았다.

"누나! 넌 부끄럼도 없냐?"

한은 나무 둥치를 방패 삼아 몸을 숨기며 버럭 소리를 질렀다.

"부끄럼하고는 상관없거든. 네 흉이 얼마나 사라졌는지 보자는 거니까."

"아무리 친누나라고 해도 보여줄 수 없는 곳이 있는 거야!"

"그게 뭐 어때서? 너 어렸을 때 내가 똥 기저귀 갈아주며 키웠거든. 그런데 그깟 엉덩이 좀 보여준다고 닳기라도 한내?"

"그, 뭣? 그, 뭣, 이니니…끄윽!"

한은 번개같이 달려와 거침없이 바지를 벗기려 드는 아사의 행동에 혼이 빠져, 평소엔 절대 오르지 않았을 나무 위까지 올라가는 묘기를 선보였다. 그러나 끝내 아사의 손길을 피하지 못했는데, 이는 누나가 나무타기의 달인이라는 것을 깜빡한 한의 실수였다.

결국 한은 누나의 우악스러운 손아귀에 잡혀 엉덩이는 물론 히벅

지의 일부까지 보여주는 수모를 겪었다. 그리고 아사는 한의 매끈해
진 엉덩이와 허벅지에 남은 손바닥만 한 흉을 기어이 확인한 후에야
한을 놓아주었다.

"괜히 뻗대고 있어. 뛰어봤자 이 아사 님의 손바닥 안이지. 음하
하하!"

아사는 허리에 손을 짚은 채 악당처럼 웃음을 터뜨렸다.

한은 너무나 어이없고 창피해서 죽을 것 같았다. 그래서 나무 밑
에 웅크리고 앉아 훌쩍이며 세 구경꾼들을 가자미눈으로 흘겨보았
다. 그도 그럴 것이 한이 수모를 당하고 있는 동안 지나 아주머니는
배꼽을 잡고 웃기만 하고, 나단 아저씨는 헛기침을 하며 모른 체했으
며, 미수는 맞은편 나무에 기댄 채 팔짱을 끼고 느긋하게 관람까지
했던 것이다.

한의 원망스러운 눈빛에 세 요정이 슬그머니 자리를 피한 것과는
달리, 아사는 한술 더 떠서 괴상한 노래까지 지어 부르며 한의 화를
더욱 부추겼다.

우리 한이 엉덩이 섹시 엉덩이
울라울라 불라불라 희고 탱탱해.
우리 한이 엉덩이 원숭이 엉덩이
울라울라 불라불라 잘도 빨개져
우리 한이 엉덩이 짱구 엉덩이
울라울라 불라불라 잘도 움직여.
우리 한이 엉덩이…….

한이 더 이상 참지 못하고 긴 다리로 성큼성큼 다가오자 아사는

‘캬하하’ 웃으며 달아났다. 그러곤 한이 감히 엄두도 내지 못하는 높은 나무의 낭창한 가지 위로 쪼르르 올라가 버렸다.

한은 졸지에 닭 쫓던 개가 되어 나무 위의 누나를 죽어라 노려보았다.

✻ ✻ ✻

“아사!”

아사 일행이 차란 마을의 성문을 막 들어섰을 때 누군가 달려 나와 아사를 와락 껴안았다. 아사의 정수리를 훌쩍 넘는 늘씬한 키에 어깨쯤에서 찰랑거리는 결 좋은 진회색 머리카락을 가진 소녀였다.

“누구세요?”

“누구일까요?”

아사의 물음에 소녀가 장난기 어린 말투로 되물었다. 그런 그녀의 반달 모양으로 곱게 휜 연초록색 눈동자를 올려다보던 아사는 눈을 뎅그렇게 떴다.

“너, 너! 수운?”

“그래. 참 빨리도 알아본다.”

소녀가 환하게 웃으며 아사의 머리카락을 헤집었다. 아사는 그 손을 탁 쳐내며 구시렁거렸다.

“일 년 만에 징그럽게 컸네.”

“이왕이면 예쁘게 컸다고 하면 안 돼?”

아사는 수운을 훑어보았다. 어른의 허리께에 오던 키는 아사의 키를 훌쩍 뛰어넘었고, 비쩍 마른 팔다리와 앙상한 몸에도 뽀얗게 살이 올랐다. 게다가 여위고 핏기없던 얼굴에도 윤기가 돌고 혈색이 돌아, 예전의 모습이라곤 맑고 커다란 연초록색 눈동자뿐이다.

아사는 아무리 봐도 트집을 잡을 수 없을 만큼 예뻐진 수운의 모습에 마지못해 고개를 끄덕였다. 그러곤 왠지 심통이 나서 입술을 삐죽거렸다.

"그래, 너 예뻐져서 좋겠다."

"당연하지."

"어라, 이젠 공주병까지?"

"공주병이 아니라 공주다. 우리 아빠 공주! 그렇죠, 아빠?"

아사는 진회색 머리카락에 우람한 체구를 가진 남자와 순백의 털을 가진 반투명한 맹수를 보며 반색을 했다.

"다훤 아저씨!"

"오랜만이구나, 아사."

아사는 다다다 달려가 다훤 아저씨의 넓고 따스한 품에 폴짝 뛰어들었다. 그리고 수호수 백흔에게 손을 살래살래 흔들었다.

마을 요정들과의 인사가 오간 뒤, 아사 일행은 정식으로 마을 입소 절차를 밟았다. 그리고 마을의 규칙에 따라 그들을 초대한 차란의『다스리는 자』다훤 차란(수운의 아버지)의 처마 밑에 깃들 것을 허락받았다. 여기에서 처마 밑에 깃든다는 것은 집주인의 보호와 보살핌을 받는다는 뜻이다.

지나 아주머니와 나단 아저씨, 미수와 한은 수운의 집 영빈청(귀한 손님을 맞는 곳)에 머물렀다.

그러나 아사는 수운의 친한 친구인 것을 높이 사서 그녀의 처소인 '수운당'에 머물기로 했다.

아사와 수운이 수운당의 원형 문을 들어서자 마라 아주머니가 달려 나와 둘을 반가이 맞아 주었다. 그리고 정성껏 준비한 다과상을 내왔다.

"닭아지는 어디 있어? 보고 싶은데……."

"그 애는 지금 수호전(수호수들이 힘을 충전하는 곳)에서 성체가 되는 마지막 의식을 치르고 있어. 오늘 밤 첫 달빛부터 내일 새벽의 마지막 달빛까지 쬐어야만 의식이 끝나. 그러니까 보고 싶더라도 내일 아침까지만 참아."

수운의 친절한 설명에 아사는 고개를 끄덕이며 아쉬움을 달랬다.

그날 밤, 아사 일행을 위해 구역민들이 성대한 잔치를 벌여 주었다. 힘을 우선으로 하는 그들의 관례는 여전해서, 강한 힘을 가진 미수는 미성체 요정임에도 불구하고 차란 마을 전사들의 정중한 대접을 받았다. 마을의 소년 요정들은 그를 영웅처럼 떠받들고, 소녀 요정들은 눈을 반짝이며 왕자님 모시듯 했다.

'칫! 보는 눈들은 있어서…….'

아사는 그런 소녀 요정들을 보며 입을 삐죽였다. 그리고 그런 여자애들에게 친절히 대하는 미수가 얄미워졌다.

"도대체 네 누나 왜 저러냐?"

마치 오뉴월의 독 오른 쐐기처럼 톡톡 쏘아대는 아사의 모습에 미수가 난감한 표정으로 물었다.

"글쎄, 마법에라도 걸렸나 보지?"

"미법?"

"응, 그런 게 있어. 인간 여자애들만 한 달에 한 번씩 걸리는."

미수가 고개를 갸웃거리는 것을 보며, 한은 터져 나오려는 웃음을 애써 참았다.

"그럼, 그것은 어떻게 풀어야 하는데?"

"뭐?"

결국 한은 바닥을 데굴데굴 구르며 웃음을 터뜨렸다. 미수가 그런 한의 모습을 머쓱한 표정으로 내려다보았다. 이에 뭔 일인가 싶어 다가온 아사가 쪼그리고 앉아 한의 옆구리를 콕콕 찌르며 미수에게 물었다.

"얘가 왜 이래?"

"그게……."

그러나 미수는 말을 잇지 못했다. 한이 발딱 일어나 미수의 손목을 잡고 냅다 뛰었기 때문이다. 아사는 저만치 떨어진 나무 밑에서 뭔가 심각하게 이야기를 하는 한과 진지한 표정으로 듣는 미수를 보며 고개를 갸웃거렸다. 그리고 다시 돌아온 미수는 웬일인지 아사의 곁을 떠나지 않았고, 여자애들의 말에도 데면데면했기에 아사는 기분이 좋아졌다.

잔치가 끝난 뒤 아사와 수운은 사이좋게 수운당으로 갔다. 그리고 따끈따끈한 물에 몸을 담갔다. 아사의 장난기는 여전해서, 수운은 목욕 중에도 몇 번이나 아사의 짓궂은 손길을 피해 비명을 지르며 도망 다녀야 했다. 이렇게 떠들썩한 목욕이 끝난 뒤 두 소녀는 똑같은 잠옷을 입고, 똑같은 베개를 하나씩 안고, 한 침대에 들었다.

"네 동생의 일이 잘되었다니 기뻐."

"기뻐해 줘서 고마워."

"아니야. 고마운 건 오히려 우리들이야. 네 동생이 힘을 되돌려준 덕에 정목의 힘이 암흑요정의 힘과 비슷해졌어. 아주 다행한 일이지."

"왜?"

아사는 이해할 수 없어서 고개를 갸웃거렸다. 그러자 수운이 배시시 웃더니 말을 이었다.

“어둠의 숲을 휘젓고 다니던 고위 암흑요정이 암흑의 숲으로 쫓겨 갔거든. 덕분에 지금 어둠의 숲은 순수한 어둠만 남게 되었어.”

“그게 왜 다행인 거야? 순수한 어둠은 좋은 게 아니잖아.”

수운이 몸을 한 바퀴 굴러 아사의 곁에 바싹 붙었다. 그러곤 아사의 까만 눈동자를 빤히 들여다보며 진지하게 말을 이었다.

“아사, 순수한 것들은 모두 한 길로 통해. 그것이 어둠이든 빛이든, 선이든 악이든……. 그것들에게 불순물이 섞이기에 피해를 주는 거야.”

“에? 무슨 말인지 이해가 안 돼.”

“세상은 반드시 반대되는 것이 있어야 균형이 맞는다는 거야. 영면(永眠)의 숲이 있기에 탄생의 숲이 있는 거고, 어둠의 숲이 있기에 빛의 숲도 존재하는 것처럼……. 그러니까 좋은 것과 나쁜 것이 따로 있는 게 아니라 어떻게 쓰이느냐에 따라 달라진다는 거지. 잘 몰라도 좋아. 그냥 가슴으로 느끼면 돼.”

“아니, 조금은 알 것 같아.”

아사는 환하게 웃으며 고개를 주억거렸다. 그러자 수운이 마주 보고 웃으며 말을 이었다.

“아사, 어둠의 숲은 앞으로도 계속 우리 부족과 수호수가 태어나는 데 필요한 어둠을 만들거나 우리의 생명을 거두는 독을 내뿜으며 그 자리에 있을 거야. 우리는 그런 숲을 두려워하거나 싸우거나, 지켜보거나 어울리면서 살아가겠지. 공통점이 있다면 숲이나 우리나 주어진 것을 받아들이고 나름대로 자신의 삶을 열심히 살아간다는 거야. 에? 아사, 그 눈빛은 뭐야?”

“우와! 수운, 너 대단한 애였구나. 그래, 마치 우리 한이 같아.”

아사의 말에 수운은 잠시 멈칫했다가 이내 눈썹을 찌푸리며 되물었다.

"그거 칭찬이냐?"

"글쎄, 그냥 가슴으로 느껴."

"어쭈? 이 조그만 게 벌써 언니를 놀리네."

"언니 좋아하시네. 나보다 조그마했던 게 조금 컸다고 시방 뻗대는 거냐? 헤에, 너 많이 컸다, 수운 차란?"

아사는 음흉하게 웃었다. 그리고 열 손가락을 꼬물거리며 수운에게 덤벼들었다.

"받아랏! 강아사 표 간지럼 신공!"

"캬아악!"

곧 숨이 넘어갈 것 같은 수운의 웃음소리와 아사의 짜랑짜랑한 웃음소리가 방 안에서 터져 나왔다. 이어 탁탁 뭔가 부딪치는 소리와 함께 방문으로 소녀들의 그림자가 어른어른 비쳤다.

"어떠냐? 내 베개 격타 신공이!"

"어쭈? 그럼 내 베개 폭발 신공은 어떠냐?"

"으악! 으프프프!"

"캬하하하!"

점점 격렬해지는 두 소녀의 베개 싸움을, 문밖에서 마라 아주머니가 빙그레 웃으며 지켜보고 있었다.

✳ ✳ ✳

아사는 뭔가가 머리를 콕콕 쪼는 아픔에 잠에서 깨어났다. 그러나 수운과 노느라 밤늦게 잠들었던 탓인지 쉽게 눈이 떠지지 않았다.

"아흐~ 도대체 어떤 놈이야?"

“끼요이!”

“끼요이고 뭐고 한 번만 더 건들면 닭볶음탕을 해버릴… 에? 끼요이?”

아사는 벌떡 일어나 앉았다.

‘푸드득’ 날갯짓 소리와 함께 윤기가 자르르 흐르는 검은 깃털이 눈앞에 있다. 폭신한 가슴 털에 이어 날렵하고 우아한 목, 금빛으로 반짝이는 부리가 보인다. 그리고 마지막으로 뎅그렇고 새까만 한 쌍의 눈과 마주쳤다.

“닭아지?”

“끼요이!”

“캬아! 닭아지~”

“끼요이, 퀙!”

아사는 어린 수호수의 날씬한 목을 와락 껴안았다. 분명 반투명한데도 만져지는 것이 무척 신기했다. 그런 아사의 궁금증을 알기라도 한 듯 수운이 힘을 나누어준 자만 만질 수 있다고 친절하게 가르쳐 주었다.

아사는 닭아지를 데리고 나가 한에게 보여주었고, 한은 ‘한국으로 되돌아가면 양념 통닭 두 마리를 쏘겠다(사겠다)’고 약속한 후에야 누나의 싱화에서 풀려났다.

닭아지는 아사가 선물로 사셔온 아사한 잎을 맛있게 먹었다. 물론 그 전에 주인인 수운과 같이 아사가 침이 마르게 자랑한 아사한 잎에 대한 유래를 들어야 했지만 말이다.

아사 일행은 처음 여행 계획과 달리 차란 마을에서 이틀을 더 머물렀다. 이는 암흑요정이 쫓겨 감으로써 하늘길이 열려 레오를 타고 지름길로 갈 수 있게 되었기 때문이다.(일행이 타고 왔던 피오 두 마리와 로암 두 마리는 『사고파는 자』의 이름을 가진 요정들이 타란 마을을 들르는 김에 데려다 준다며 먼저 데리고 떠났다.)

차란 마을에서의 이틀은 즐거웠다. 나단 아저씨가 마을의 전사들과 무예를 수련하고, 지나 아주머니가 어둠의 숲에서 약초를 채취하는 동안 아이들은 여러 가지 체험 활동을 했다.

먼저 어둠의 숲에서만 난다는 식물의 씨앗을 가공한 구슬로 차란 마을 전통 장신구를 만들었다. 이것을 몸에 지니고 있으면 어둠의 힘을 흡수하는 기능이 있어 어둠의 숲을 다녀도 안전하다고 했기 때문이다. 물론 이는 낮에만 해당되었고, 밤에는 안전을 위해서 집 안에 머물러야 한다고 했다.

아사가 수운과 소녀 요정들에게 차란 부족의 민속춤을 배우는 동안 미수와 한은 소년 요정들과 전쟁놀이를 했다. 저녁 무렵엔 차란 부족의 전통 음식을 만들어 먹었다. 그들의 음식은 맵고 짠 편이어서 한은 물을 몇 바가지나 들이켜야 했다.

저녁에는 캄캄한 정원에 나타난 형광충의 아름다움에 넋을 잃었다. 그것은 한국의 반딧불이와 비슷했는데 크기도 크고 색깔도 다양해서 마치 하늘의 별들이 내려와 춤을 추는 것 같았다.

마지막 날엔 차란 마을 전사들의 무예 대전이 있었다. 그것은 마을의 전사들이 갖가지 무예를 선보이고 실력을 자랑하는 대회였다. 힘을 중시하는 부족답게 어른 요정들은 물론 소년, 소녀 요정들도 갖가지 재주를 선보였다.

수운이 소년 요정을 상대로 단검술을 펼치는 동안 아사는 누구보다 큰소리로 씩씩하게 응원을 해 마을 요정들의 입가에 미소가 떠오르게 했다.

무예 대전이 중반으로 접어들었을 무렵, 한과 미수가 깜짝 출연을 했다. 둘은 웃통을 드러내고 긴 무도용 바지를 입은 차란 마을 전통 무복 차림이었다.

아사는 짐승의 이빨과 뿔을 갈아 만든 목걸이만 걸치고 있어 제법 예쁘게 잡힌 근육을 드러낸 한을 보며 휘파람을 불었다.

그러나 날렵하면서도 오밀조밀하게 근육이 잡혀 아름답기까지 한 미수의 몸을 보며 얼굴을 붉혔다. 그런 아사의 모습에 수운이 킥킥 웃었다.

이렇게 웃고 즐기는 가운데 마지막 밤이 왔고, 아사는 쉽게 잠을 이루지 못했다. 그리고 다음 날 아침 아사 일행은 아쉬움을 뒤로 한 채 레오의 등에 올랐다.

여왕님의 소원

한이 정목의 힘의 반을 돌려준 지도 어느덧 여섯 달이 지났다. 그 사이에 더운 휘네의 계절(여름)이 지나고 서늘한 세르의 계절(가을)로 접어들었다. 남매가 요정계로 온 지도 벌써 일 년하고도 5개월이 흐른 것이다.

요정계에서는 신년(여기에서는 9월 1일이 설날이다.)을 맞아 덕담이 오가고 세시음식들이 밥상을 풍성하게 했다.

그러나 요정들은 다른 의미로 더욱 들떠 있었다. 그도 그럴 것이 이틀 뒤인 신년 에흐의 달 아흐렛날(9월 9일)이 『영혼의 별』 세피르, 즉 루하님의 탄생일이었던 것이다. 그래서 왕도는 물론 요정계 전체가 온통 축제 분위기에 빠져들었다.

타란 마을도 예외는 아니었다. 타란 마을의 대표 사절인 파인 수장과 미수, 지나 아주머니와 나단 아저씨를 따라가게 된 아사와 한은 한껏 들떠 있었다.

사실 남매는 달포 가까이 루하님을 만나지 못했다. 그가 워낙 바빴기 때문이다. 그래서 모처럼 루하님을 만난다는 기쁨에, 남매는 설레는 마음을 감추지 못했다.

그런데 마른하늘에 날벼락 같은 일이 일어났다. 루하님이 사라져버린 것이다. 그를 마지막으로 본 요정은 그의 『수호하는 검』 수한이었다.

수한은 탄생의 숲에서 일을 마치고 나오는 세피르와 함께 왕궁으로 돌아오고 있었다. 그런데 갑자기 세피르가 깜빡 잊고 온 게 있다며 다시 숲으로 가겠다고 한 것이다. 수한은 탄생의 숲이라 안전한 곳이니 내일 다시 오면 안 되겠느냐고 물었다. 그러나 그가 창백한 얼굴로 고개를 젓는 모습에 더 이상 말리지 못하고 다녀오라고 했다. 이는 탄생의 숲과 왕궁까지는 천천히 걸어도 30미트(30분) 이내의 짧은 거리인 데다 수호 결계도 강해서 설마 무슨 일이 있으랴 하고 쉽게 생각했던 탓도 있었다.

금세 뒤따라올 줄 알았던 세피르는 돌아오지 않았다. 그러나 수한은 크게 걱정하지 않았다. 그가 가끔 혼자 있고 싶을 때면 탄생의 숲에서 밤을 지새우기도 했기 때문이다.

다음날 날이 밝자 수한은 세피르를 찾아 탄생의 숲으로 갔다. 그러나 그를 찾지 못했다. 게다가 요정 알이 깨어나는 것을 알리는 숲의 울음이 너섯 번이나 들리고 『영혼의 빛』의 축복을 받지 못하고 깨어난 요정 아기들을 안은 테오토라들이 우왕좌왕하는 하는데도 그는 나타나지 않았다.

그때서야 수한은 뭔가 잘못되었음을 깨닫고 가슴이 덜컥 내려앉았다. 탄생의 숲 요정 아기들을 깨우는 일과 깨어난 아기 요정들에 대한 책임감과 사랑이 누구보다도 강한 그가 의무를 저버릴 리 없다는 것을 누구보다도 더 잘 알고 있었기 때문이다.

루하님의 실종 소식이 알려지면서 요정 왕궁이 발칵 뒤집혔다. 그리고 한 달에 한 번 탄생의 숲을 정화시키는 권능을 펼치느라 성전(여왕의 기도실)에 들었던 여왕님이 나오면서 그를 찾는 일은 빠르게 진행되었다.

그러나 여왕님의 막강한 권능과 요정계에서 난다 긴다 하는 『수색하는 자』의 이름을 가진 요정들도 그의 흔적을 쉽게 찾지 못했다.

"어떻게 이리도 깨끗할 수가 있죠, 수한 오라버니?"

"그러게 말이다. 나는 그렇다 치고, 어떻게 너의 시에라의 권능으로도 그를 찾지 못하는 거냐?"

사적인 자리라 사촌 누이와 오라비 사이로 돌아온 여왕과 수한이 한마디씩 하고 터질 듯한 머리를 감싸 쥐었다.

"한 가지 분명한 것은 아직 왕도를 벗어나시지는 않았다는 거예요."

"확실해?"

"네."

"그렇다면 더 이상하잖아. 분명 그의 힘이 끊어지는 바람에 수호 정령 요정들조차 이렇게 봉인됐는데."

수한은 세피르의 수호 정령 요정들이 각각 봉인된 노란색, 초록색, 갈색, 하얀색 구슬을 여왕에게 내보인 후 한마디 덧붙였다.

"왕도 내에서 너와 내 힘이 미치지 않는 곳이 있으리라고는 믿지 않아."

"그래서 답답하다는… 아, 설마?"

"인간계는 아냐!"

여왕의 얼굴이 창백하게 질리는 것을 보며 수한은 단호하게 고개를 저었다. 만약 세피르가 '외유의 구슬' 힘을 썼다면 원래 주인인 자신이 알아차리지 못할 리가 없기 때문이다.

외유의 구슬은 신의 기운이 깃든 마지막 신물로, 수한이 대요정수에게 요정계의『숨은 질서의 조정자』라는 비밀 이름을 받을 때 받은 증표이다. 또한 신수 아타라시스에 의해 인간계로 통하는 모든 문이 막힌 이후, 인간계로 딱 한 번 왕복할 수 있는 힘이 담긴 단 하나밖에 없는 물건이기도 했다.

그러나 외유의 구슬은 함부로 사용할 수도 없고 사용해서도 안 되었다. 자칫하여 요정계와 인간계의 질서를 흐트러뜨리기라도 하면 신벌(神罰)을 피할 수 없기 때문이다.

그럼에도 불구하고 수한은 인간계를 그리워하는(정확하게는 인간계에 있는 사랑하는 여인을 그리워하는) 세피르에게 아무런 조건 없이 그것을 선물로 주어버렸다. 이는 요정계 유일의 인간인 그가 언제든지 단 한 번은 고향인 인간계에 갈 수 있다는 희망을 품고 살기를 원했기 때문이다.

다행히 그는 요정계로 온 지 십여 년을 훌쩍 넘길 때까지 그것을 쓸 생각을 하지 않았다. 그리고 그것이 사랑하는 여인을 위한 세피르의 마지막 배려라는 것을, 수한도 여왕도 알고 있었다.

"그럼, 세르 님은 도대체 어디로 가신 걸까요?"

수한의 말에 여왕이 조심스럽게 물었다.

"일단은 왕도에 있다고 생각하고 차근차근 더듬어 가보자. 분명 그는 깜빡 잊고 온 게 있다며 탄생의 숲으로 되돌아갔어. 안전한 곳이 틀림없는 데도 하얗게 질린 얼굴로 말이야. 대답해 봐, 스노토라. 그가 그렇게 소중하게 여기는 것이 무엇일까?"

"아!"

수한과 여왕은 서로 마주 보았다. 그리고 둘은 동시에 외쳤다.

"무한대 물품 보관 상자!"

여왕의 얼굴이 창백해졌다.

"젠장! 사태가 심각하군."

수한이 씹어뱉듯이 한마디 하곤 벌떡 일어났다.

❋ ❋ ❋

미수는 아직 이른 새벽임에도 불구하고 아사와 한을 깨워 왕궁으로 갔다. 지금 당장 인간 남매를 데리고 세르미오네스 궁으로 오라는 여왕님의 비밀 편지를 받았기 때문이다.

아사 남매와 미수가 응접실로 들어서자 여왕님과 수한 님이 어두운 표정으로 아이들을 맞았다. 세 아이는 여왕님의 손짓에 따라 맞은편 의자에 나란히 앉았다. 상황이 급했는지 여왕님이 바로 본론으로 들어간다.

"너희들도 알다시피 세르 님이 사라지셨어. 우린 그분을 찾으려고 애썼지만 찾지 못했지. 하지만 이 왕도 내에 계실 거라는 믿음으로 되짚어가다 마침내 그분이 계실만한 곳을 떠올리게 되었단다."

"그곳이 어딘데요?"

"무한대 물품 보관 상자 속이란다."

남매는 의아한 표정으로 서로 마주 보았다.

"그게 뭔데요?"

아사의 물음에 여왕님이 잠시 슬픈 표정을 지었다가 조용하게 말을 이었다.

"무한대 물품 보관 상자는 무엇이든 담을 수 있는 신기한 상자란다. 세르 님이 사랑하는 인간 여인 가야의 물건인데 어찌 된 일인지 요정계로 흘러들었어. 그것을 『숨 쉬는 강』 대치가 살아있는 땅 블랙 캐년에서 건져 내게 바쳤고, 나는 그것을 세르 님에게 주었지.”

“헉! 그럼 세르 님이 그곳에 들어가셨다는 거예요?”

“그곳에 계신 것 같긴 하지만 스스로 들어가신 건지, 갇히신 건지는 확실치 않단다.”

“아니, 왜요?”

남매는 고개를 갸웃거렸다. 그러나 미수는 뭔가를 알아차린 듯 딱 잘라 묻는다.

“강야 누나⋯ 아니, 가야 님의 힘 때문이지요?”

“그래. 가야 그녀는 무위이화(無爲而化)의 힘, 즉 그녀가 간절히 바라는 일을 원하는 대로 이루게 할 수 있는 힘이 있지. 당연히 그녀의 물건에도 그 힘이 남아 있고. 그래서 요정계의 어떤 힘도 듣지 않아.”

여왕님이 한숨을 쉬며 걱정스러운 말투로 말을 이었다.

“만약 세르 님이 스스로 들어가셨다면 그나마 낫겠지만 누군가나 뭔가에 의해 갇혔다면 그가 위험해. 그래서 우리는 어떻게든 그의 안전을 확인해야 해.”

“문제는 그가 굳이 들어갈 필요가 없다는 거야. 필요하면 언제든지 그 안에 있는 것을 소환힐 수 있다고 했거늘.”

여왕님과 수한 님의 말에 한이 얼굴을 찌푸리며 조심스럽게 물었다.

“두 분의 말씀은 그분이 누군가에 의해 상자 속에 갇혔을 확률이 높다는 거죠?”

“그래.”

“그럼, 우리 세르 님 어떡해요?”

아사는 여왕님과 수한 님의 얼굴을 번갈아 바라보며 울상을 지었다.

"사실은 그래서 너희들을 오라고 한 거란다."

"저희들의 힘… 아니, 인간의 힘이 필요한 거죠?"

"그래. 그를 찾을 수만 있다면!"

여왕님의 말에 남매는 동시에 외쳤다.

"할게요!"

여왕과 수한이 제일 먼저 시작한 일은 사라져버린 무한대 물품 보관 상자를 찾는 것이었다. 다행히 생각보다 일찍 실마리를 찾았다. 세피르가 사라진 것과 비슷한 시각, 암흑요정 블랙홀이 조종하는 어둠의 강이 왕도의 깊은 지하를 지나갔다는 것을 알게 된 것이다.

이에 수한은 분한 마음을 감추지 못했다. 사실 며칠 전 그는 암흑요정 블랙홀의 기운을 느꼈었다. 그런데 신년을 맞아 유난히 많이 깨어난 요정 알을 거두느라 힘들어하는 세피르의 모습을 떠올리곤 모른 체했다. 블랙홀을 소멸시키기 위해서는 세피르의 생명의 힘이 필요한데 그렇지 않아도 힘든 그에게 짐을 지우고 싶지 않았기 때문이다. 이는 놈의 기운이 아주 희미해서 그다지 위협이 되지 않으리라 잘못 판단한 탓도 있었다.

불행 중 다행인 것은 무한대 물품 보관 상자를 가지고 있을 암흑요정 블랙홀이 아직 왕도의 결계를 뚫고 나간 흔적이 없다는 것이다.

"스노토라, 놈이 숨어 있을 만한 곳을 찾아야겠어. 왕도 내에서 완벽한 어둠이 존재할 만한 곳은 어디일까?"

"없어요. 세르 님의 탄생일에 누가 될까 봐 이번에 제가 다 메우거나 없앴거든요."

"그래도 잘 생각해 봐. 분명 어딘가 빠진 곳이 있을 거야."

여왕은 차근차근 기억을 더듬었다. 그리고 드디어 한 군데를 떠올렸다.

"찾았어요! '물의 뿌리'예요."

"그렇군. 깜빡했어, 어둠의 물도 물이라는 걸!"

물의 뿌리는 왕도의 모든 물을 순환시키는 자연적인 힘이 깃든 곳이다. 유일하게 여왕의 통제를 받지 않는 이곳은 왕도의 가장 깊은 지하에 위치하며 출입구도 단 한 곳밖에 없었다.

잠시 후 여왕과 수한, 미수와 아사 남매는 유일한 출입구가 있는 별꽃성을 향해 출발했다. 그리고 별꽃성으로 들어가는 길 입구에서 자유 기사 수련을 마치고 돌아오는 하리화와 마주쳤다. 그녀가 여왕의 앞에 단정하게 무릎을 꿇고 예를 표했다.

"시에라의 세 번째 『수호하는 검』 하리화, 주인이신 여왕님을 뵙습니다."

"그대에게도 나 『시에라』의 축복이 함께하기를……. 어떻게 그대가 이곳에 있는 거지?"

"수련을 하고 돌아오던 중 암흑요정 블랙홀의 기운을 느끼고 쫓았는데 이 근처에서 그 기운이 끊어졌습니다. 그래서 지금 여왕님께 보고를 올릴 참이었습니다."

여왕과 수한은 마주 보았다. 불실한 예감이 더욱 깊어진다.

하리화는 요성계 세닐의 수석시나. 그런 그녀끼 암흑요정 블랙홀을 잡지 못했다는 것은 단 한 가지 가능성으로 좁혀진다. 그것은 블랙홀이 무한대 물품 보관 상자를 다룰 수 있게 되었음을 의미했다. 이에 그들은 부디 세피르가 무사하기를 간절히 바라며 물의 뿌리가 있는 깊은 지하로 뛰어들었다.

❋ ❋ ❋

“저게 물의 뿌리?”

남매는 고개를 갸웃거렸다. 그도 그럴 것이 빛 한 점 없을 만큼 깊은 지하로 들어와 본 게 지름이 1미터쯤 되어 보이는 작은 우물이었던 것이다.

그러나 아무도 그 바닥을 재지 못할 만큼 깊다는 미수의 말에 안을 들여다본 순간, 남매는 가슴이 서늘해졌다. 짙푸른 물이 보기만 해도 빠져들 듯 알 수 없는 공포를 불러일으켰기 때문이다. 남매는 우물가에서 슬며시 물러났다.

“느껴져?”

수한 님의 말에 여왕님이 고개를 끄덕였다. 그러자 수한 님이 손을 뻗었고, 그의 손끝에서 은빛이 터져 나왔다. 그것들은 얽히고설키며 촘촘하게 빛의 그물을 짜기 시작했다.

“그물을 다 짜는 데 얼마나 걸리죠?”

“음, 약 5미트(5분) 정도?”

여왕님이 잠시 생각에 잠겼다가 다시 묻는다.

“그럼 그 그물로 암흑요정 블랙홀을 얼마나 잡아둘 수 있어요?”

“특급이라면 약 2미큐(두 시간) 정도 걸릴 거야.”

“그 안에 해결해야겠군요.”

“좀 늦더라도 꼭 그를 데리고 나와야 한다. 30미트 정도는 더 버텨 볼 테니까.”

“그럴게요.”

여왕님이 힘차게 대답하자 수한 님이 조금 머뭇거리다 말을 이었다.

“힘들지도 모른다. 하필 오늘이 세르와 가야 그녀의 생일이라 마음의 파장이 맞으면 인간계의 그림자가 비칠지도 몰라.”

“알아요. 사실 난 그것이 더 두려워요.”

여왕님의 자신 없는 목소리에 수한 님이 나무라듯 물었다.

“그래서 포기할 거냐, 스노토라?”

“설마요? 그러기엔 이미 늦은 걸요. 그녀는 다른 남자의 여인이고, 그는 내 남자이니까요. 그러니까 어떻게든 끌고 나올 겁니다.”

아사는 ‘오’ 하고 입을 벌렸다. 여왕님의 카리스마가 장난이 아니었던 것이다. 이에 수한 님도 픽 웃으며 대놓고 묻는다.

“끌고 나와서 주먹질이라도 할 것 같은 기세구나.”

“아까워서 못 팹니다. 그냥⋯⋯.”

“그냥?”

“싹싹 빌어야죠!”

아사는 그만 까르르 웃고 말았다.

“다 됐다!”

수한 님이 완성한 은빛 그물을 보이자, 여왕님이 우물 속에 손을 넣고 휘저었다.

잠시 후 우물물이 부글부글 끓어오르며 검은 소용돌이가 나타났다. 그것은 순식간에 우물 위로 높이 솟아오르며 빠른 속도로 휘돌았다. 아사는 그것이 마치 압축시켰다 풀어놓은 회오리바람 같다고 생각했다.

“암흑요정 블랙홀⋯⋯.”

미수의 속삭임이 미처 끝나기도 전에 수한 님의 은빛 그물이 높고 넓게 퍼지며 검은 소용돌이 위를 덮었다. 그러자 그물 안에 갇힌 소용돌이가 더 이상 퍼지지 않고 그물 안에서만 무섭게 휘돌았다.

“저기!”

아사가 소용돌이 가운데를 가리키며 외쳤다. 이어 한도 소용돌이 가운데의 빈 공간에 떠 있는 손바닥만 한 크기의 상자를 발견했다.

"무한대 물품 보관 상자 안으로 들어가려면 인간의 힘과 요정의 힘이 같이 필요하단다. 누가 나랑 함께 가겠니?"

여왕님이 남매를 돌아보며 물었다.

"저요!"

아사와 한은 누가 먼저랄 것도 없이 손을 번쩍 들고 외쳤다.

이에 여왕님이 자칫하면 미아가 될 수도 있고 위험할 수도 있으니 한 사람만 들어가면 좋겠다고 했다. 그러나 그 말은 오히려 역효과를 냈다. 그런 곳일수록 아사는 누나니까, 한은 남자니까 자신이 가야 한다고 고집을 부렸던 것이다.

결국 '인간의 힘이 필요하다면 하나보다는 둘이 더 나을 것'이라는 미수의 의견이 받아들여져 둘 다 가기로 했다. 그러나 막상 여왕님과 함께 무한대 보관 상자 속으로 빨려들어 간 사람은 아사뿐이었다. 어찌 된 일인지 한은 들어가지 못하고 튕겨 나온 것이다.

한은 여왕님과 함께 사라져버린 아사의 모습에 발을 동동 구르며 부디 누나가 무사히 나오길 간절히 빌었다.

✳ ✳ ✳

"으아!"

아사는 비명을 지르며 얼른 옆으로 비켜섰다. 여왕님과 함께 연보라색의 공간에 떠 있다고 느낀 순간 아사의 머리통만 한 구슬 꾸러미가 그녀의 곁을 아슬아슬하게 스쳐 갔던 것이다. 그것이 저만큼 멀어져간 후에야 아사는 그것이 거대한 연보라색 진주 목걸이라는 것을 알았다.

이어 집채만 한 분홍색 구두가 아사의 머리를 찍을 듯 아슬아슬하게 스쳐 가고, 단추만으로도 압사당할 것 같은 거대한 드레스가 펄럭이며 멀어져갔다.

"뭐, 뭐야? 거인족이라도 사나? 왜 저렇게 커?"

"물건이 큰 게 아니라 우리가 작아진 거야."

아사의 말에 주변을 살피고 있던 여왕님이 알려주는 말에 아사는 괜스레 얼굴이 빨개져 헛기침을 했다.

"여기는 인간의 힘이 많이 미치는 곳이란다. 그러니까 아사 네가 세르 님의 흔적을 찾아보렴."

"에? 어떻게요?"

"지금 지나가는 물건들 중 하나에 그와 연결된 문이 숨어 있어. 하지만 그것이 무엇인지 모르니 오로지 네 감으로만 찾아야 해. 반드시 이거다 싶은 게 있을 거야."

아사는 사라져가는 자신감을 불러일으키기 위해 주먹을 불끈 쥐고 외쳤다.

"찾아볼게요."

"그래. 만약 연결된 문을 찾아 그를 만나게 되면 어떻게든 그 공간에서 나오게 해야 해. 할 수 있겠니?"

"네!"

아사는 발아래로 지나가는 귀걸이 한 쌍을 피하며 씩씩하게 대꾸했다.

"난 요정의 힘이 필요한 공간으로 가야 한단다. 잘 부탁해, 아사."

"걱정 마세요. 잘 될 거예요."

"그래, 고맙구나."

여왕님이 하얀빛으로 변해 사라진 후 아사는 연보라색 공간을 둥둥 떠다니며 새로운 물건이 나타날 때마다 유심히 바라보았다. 그러나 딱히 이거다 싶은 느낌이 오지 않았다.

그렇게 몇 번의 장신구와 쓰임을 알 수 없는 물건을 떠나보냈을 때 처음으로 눈에 익은 물건이 보였다. 아사는 본능적으로 루하님의 새하얀 스웨터를 잡아챘다.

그 순간 아찔한 현기증과 함께 새로운 곳으로 이동했다.

한 남자가 흔들의자에 앉아 뭔가를 만지작거린다.

아사는 흔들의자 위로 살짝 솟아오른 찬연한 금발과 눈에 익은 검은색 머리끈을 보았다.

"세르 님?"

아사가 조심스럽게 부르자 그가 돌아보았다. 아사는 자신이 짐작한 사람이 맞았다는 것에 환하게 웃으며 그에게 달려갔다.

"여기서 뭐 하시는 거예요?"

"그녀가 뜨개질해준 스웨터인데 망가졌어."

"좀 봐도 돼요?"

하얀 스웨터를 만지작거리며 안타까운 표정을 짓는 루하님의 모습에, 아사는 조심스럽게 물었다.

"고칠 수 있는 거야?"

"저, 뜨개질 잘해요."

아사는 짐짓 자신 있게 대답했다. 그러자 루하님이 반색을 하며 스웨터를 건넸다.

어깨의 진동 부분이 날카로운 뭔가에 걸린 듯 올이 몇 줄 나가 있다. 다행히 고칠 수 있을 것 같다.

아사는 루하님의 시릴 듯 푸른 눈동자를 들여다보며 배시시 웃었다.

"자, 봐요. 목 부분의 실을 조금 풀어 이곳에 연결해 뜨고요. 터틀넥을 라운드 형태로 바꾸면 돼요."

"가능하겠니?"

"문제없어요. 해마다 추울 때면 한의 스웨터를 많이 짜주었거든요."

"그것 다행이구나."

루하님의 환한 웃음에 아사도 마주 보고 웃다 곧 난처한 표정을 지었다.

"근데 대바늘이 없는데… 돗바늘도……."

"그건 내가 만들 수 있어."

아사는 아무것도 없는 공간을 휘저어 재료를 꺼내고, 그것으로 금세 대바늘과 돗바늘을 만들어내는 루하님의 솜씨에 연달아 감탄사를 터뜨렸다.

"우와! 호수도 딱 맞아요. 어떻게 아신 거예요?"

"그야 누군가의 부탁을 받아 만들어본 적이 있으니까."

아사는 그 사람이 누군지 알 것 같았지만 굳이 내색을 하지 않고 슬쩍 말문을 돌렸다.

"도대체 세르 님은 못하시는 게 뭐예요?"

"마음을 다스리는 것……. 나는 아식노 그리운 사람의 환상에 수시로 휘둘린단다."

루하님이 슬픈 표정에, 아사는 얼른 스웨터를 집어 들었다. 그리고 루하님의 눈이 내내 자신의 손끝에 머물러 있는 것을 모른 체하며 열심히 손을 놀렸다.

"다 됐어요. 입어보세요."

아사는 생각보다 훨씬 예쁘게 고쳐진 스웨터를 루하님께 내밀었다. 루하님이 받아 입어보곤 환하게 웃었다. 그 모습이 너무나 눈부셔서 아사는 눈을 깜빡였다. 그 순간 루하님의 몸이 일렁이더니 사라져버렸다. 그리고 익숙한 현기증에 눈을 감았다 떴을 때, 아사는 새로운 공간에 떠 있었다.

연한 하늘색이 흐르는 곳에 지름이 족히 3미터는 되어 보이는 거대하고 투명한 수정구가 보인다. 그 앞에는 조금 전 사라진 루하님이 서 있다. 이에 아사는 다행이라고 생각하며 그쪽으로 달려가려다 우뚝 멈춰 섰다. 루하님 뒤의 열댓 걸음 떨어진 곳에서 그를 바라보고 있는 여왕님을 발견한 것이다.

아사는 여왕님에게 먼저 가야겠다고 마음먹고 그쪽으로 한 걸음 내디뎠다. 그러나 보이지 않는 막에 부딪쳐서 더 이상 나아가지 못했다.

'세르 님, 여왕님……'

아사는 투명한 벽에 양손을 짚고 루하님과 여왕님을 번갈아 바라보았다.

'에휴~ 사랑이 뭔지……'

아사는 한숨을 폭 쉬곤 그 자리에 털썩 주저앉았디. 루하님이 어떤 생각을 하고 어떤 결정을 하든 지켜볼 수밖에 없는 것이다. 이는 여왕님도 마찬가지일 것이다. 그래서 아사는 느긋한 마음으로 수정구 속에 비치는 장면에 눈길을 주었다.

먼 배경으로 웅장한 서양식 첨탑과 성이 보이지 않았다면 한국의 고궁에 와 있을 거라고 착각할 만큼 비슷하게 생긴 건물 앞 넓은 잔디밭에 대여섯 사람이 바삐 움직이고 있다.

바비큐 파티라도 하는 듯 통째로 꿴 짐승의 고기를 굴리며 진지한 표정으로 바라보고 있는 남자는 지금 하는 일에 어울리지 않게 군청색 머리카락에 청회색 눈동자를 가진 후리후리한 키의 잘생긴 남자다.

남자의 곁에는 그를 쏙 빼닮은 검은 머리에 청회색 눈동자의 열댓 살 가량의 소년이 단단한 장작을 손날로 가볍게 패서 불 속에 던져 넣고 있다.

야외용 식탁 앞에서는 검은 머리카락에 검은 눈동자를 가진 여인(루하님의 집에서 보았던 초상화 속의 여인)이 요리 접시를 나르고, 그 곁에는 칠팔 세가량의 귀여운 소녀가 식탁 위에 컵을 늘어놓고 있다. 소녀는 군청색 머리카락 외에는 여인을 쏙 빼다 박아서 귀여움과 사랑스러움이 물씬 풍긴다.

"라휘, 아직 멀었어요?"

"다 되었소."

"그럼, 먹기 좋게 좀 썰어 주실래요?"

"그러지."

여인의 짜랑짜랑한 부탁의 말에 남자가 단검을 꺼내 고기를 발라 먹기 좋게 썰어낸다. 그러자 소년이 그것을 커다란 접시에 담아 식탁 위에 갖다놓는다.

"강휘야, 수고했어. 라야 데리고 가서 같이 손 씻고 와."

"예, 어머니."

"칫! 엄마라니까?"

여인이 귀여운 입술을 삐죽이며 한마디 하자 소년이 멋쩍게 웃는다. 그러곤 다녀오겠다는 말과 함께 소녀의 손을 잡고 사라진다.

이윽고 상을 다 차린 여인이 몸을 쭉 펴며 허리를 통통 두드리자, 남자가 여인에게 성큼성큼 다가가 걱정스럽게 묻는다.

“괜찮소?”

“이 정도야 아무것도 아니죠.”

여인이 남자를 올려다보며 소녀처럼 맑고 환한 웃음을 짓는다.

그때 어둑어둑해지는 하늘가를 뒤로하고 중년 남녀가 각각 그릇을 하나씩 받쳐 들고 나타난다.

“어? 레모나, 트리너스 요리장님, 아직도 남은 음식이 있나요?”

“지하이브 자치구역의 소냐 부인이 생신을 축하한다는 메시지와 함께 특별히 피아네리아 수프를 보내왔습니다. 그리고 미모사 부인이 오랜만에 백 년 묵은 피피로시리를 잡았다며 보냈기에 구워봤습니다.”

“우와! 정말?”

여인이 반색을 하며 그릇의 뚜껑을 열자 김이 모락모락 나는 수프와 길쭉한 생선구이 요리가 먹음직스럽게 놓여 있다. 그것을 작은 접시에 옮겨 담던 여인의 손이 파르르 떨리더니 이내 눈가에 이슬이 맺힌다.

이에 요리를 가져온 두 사람이 어쩔 줄 모르자 남자가 손짓을 해 그들을 물러가게 한다. 그러곤 여인이 어깨를 부드럽게 눌러 의자에 앉힌 뒤 그릇을 빼앗듯 받아든다.

“내가 담을 테니 그냥 앉아 있으시오.”

“아니에… 흐으흑!”

“하아, 또 우는 거요?”

“울지 않으려고 했는데 이 요리들을 보니 그만 눈물이 나네요. 그도 오늘 생일인데 잘 보내고 있는지…….”

“‘잘 보내고 있겠지.’라고 믿으시오.”

“그렇지만 요정계에서는 이방인이잖아요. 스노토라, 그녀가 잘해

주긴 할 테지만 바보 같은 남자라서… 마음을 나누지도 못하고… 그저 한 방향만 볼까 봐……."

여인의 눈물이 수프에 방울방울 떨어지자 남자가 그녀를 끌어당겨 품에 안으며 달랜다.

"그를 생각한다면 이제 그만 놓으시오. 그대도 그대의 힘이 뭔지 알고 있지 않소? 그대가 이리 슬픔을 안고 있는 한 그도 쉽게 마음을 비우지 못할 거요."

"알아요. 아는데……. 그냥 그를 딱 한 번만 봤으면 좋겠어요. 그럼 말해줄 텐데요. 마음을 비우는 것도 사랑의 한 방법이라고. 그가 나를 잊고 행복을 찾아야만 내 눈물도 끝날 것 같다고… 내가 진정으로 행복해질 것 같다고……. 이런 나, 참 이기적이죠?"

여인이 새까만 눈동자에 눈물을 가득 담고 올려다보자, 남자가 여인의 어깨를 감싸며 부드럽게 다독인다.

"그렇지 않소. 또 잊은 거요? 그가 가장 원했던 것이 그대의 행복이라는 걸. 지금 이런 그대의 모습, 그는 결코 바라지 않을 거요."

"알아요. 내 아름다운 기사는 그런 사람이니까. 그래서 난 그가 안쓰럽고 그에게 더욱 미안해요. 그가… 그가 행복해지면 정말 좋겠어요."

여인이 남자의 품으로 깊숙이 얼굴을 묻으며 훌쩍인다. 그러자 남자가 고개를 하늘로 쳐들며 안은 팔에 힘을 준다.

그때 '펑' 소리와 함께 불덩이 하나가 꼬리를 길게 끌며 하늘로 솟아오른다. 그것을 시작으로 수십 개의 불덩이들이 그 뒤를 따른다. 그리고 하늘에서 일제히 터지며 화려하고 아름다운 불꽃으로 피어난다.

"에? 폭죽? 어떻게……. 우와! 멋지다!"

여인의 눈이 휘둥그레지며 연달아 감탄사가 터져 나온다.

“마음에 드오? 대내관의 작품이라오. 그대 생일 선물이라나.”

“아이참, 아저씨도……. 그치만 멋져요.”

“7년 만에 성공한 게 뭐가 멋지다고…….”

남자가 눈썹을 찌푸리며 불퉁하게 한마디 툭 던진다. 이에 여인이 뭐라고 하기도 전에 어린 소녀의 말간 웃음소리가 터져 나온다.

“캬하하하! 아빠, 또 샘내신다.”

“쉿! 라야, 그 말은…….”

소년이 집게손가락으로 소녀의 입술을 누르며 남자의 눈치를 살핀다. 그 사이에 여인이 슬쩍 눈물 자국을 닦은 후 식탁으로 달려가 아이들을 부른다. 그러곤 아이들이 다가오자 팔을 뻗어 한 팔에 하나씩 안고 환하게 웃는다. 이에 남자가 여인 모르게 안도의 숨을 내쉰다.

“생일 때마다 매번 이리도 조마조마하니……. 오늘 밤에도 침실에서 쫓겨나겠군. 젠장! 이게 지금 몇 년째야? 끝까지 속을 뒤집어놓는군, 하늘의 기사 세피르 쥬 라노스!”

불퉁한 표정으로 혼잣말을 하는 남자의 차가운 청회색 눈동자에 불꽃이 일렁인다. 그리고 연이은 여인의 부름에 응해 성큼성큼 걸어가는 남자의 머리 위에서 또다시 폭죽이 크게 터진다.

아사는 하늘로 퍼져 나가는 색색의 불꽃들이 마치 별꽃 우산 같다고 생각했다. 그리고 짜랑짜랑 울려 퍼지는 여인의 웃음소리가 그 위에서 튀는 빗방울처럼 느껴져 왠지 가슴이 조금 답답해졌다.

“세르 님, 세르…….”

아사는 너무나 슬프게 들리는 여왕님의 목소리에 놀라 생각에서 깨어났다. 여왕님이 수정구 속 여인의 얼굴을 쓰다듬는 루하님을 절망 어린 눈으로 바라보고 있었다. 그들을 가로막고 있는 투명한 벽에 맞닿아 있는 여왕님의 손도 눈에 띄게 떨린다.

'쿵' 하고 여왕님의 주먹이 투명한 벽에 부딪친다. 한 번, 두 번, 세 번……. 그렇게 벽을 치던 여왕님의 고운 주먹이 기어이 터지며 핏방울이 방울방울 떨어진다. 그 모습에 아사는 처음으로 인간 여인 가야가 미워졌다. 그리고 차마 그 모습을 보지 못하고 고개를 돌렸다.

그러나 아사는 펑! 펑! 하고 연이어 들리는 폭발음에 놀라 다시 여왕님 쪽으로 고개를 돌렸다. 그리고 루하님이 만지던 수정구가 박살나고, 루하님과 여왕님 사이를 가로막고 있던 투명한 벽이 터져버렸다는 것을 알았다.

그런데 여왕님도 놀란 듯 주먹을 뻗은 상태로 멈춰 있는 걸 보니 여왕님이 한 일도 아닌 모양이다.

그때 루하님이 뚜벅뚜벅 걸어와 여왕님의 피 묻은 손을 보며 혀를 찬다.

"손에 상처가 났습니다. 참 미련하십니다."

"아, 그게……."

여왕님이 얼굴을 붉히며 손을 빼려 한다. 그러나 루하님이 꽉 잡고 놓아주지 않는다. 그러곤 흐르는 피를 닦아내다 피가 멎지 않자 눈썹을 찌푸린다.

"세르 님, 괜찮습니다."

"제가 안 괜찮습니다."

루하님이 단호하게 대꾸한 후 머리에 묶여 있는 검은색 머리끈을 풀어낸다. 그러자 높이 올려 묶은 찬연한 금발이 풀어져 내려 허리 아래에서 찰랑인다. 마치 천사들이 내뿜는 금빛 후광 같다.

루하님이 두 겹으로 접힌 머리끈을 납작하게 펴서 여왕님의 상처 난 손을 싸맨다.

“세르 님, 이 머리끈은 그녀가 만들어준…….”

“괜찮으니 신경 쓰지 마세요. 일단 이곳에서 나가는 것이 먼저입 니다.”

“이곳이 어딘지 아는 거예요?”

“예. 방금 깨달았습니다. 지금 저 막 뒤에는 꼬마 아가씨가 있을 테고 바깥에서는 수한 형님이 힘을 쓰고 계시겠지요.”

“아!”

여왕님이 눈물을 글썽인다. 루하님이 그런 여왕님의 손목을 잡고 아사가 있는 쪽으로 성큼성큼 걸어온다.

“꼬마 아가씨, 밖에 있지? 결계를 부술 거다. 위험하니 뒤로 물러 서렴.”

아사는 루하님의 말에 얼른 뒤로 물러섰다.

잠시 후 ‘펑’하는 소리와 함께 아사의 앞을 막고 있던 투명한 막이 부서져 나갔다. 아사는 여왕님과 루하님에게 달려가 그들이 내미는 손을 하나씩 잡고 매달렸다.

“시간이 얼마나 흘렀습니까?”

“2미큐가 다 되었어요.”

“이런, 빨리 나가야겠군요.”

그러나 루하님의 말이 채 끝나기도 전에 바닥이 크게 흔들렸다. 만약 루하님과 여왕님이 아니었다면 아사는 넘어져 크게 다쳤을 것 이다.

눈앞의 땅에서 새까맣고 날카로운 가시들이 바닥을 뚫고 솟아올 랐다. 이에 루하님과 여왕님이 아사의 양팔을 잡고 멀리 물러났다.

새까만 가시덩굴이 가지에 가지를 쳐서 빽빽한 가시 울타리를 만들기 시작했다. 그리고 그 안에 있는 부드러운 가시들이 뭉쳐 반원형의 오목한 모양을 이루었다

그 안에 농구공만 한 크기의 새까맣고 반질반질한 알이 놓여 있었다.

"이런! 흑정란(黑精卵)?"

"맞아요. 그것도 살아있어요."

"하아, 암흑요정왕의 알이 진짜 있었다니! 그렇다는 것은 저것을 수호하는 암흑요정 블랙홀의 일족이 더 있다는 건데……."

"네. 최소한 넷은 될 것 같아요."

"일 났군."

아사는 여왕님과 루하님의 얼굴이 무섭게 굳어지는 것에 주눅이 들어 아무것도 묻지 못하고 눈치만 살폈다.

"세르 님, 여기는 제가 맡을 테니 인간 여자아이를 데리고 밖으로 나가세요."

"그럴 수 없습니다."

"왜요? 지금 저를 믿지 못하는 건가요?"

"믿음 문제가 아니지 않습니까? 시에라의 권능을 제대로 쓰지 못하는 이곳에서 블랙홀의 일족을 넷이나 상대하기엔 무리라는 밀입니다."

루하님의 말에 아사는 불안해져 그들을 번갈아 바라보았다.

"세르 님, 만약 암흑요정의 왕이 깨어나면 반쪽짜리 힘을 가진 정목은 말라죽고, 요정계 서쪽은 암흑으로 물들게 될 거예요. 그러기 전에 알을 깨뜨려야 하는데 그것을 깰 수 있는 것은 오로지 시에라의 힘뿐이죠. 더 큰 문제는 알의 부화 시간이 가까워졌다는 기예요.

어쩜 지금 당장이 될 수도 있어요.”

여왕님의 말에 루하님이 마지못한 표정으로 고개를 끄덕였다.

“알겠습니다. 제가 이 아이를 데려다 주고 올 때까지 무탈하셔야 합니다.”

“그럴게요. 이래 봬도 『시에라』의 주인이자 특급 전사랍니다. 게다가 사랑하는 루하까지 있는 몸인걸요. 참으로 행복하게도 말이죠.”

여왕님이 눈부시게 환한 미소를 지으며 말하자 루하님이 못 말리겠다는 듯 쿡 웃었다.

이에 같이 따라 웃던 아사는 곧 자신이 그들의 짐이 되었다는 것에 미안한 마음을 금치 못했다. 그래서 차마 그들을 마주 보지 못하고 고개를 돌렸다가 가시덤불 둥지 속에 있는 알의 변화를 발견했다.

“어라? 알이 조금 움직였어요!”

아사의 외침이 채 끝나기도 전에 알이 또 한 번 흔들렸다. 그리고 그것을 본 여왕님과 루하님의 얼굴이 동시에 어두워졌다.

“맙소사! 생각보다 빠르네요. 세르 님, 어서!”

“알겠습니다. 아사, 이리 오렴!”

아사는 루하님에게 달려갔다. 그리고 그가 내민 손을 잡고 여왕님을 돌아보았다.

“우와!”

아사는 탄성을 터뜨렸다. 어느새 몸에 딱 맞는 은색 갑주 차림에 양쪽 끝이 둥근 은색 봉을 들고 전투태세를 갖추고 있는 여왕님이 너무 멋있었기 때문이다.

붕―

여왕님의 봉에서 눈부신 은빛이 터져 나왔다. 그것은 곧 일직선으로 뻗어 나가 아름다운 빛의 길을 만들었다.

루하님이 아사의 손목을 꽉 잡고 그쪽으로 뛰기 시작했다. 그 짧은 순간에 뒤를 돌아봤던 아사는 여왕님의 진하늘색 눈동자에 가득한, 요정계와 루하님을 지키겠다는 강한 의지와 각오를 읽고 가슴이 뭉클해졌다. 그리고 자신의 할 일이 없다는 것에 풀이 죽어 루하님이 이끄는 대로 열심히 따라갔다.

얼마나 그렇게 달렸을까? 빛의 길이 끝나고 그 앞에 직사각형의 문 하나가 나타났다. 그러자 루하님이 아사의 손을 놓고 등을 살짝 밀어 빛의 길 아래로 내려서게 했다.

"세르 님?"

아사는 의아한 표정으로 길 위에 서 있는 루하님을 올려다보았다가 그만 가슴이 덜컥 내려앉았다. 루하님의 눈빛도 여왕님과 비슷했던 것이다.

"아사, 한눈팔지 말고 문까지 똑바로 달려야 한다. 끝까지 데려다주고 싶지만 아무래도 불안해서 말이지."

"에? 뭐가요?"

"내가 이곳에서 내려서면 그녀가 이 길을 끊어버릴 것 같아."

아사는 여왕님이라면 충분히 그럴 수 있다고 생각했다. 루하님이 다치느니 차라리 자신이 잘못되는 것이 낫다고 생각할 분이니까 말이다.

"하지만……."

"괜찮다, 꼬마 아가씨. 곧 뒤따라 갈 테니 걱정 말고 먼저 가거라. 이런, 길이!"

아사는 루하님의 예감이 맞았다는 것을 알았다. 갑자기 빛의 길이 흐릿해지고 있었던 것이다.

"아사, 뛰어! 수한… 파이포니아……."

루하님의 말이 빠르게 멀어진다. 그런데도 아사는 감히 뒤를 돌아볼 엄두를 내지 못했다. 눈앞에 보이는 문이 일렁이며 사라지려고 했던 것이다.

아사는 앞뒤 잴 것 없이 냅다 뛰었다. 그리고 아득히 먼 곳에서 뭔가 '펑, 펑' 터지는 소리를 들으며 서서히 닫히고 있는 문틈으로 몸을 날렸다.

✳ ✳ ✳

여왕은 인간 소녀의 손목을 잡고 달리는 세피르를 보며 안도의 숨을 내쉬었다. 그가 소녀의 안전을 위해서 어쩔 수 없이 밖으로 나가리라는 것을 알면서도, 만에 하나 가지 않겠다고 고집을 부리면 어떻게 하나 마음을 졸인 것은 사실이기 때문이다.

여왕은 그의 등을 향해 손을 뻗고 싶은 것을 애써 참으며 흑정란이 있는 쪽으로 돌아섰다. 그리고 생각보다 힘든 싸움이 될 거라는 사실에 시에라의 홀을 쥔 손아귀에 힘을 주었다.

흑정란은 암흑요정왕이 될 알을 일컫는 말로 색깔이 검고 크기도 보통 요정 알보다 더 크다. 알의 상태로 보내는 기간도 더 긴데, 그 기간이 길면 길수록 강한 힘을 가진 왕이 태어난다.

그런데 가시덤불 둥지 속에서 깨어날 준비를 하고 있는 알은 겉껍질의 무늬로 보아 아무리 적게 잡아도 백 년은 되어 보인다. 그렇다는 것은 이 알이 『영혼의 별』이 없는 상태에서 정목이 힘을 잃은 시기를 틈타 왕도로 숨어들었고, 보통 알의 두 배에 가까운 세월 동안 왕도의 지하에 있는 음기를 흡수하여 자랐다는 뜻이 된다.

이로써 여왕은 보지 않았음에도 불구하고 세피르와 그것들 사이에 무슨 일이 일어났는지 짐작할 수 있었다.

'암흑요정왕의 수호 정령인 블랙홀은 알이 깨어날 조짐을 보이자 어둠의 강을 움직여 '물의 뿌리'로 이동하고 있었을 것이다. 그러다 세르 님이 잃어버린 무한대 물품 보관 상자를 발견했고, 그 상자 속이 곧 깨어날 흑정란을 모실 가장 안전한 장소라는 것을 알고 가져가려 했겠지.'

여왕은 깊은 한숨을 쉬곤 다시 생각에 빠졌다.

'상자를 찾으러 왔던 세르 님은 블랙홀의 속셈을 알고 그것을 제지하기 위해 스스로 상자 속으로 들어갔을 것이다. 자칫하면 가야 그녀의 환상에 빠져 마음이 찢어지는 아픔을 겪을 각오를 하고……'

여왕은 이를 악물었다. 그러곤 앞을 겹겹이 가로막고 있는 가시덤불을 없애며 알을 향해 성큼성큼 다가갔다.

블랙홀이 이렇게 빨리 상자의 힘을 자신의 것으로 할 수 있다는 것은 그만큼 지금 깨어날 흑정란이 강하다는 뜻도 된다. 그래서 어지간한 힘으론 그것을 깨트리기 힘들 테고, 만약 단번에 성공하지 못하면 암흑요정왕의 수호 정령인 블랙홀 일족들의 공격을 받게 될 것이다.

물론 이곳이 요정의 영역이라면 전혀 문제 될 게 없다. 그러나 이곳은 인간의 영역이고, 그들은 먼저 주인의 자리를 차지했다. 그랬기에 요정계의 주인인 그녀도 이곳에서는 한갓 낯선 이에 불과한 셋이나.

여왕은 이제 제법 움직임이 커진 흑정란을 노려보았다. 그러곤 시에라의 홀에 힘을 가득 채운 후 그것을 겨냥하여 쏘았다. 그 순간 알이 크게 움직였다. 그 바람에 여왕의 공격은 알의 한 귀퉁이에 떨어졌다.

여왕은 혀를 차며 다시 한 번 힘을 모았지만 이미 늦었다. 알을 감싸고 있는 가시덩굴의 네 방위에서 검은 그림자가 솟아올라 여왕의 두 번째 공격을 막아낸 것이다.

여왕은 그들이 바로 암흑요정왕의 수호 정령인 블랙홀 일족의 특급 전사들이라는 것을 한눈에 알아보았다. 그들은 한쪽이 조금 바스러진 알을 보호하듯 그 주변에 빙 둘러서서 여왕을 노려보았다.

여왕은 그들이 완전한 모습을 갖추고 있는 것을 보며 짧게 신음했다. 이는 그들이 힘을 온전하게 되찾았다는 것을 의미했기 때문이다. 그리고 이 사실은 여왕에게 세 가지 큰 부담을 주었다.

먼저 무한대 물품 보관 상자 밖의 수한이 파이포니아와 힘을 합쳐 상자 안팎의 힘의 균형을 유지할 때까지 이곳의 결계가 터지지 않도록 지탱해야 한다는 것이다. 또한 블랙홀 일족의 전사들과 싸우고, 그 와중에 알이 깨어나는 것까지 저지해야 한다.

그러나 무슨 일이 있어도 해내야 했다. 만약 암흑요정왕이 깨어나 버리면 요정계의 균형이 깨지고, 이로 인해 빠르게 고갈되는 생명의 힘을 지키기 위해 『영혼의 별』인 그는 지금보다 훨씬 더 힘들게 될 것이기 때문이다.

'그건 안 될 일이지.'

여왕은 시에라의 홀에 힘을 불어넣으며 블랙홀 전사들 사이로 뛰어들었다.

여왕과 그들과의 치열한 싸움이 시작되었다. 대요정수의 가호와 시에라의 권능이 억눌린 상태에서의 싸움은 여느 때보다 힘겨웠고, 시간이 갈수록 여왕의 몸은 블랙홀 일족의 날카로운 어둠의 칼날에 의해 상처가 늘어났다. 그러나 여왕의 투지는 결코 누그러들지 않았다.

빠지직—

어느새 바스러진 한쪽을 재생한 흑정란이 다시 부화의 몸짓을 시작했다. 여왕은 초조하고 다급해졌다.

‘할 수 없군. 살을 내어주고 뼈를 얻는 방법을 쓸 수밖에…….’

여왕은 마음을 다잡았다. 지금 하려는 일로 깊은 부상을 입더라도 놈들을 해치우고 알의 부화를 늦출 수 있다면 해볼 만하다고 생각했던 것이다.

여왕은 몸 안에 남은 힘을 모두 끌어올렸다. 그리고 가운데에서 달려드는 블랙홀 전사의 앙가슴을 오른발로 힘껏 차올렸다. 그가 휘청하며 나자빠지는 순간 시에라의 홀을 왼손으로 옮겨 왼쪽에서 달려드는 놈의 눈을 찌르고, 비어버린 오른손으로 품속에 숨겨놓은 단검을 꺼내 오른쪽에서 달려드는 놈의 목 줄기를 베었다. 이어 이마의 시에라 문양 속에 숨긴 마지막 힘을 터뜨려 한창 부화하고 있는 알의 핵을 부수었다. 여왕의 이 모든 동작은 눈 깜짝할 사이에 이루어졌고, 다행히 성공했다.

여왕은 알이 ‘파삭’ 하고 깨지는 소리를 들으며 최대한 몸을 틀었다. 네 번째 전사의 공격으로부터 심장을 보호하기 위해서다. 그리고 날카로운 통증을 각오하며 이를 악물었다. 그러나 옆구리나 허리에 통증은 오지 않았다. ‘깡’ 소리와 함께 금색의 검이 네 번째 전사의 검을 쳐냈기 때문이다.

“황금검?”

여왕의 아름다운 진하늘색 눈농자가 잘세 띨렸다. 그 와중에도 그녀의 단검은 황금검과 협공을 이루어 네 번째 선사의 가슴을 베고 있었다.

“괜찮으십니까?”

깊고 푸른 눈동자가 염려를 가득 담고 내려다본다. 그의 이마에 맺힌 땀방울과 가쁜 숨결이, 그가 얼마나 급하게 달려왔는지를 알려준다. 이에 여왕은 눈시울이 뜨거워져 미치 대답을 하지 못했다.

“시에라! 많이 다친 겁니까?”

“아니, 아닙니다. 분명 인간 소녀와 문밖으로 나갔으리라 생각했는데 어떻게…….”

그러나 여왕은 말을 끝까지 맺지 못했다. 세피르의 커다란 손이 그녀의 머리에 툭 닿았고, 이내 엄한 질책의 말이 떨어졌던 것이다.

“잘도 그런 생각을 하셨단 말이지요? 이 위기 상황에 무슨 똥배짱이라고 저를 내보낼 생각을 하신 겁니까? 그리도 제가 우스우셨습니까? 그리도 제가 미덥지 못하셨던 겁니까? 아니면 천한 인간 남자라 같이 있을 가치도 없다고 생각하신 겁니까?”

지금까지 십여 년이 훌쩍 넘게 그와 같이 있었지만 저렇게 화난 얼굴을 한 번도 본 적이 없었던 여왕은 그저 입을 벌린 채 아무 말도 하지 못했다. 그러자 세피르가 한숨을 쉬더니 조금 누그러진 음성으로 말을 이었다.

“저를 언제까지 강한 공주에게 보호받는 연약한 왕자 취급을 하실 생각입니까? 저도 사내입니다. 그러니 조금은 믿어보십시오.”

“연약한 왕자 취급한 적 없습니다. 단 한 번도 사내가 아니라고 생각한 적도 없습니다. 그리고 믿지 못한 게 아니라… 저, 그게…….”

여왕은 이글거리는 푸른 눈동자에 절로 말끝을 더듬었다. 그러다 왠지 억울해져서 뒤늦게 버럭 소리를 높였다.

“그럼, 어떡해요? 당신은 내 심장이나 마찬가지인데! 당신이 잘못되면 나도 더 이상 숨을 쉬지 못하는데! 그럴 바엔 차라리 내가 죽는 게 나아! 당신은 그것도 모르니까 그런 말을 하는 거라고! 이 무심하고 외골수에 바보 같은 인간 남자야!”

세피르의 푸른 눈동자가 순간 짙어졌다. 그 신비로운 색깔의 변화에 여왕은 홀린 듯 눈동자 속의 짙푸른 바다를 들여다보았다. 그리고 그의 입가에 어리는 찬연한 미소에 넋을 잃었다.

"제가 당신의 심장이라고 했나요? 그럼, 당신은 죽으면 안 되겠군요. 당신이 죽으면 당신의 심장인 나도 멈출 테니까."

"아!"

"자, 심장 타령은 그만 하고 여기서 먼저 나갑시다. 진짜 이곳에 몸을 묻을 생각이 아니라면 말입니다."

여왕은 세피르가 가리키는 주변을 바라보며 정신을 차렸다. 주변에 크고 작은 금이 쩍쩍 가고 있었다. '우르릉' 소리와 함께 바닥도 제멋대로 흔들린다. 밖에서 수한과 파이포니아가 힘을 합해 힘의 균형을 맞춘 것 같지만 붕괴가 이루어지고 있는 속도로 보아 이제 그 힘도 바닥에 이른 모양이다.

"자, 빨리!"

세피르가 손을 내밀며 채근한다. 그러나 여왕은 고개를 저으며 그 손을 잡지 않았다.

"뭐하는 겁니까? 지금 나가지 않으면……."

"죽겠죠. 하지만 나가고 싶지 않아요."

"아니, 왜요?"

여왕은 세피르의 다급해 보이는 모습을 바라보며 잔잔하게 웃었다.

"여기에서 나가면 당신은 또 마음의 문을 닫겠죠. 그리고 한 사람만 가슴에 담은 채 뒤돌아보지 않고 살아가겠죠. 그러면 나는 그런 당신의 등만 바라보며 하염없이 뒤따라가겠죠. 그렇게 다시 시작될 평행선 걷기를 나는 더 이상 감당할 자신이 없어요."

"시에라!"

"그래요. 시에라… 당신에게 있어 나는 여성 '스노토라'가 아닌 여왕 '시에라'죠. 언제나… 영원히……."

‘우르릉’ 소리가 가까워져 온다. 주변은 더 이상 갈라질 곳도 없이 실금으로 가득해 그대로 파삭 무너져 내린다 해도 믿겨질 정도다. 그런데도 여왕의 얼굴에는 단 한 점의 두려움도 보이지 않았다.

그런 여왕의 모습을 보며 세피르가 ‘하아’ 하고 깊은 한숨을 쉬었다.

“도대체 내가 어떻게 해주기를 바라는 겁니까? 아니, 무엇을 원하는 겁니까?”

“말하면 들어주기라도 할 건가요?”

“말이라도 해 보세요.”

여왕은 그의 이글거리는 푸른 눈동자를 곧게 마주하며 또박또박 말을 이었다.

“내 소원은 그대와 혼인하는 겁니다. 그리하여 그대의 곁에 서서 희로애락을 함께하며 시간의 은총에 들 때까지 그대만을 변함없이 사랑하는 겁니다. 하지만 그대는 받아주지 않을 테니 부질없는…….”

“받아주겠습니다. 이곳을 나가면!”

“그래요. 나가면 받아주지… 예?”

“까짓것 받아준다고요. 그 혼인!”

여왕은 귀를 의심하며 세피르의 얼굴을 살폈다가 그만 입을 떡 벌렸다.

“진, 진짜죠?”

“예.”

“절대 무르기 없기입니다.”

“예. 하지만 무르자고 하면…….”

“안 무릅니다!”

“일단 여기서 살아나는 게 먼저일 것… 윽!”

여왕은 세피르를 와락 껴안고 씩씩하게 외쳤다.

"당연히 살 겁니다. 명부의 사자가 온다 해도 우리를 어쩌지 못할 겁니다. 갑니다, 세르 님!"

여왕이 여덟 장의 날개를 활짝 펼치며 빛살처럼 빠르게 위로 치솟았다. 이윽고 앞이 보이지 않을 만큼 부서져 내리는 파편들 속에서 시에라의 홀의 은빛과 황금검의 금빛이 번쩍였고, 이어 늘씬한 두 모습이 공간 밖으로 빠져나갔다.

✻ ✻ ✻

아사 일행은 무사히 왕궁으로 돌아왔고, 루하님의 생일 축하 행사는 여왕님의 명으로 모두 취소되었다. 여기에는 다른 요정들이 알 수 없고 아직 알아서는 안 되는 중요한 사정이 있었다. 그것은 루하님이 대요정수의 부름을 받고 수한 님과 함께 카란소도로 부랴부랴 떠났다는 것이다.

여왕님은 왕도 내에 있는 모든 물을 검사해서 정화하고 결계를 치는 작업을 지휘했다.

미수는 시에라의 세 번째 『수호하는 검』인 하리화에게 추적술을 배우느라 바빴다. 이는 그녀가 왕궁에 이틀 동안 머무른 후 다시 떠나겠다고 했기 때문이다.

아사 남매는 주인 없는 루하 궁에 손님으로 머물렀다. 그러나 궁에 오면 꼭 들르던 곳이었고, 아로아와 미수도 있었기에 심심하지는 않았다.

남매가 루하궁에 머문 지 사흘째 되는 날, 루하님과 수한 님이 돌아왔다.

하리화가 떠남으로써 공부가 끝난 미수도 때맞춰 일이 끝난 여왕님과 같이 루하궁으로 넘어왔다. 그리고 피치 못할 일로 이미 넘어간 버린 루하님의 생일 축하 잔치를 간단하게 하기로 했다.

여왕님과 루하님, 아로아네 가족, 수한 님과 미수, 그리고 아사 남매는 루하궁의 아름다운 정원에서 모처럼 느긋하고 편안한 저녁 식사 시간을 가졌다. 그리고 식후 과일과 차를 즐기던 중 놀라 뒤로 넘어갈 뻔한 소식을 여왕으로부터 듣게 되었다.

"지, 지금 뭐라고 한 거냐?"

수한 님이 덩치에 어울리지 않게 몸을 떨며 말을 더듬었지만 웃는 요정들은 없었다. 다른 요정들의 반응도 수한 님 못지않았던 것이다. 이는 아사 남매도 마찬가지였다.

"세르 님과 혼인하기로 약조했다고 했습니다만."

"그게 너 혼자 되는 일이냐?"

"세르 님도 이미 허락하신 일입니다."

수한 님이 저만치 떨어진 정자에서 우아하게 차를 우리고 있는 루하님을 힐끗 보곤 믿을 수 없다는 듯 다시 물었다.

"진짜냐? 혹시 네가 협박한 건 아니고? 아니면 무한대 보관 상자 속에서 그를 덮쳤거나……."

"오라버니!"

여왕님이 벌떡 몸을 일으켰다. 그리곤 아주아주 예쁘게 웃으며 시에라의 봉을 빼 들었다.

"뭐, 뭐냐? 그 무식한 무기는 왜 빼 드는 건데?"

"입이 무지 험한 곰 한 마리가 있어서 말입니다. 그 곰을 제가 사냥할 생각인데 오라버니도 적극 협조해주시면 감사하겠어요."

"설마 그 곰이라는 게……."

"왜 아니겠습니까?"

“헉! 잠깐! 으아악!”

수한 님이 정확히 자신의 가슴을 노리고 있는 시에라의 홀의 방향에 놀라 날개를 펼치고 날아올랐다. 그러나 여왕님은 한 치의 망설임도 없이 그런 수한 님을 향해 은빛 기운을 쏘아 올렸다.

곰이 포효하는 듯한 수한 님의 울부짖음이 루하궁의 정원에 울려 퍼지는 동안 어른 요정들과 아이들은 고개를 절레절레 저었다. 이에 영문을 모르는 루하님만 고개를 갸웃거리다 이내 얼굴을 굳히며 낭랑한 목소리로 외쳤다.

“시에라, 수한 형님! 이 이상 정원의 꽃과 나무들을 괴롭히면 한 달간 루하궁 출입금지를 시키겠습니다.”

그 순간 갑자기 조용해지는 정원을 보며 아이들은 물론 어른 요정들까지 웃음을 터뜨리고 말았다. 이어 아사 남매는 루하님의 손끝에서 부러지고 꺾인 나뭇가지와 꽃들이 다시 싱싱하게 되살아나는 것을 보며 ‘오’ 하고 탄성을 터뜨렸다.

그날 밤 잠자리에 들기 전, 아사는 팔찌에 변화가 생겼다는 것을 알아차렸다. 마지막 여섯 번째 보석의 틀이 황금색으로 물들어 있었던 것이다. 보석은 아직 투명해서 누구의 행복이 진행 중인지 확실치는 않았다. 그러나 아사는 왠지 누구 것인지 알 것 같았다.

“그나저나 이건 누구의 행복이지? 노통 감이 안 가네.”

아사는 보석을 받치는 틀만 보라색으로 물들었을 뿐 아직 투명한 네 번째 보석을 내려다보며 고개를 갸웃거렸다. 아사는 두 개의 보석이 진행 중이라는 게 아쉬웠지만 가능성이 생겼다는 것만으로 만족하기로 했다.

“에이, 모르겠다. 아직 여섯 달 남짓 남았으니 어떻게 되겠지. 그래, 잘 될 거야.”

아사는 창문 밖으로 보이는 붉은 달과 푸른 달, 그로 인해 신비로운 보랏빛을 띠는 세상을 멍하니 바라보다 눈을 사르르 감았다.

❋ ❋ ❋

무한대 물품 보관 상자 사건 이후 어느덧 한 달이 훌쩍 흘러갔다. 그 사이에 있었던 가장 큰일이라면 루하님이 여왕님에게 청혼을 했다는 것이고, 여왕님이 그 청혼을 받아들였다는 것이다. 그리고 일 년 중 가장 달빛이 아름답다는 세르의 계절 주에의 달 열나흘날(10월 14일)이 혼인 날짜로 잡혔다.

그 소식을 들은 날, 아사는 아사한 나무 울타리 밑에 웅크리고 앉아 온종일 울었다. 마음속으로 루하님을 엄청 좋아한 것은 사실이었기 때문이다. 이에 한이 안절부절 어쩔 줄 모르며 왔다 갔다 하는 동안, 미수는 호숫가의 울창한 나무숲에 숨어 그런 아사를 지켜보았다.

❋ ❋ ❋

"세르 님!"

아사는 함박웃음을 지으며 황금새의 등에서 뛰어내리는 루하님에게 달려갔다. 이에 뒤따라 내려 날개를 접은 수한 님이 짐짓 상처받았다는 표정으로 한마디 했다.

"아사, 이제 나는 보이지도 않는다는 거지?"

"에이, 설마요. 수한 아저씨도 어서 오세요."

아사는 그에게 인사를 하는 둥 마는 둥 하고 루하님이 들고 있는 상자를 넘어다보았다. 그러자 루하님이 빙그레 웃더니 상자를 아사에게 건네주었다. 그곳에는 부드러운 천으로 뿌리가 있는 곳을 칭칭 동여맨 꽃 몇 포기가 담겨 있었다.

"에? 이 꽃들은 뭐예요? 처음 보는 꽃들인데?"

"당연하지. 푸른 바람의 언덕에서 가져온 거니까."

아사는 수한 님의 말에 루하님의 눈치를 슬쩍 살폈다. 그리고 수한 님의 말이 사실이라는 것에 눈을 동그랗게 떴다.

푸른 바람의 언덕은 요정계와 인간계의 경계가 겹칠 때가 있었던 시절에 인간계와 가장 가까웠던 땅으로, 지금은 요정계에서 볼 수 없는 인간계의 식물들이 있는 유일한 곳이다. 그래서 인간계를 그리워하는 루하님이 가지 않는 곳이라는데 어쩐 일인지 이번에 그곳으로 가서 꽃을 가져온 것이다. 그것도 무려 네 종류나 말이다.

아사는 작고 사랑스러운 꽃들이 담겨 있는 상자를 화단의 한쪽에 조심스럽게 내려놓았다.

그때 미수와 마루, 유지와 한이 목검을 하나씩 메고 마당으로 들어섰다. 모두 땀투성이인 걸 보니 꽤 오랫동안 연습을 한 모양이다.

"세피르 님!"

"수한 님!"

소년들이 환하게 웃으며 그들에게 달려갔다. 그러나 아사의 활짝 펼친 양팔에 의해 가로막혔다.

"모두 스톱! 씻지도 않고 어디 우리 세피르 님을 만지려고! 수한 이씨는 만져도 괜찮지만."

"윽! 누나, 그거 편애다."

"내 맘이거든. 모두 뒤로 돌아! 우물가로 간다, 실시!"

아사의 딱 부러지는 호령에 소년들은 투덜거리면서도 일제히 우물가로 가서 더러워진 몸을 씻기 시작했다.

그것을 본 수한 님이 덩치에 어울리지 않게 개구쟁이 소년처럼 낄낄 웃었다. 아사는 그런 수한 님을 모른 체하며 루하님의 일을 도왔다.

루하님이 네 종류의 꽃을 예쁜 화분에 정성스럽게 옮겨 심었다. 이에 아사는 더 이상 참지 못하고 물었다.

"누구에게 주려고 이렇게 정성을 들이는 거예요?"

"아주 아름다운 사람……."

아사는 빙그레 웃으며 대답하는 루하님의 얼굴이 왠지 슬퍼 보인다고 생각하여 꽃 화분에 골고루 물을 주었다.

그때 비에 씻긴 풀잎처럼 말갛게 씻은 소년들이 아사의 곁으로 몰려와 꽃 화분을 구경했다. 그러다 수한 님이 나무에 기대서 있던 몸을 세우며 하늘을 보자 일제히 그곳을 바라본다.

하늘이 찢기듯 벌어지더니 시에라의 『지켜보는 새』 티엔이 나타난다. 그녀는 수한 님에게 나뭇잎 편지 하나를 건넨 후 다시 사라진다.

한 폭의 두루마리로 변한 나뭇잎 편지를 쓱 훑어본 수한 님이 장난스럽게 웃으며 루하님을 바라보았다.

"세르, 어떡하냐? 혼인식을 불과 이틀 남긴 신랑이 사라졌다고 루하궁이 발칵 뒤집혔다는데. 그 때문에 국혼 준비 위원회의 실무자들이 모두 뒷목을 잡고 쓰러졌다는군. 덕분에 루하님을 모시고 눈썹이 휘날리게 날아오라는 여왕님의 지엄하신 분부가 떨어졌어."

"그냥 혼인하면 되는데 무에 그리 준비할 게… 윽!"

아이들은 세찬 바람에 일제히 눈을 감았다가 떴다. 그리고 독수리가 병아리 잡아채듯 루하님을 잡은 수한 님이 왕궁 쪽으로 날아가는 것을 보았다.

"아사! 내 화분 좀 맡아주겠니?"

루하님의 목소리가 하늘가에서 아련하게 들려왔다.

"네! 걱정 마세요, 세르 님!"

아사는 손나발을 하고 씩씩하게 외쳤다. 그러곤 네 개의 화분을 안전한 곳으로 옮기기 위해 돌아서다 기겁을 했다. 유지가 화분들을 하나씩 들었다 놓으며 뭐라고 중얼거리고 있었기 때문이다.

"뭐야? 깨지기 전에 그거 내려놔!"

아사는 유지에게 달려가 그의 손에 들린 마지막 화분을 빼앗았다. 덕분에 유지가 하는 말의 끝 부분을 제대로 들을 수 있었다.

"'나를 잊지 마세요'라니 그게 뭔 소리야?"

"이 꽃의 꽃말……."

"에? 그럼 저 꽃들도 다 꽃말이 있는 거야?"

"당연하지. 하지만……."

유지는 입을 꾹 다물었고, 아사가 아무리 물어봐도 더 이상 대답하지 않았다. 이에 화가 난 아사는 두 개의 화분을 한에게 맡기고 자신도 나머지 화분을 양손에 한 개씩 나누어 쥐었다. 그러곤 마루가 눈치 빠르게 열어준 현관문으로 나가 버렸다.

"아사, 화났다. 왜 가르쳐 주지 않은 거냐?"

"불안해서……."

미수의 물음에 유지가 짤막하게 대꾸했다. 그러자 미수가 조심스럽게 한마디 덧붙인다.

"만일을 대비해 그분께 알려야 하는 것 아냐?"

"확실치도 않은데 괜히 말했다가 상처받으시면 어떡해?"

미수와 유지는 서로 마주 보았다. 그러다 누가 먼저랄 것 없이 깊은 한숨을 쉬었다.

이렇게 두 소년이 우려했던 일은 생각보다 빨리 일어났다. 그것도 다른 곳이 아닌 바로 루하궁에서 말이다.

  아사는 세차게 내리는 푸른 비를 맞으며 루하궁의 정원에 서 있는
여왕님의 모습에 안절부절 어쩔 줄을 몰랐다. 그리고 뭔가 이상해
보였던 루하님에게 아무것도 묻지 않고 네 개의 화분을 내어준 일에
대해 땅을 칠 만큼 후회하고 있었다.
  하지만 아사라고 어찌 알았겠는가! 루하님이 여왕님과의 혼인을 불
과 하루 앞둔 밤, 편지 한 통만 달랑 남기고 사라져 버릴지 말이다.

  다녀올 데가 있습니다.

  루하님의 유려한 글씨체로 쓴 단 한 줄의 편지에 여왕님의 얼굴이
하얗게 질리고, 수한 님이 두 주먹을 꽉 쥐며 무거운 신음을 흘렸을
때 아사는 비로소 뭔가 잘못되었다는 것을 알았다.
  여왕님이 떨리는 몸을 가누며 『시에라』의 힘을 극한까지 끌어올려
루하님의 기운을 찾았지만, 요정계 어디에서도 그의 기운은 느껴지
지 않았다.
  이에 여왕님이 바른대로 말해달라고 수한 님을 다그쳤고, 수한 님
은 외유의 구슬이 사용되었다고 솔직하게 털어놓았다. 그러자 여왕
님이 울음을 터뜨리며 루하의 정원으로 달려갔다.

❋ ❋ ❋

  축제 분위기에 빠져 있던 모든 요정들은 맑았던 하늘이 갑자기 흐
려지며 세찬 비가 쏟아지는 것에 당황했다. 그 비가 자연적인 현상

이 아니라 여왕의 슬픔과 관계가 있다는 것을 알아차렸기 때문이다.

그들은 물론 왕궁의 모든 생명체들까지 요정계의 주인인 여왕님의 깊은 절망과 슬픔을 느끼고 함께 숨을 죽였다.

밤이 깊어갈수록 여왕의 절망과 슬픔의 기운은 커졌다. 그것은 왕궁은 물론 왕도를 거쳐 요정계 전체에 영향을 미치기 시작했다. 그런데도 어느 누구도 여왕 가까이에 가지 못했다. 여왕이 결계를 쳐 어느 누구의 접근도 허락하지 않았기 때문이다.

수한을 비롯한 요정계의 고위 요정들은 여왕의 주변에 내린 결계를 깨려고 애를 썼다. 그러나 어느 누구도 성공하지 못했다.

그들이 이렇게 애를 태우고 있는 사이에도 여왕의 눈물은 그치지 않았고 그것은 비가 되어 더욱 무섭게 쏟아졌다. 그 때문에 왕궁의 모든 샘과 우물은 물론 왕도의 강물까지 넘쳐흘렀고, 그것은 곧 큰 홍수로 변했다. 그리고 탄생의 숲까지 위협하게 되자 결국 탄생의 숲을 지배하는 숲은 조정자 파이포니아 세르미가 그 모습을 드러냈다.

그녀는 수한과 힘을 합쳐 여왕의 결계를 잠시 흔들 수 있다고 했다. 그 사이에 여왕이 마음을 돌릴 만한 말을 결계 안으로 흘려 넣어야만 하는데, 그 시간이 워낙 짧아 잘해야 한두 마디를 전할 수 있다고 했다.

그들은 어떤 말을 전해야 할지 몰랐다. 여왕에게 있어 루히의 일보다 더 중요한 것이 있을 거라고는 생각지 않았기 때문이다.

이렇게 어른 요정들이 고민에 빠져 있는 동안 아이들도 열심히 머리를 굴렸다. 그렇게 얼마나 지났을까? 깊은 생각에 잠겨 있던 한이 유지에게 뭔가를 물었다. 그리고 유지의 대답에 환한 표정을 지었다.

"좋은 생각이라도 난 거야?"

아사의 물음에 한이 고개를 끄덕였다. 그러곤 어른 요정들에게 자신이 해보겠노라고 나섰다.

처음엔 많은 요정들이 펄쩍 뛰며 반대했다. 그러나 『6성을 지키는 자』 루에트와 『6궁을 지키는 자』 마륜은 물론, 요정계 제일의 현자인 『지혜의 눈』 헬파가 찬성하고, 수한과 파이포니아까지 반대하지 않자 결국 모두 따라주었다.

잠시 후, 수한과 파이포니아가 힘을 합쳐 결계를 흔들었다.

그 순간 한은 온 힘을 다해 크게 외쳤다.

“다녀올 데가 있다고 하셨다면서요! 그것은 세피르 님이 다시 돌아오시겠다는 뜻이에요.”

놀랍게도 여왕의 결계가 사라졌고, 무섭게 쏟아지던 비가 그치며 제멋대로 흘러넘치던 물이 모두 제자리로 돌아갔다. 마침내 언제 그랬느냐는 듯 초연한 모습으로 정원 밖으로 걸어 나오는 여왕을 보며 요정들은 안도의 숨을 내쉬었다.

“고맙구나, 한아.”

“아, 아니에요.”

한은 얼굴을 붉혔다. 여왕님이 다가와 한을 꼭 껴안았기 때문이다.

“그가 돌아오지 않을지도 모른다는 불안이 그의 언약에 대한 믿음을 덮어 그만 추한 모습을 보이고 말았구나. 사실 조금만 생각하면 알 수 있을 텐데 난…….”

여왕님이 잔잔하게 웃으며 주변에 둘러선 모든 요정들을 둘러보았다. 그러곤 경솔하게 생각하여 걱정을 끼치게 한 것에 대해 사과했다.

비가 그치고 선명한 일곱 빛깔 레시아(무지개)가 햇살에 빛나는 이른 아침, 왕궁은 다시 활기를 되찾았다. 이는 여왕님이 혼인식 준비를 명했기 때문이다.

여왕님은 손수 모든 일을 하나하나 살피고 지휘하며 바쁜 하루를 보냈다. 그 모습이 너무나 태연해서 요정들은 오히려 더 불안해졌다. 만약 루하님이 돌아오지 않으면 어떤 일이 일어날지 생각만 해도 끔찍해졌기 때문이다.

그렇게 쉴 없이 하루가 흘러가고 열나흘날 두 개의 달이 뜨면서 온 세상이 황홀한 연보랏빛으로 물들었다. 그럼에도 불구하고 루하님은 돌아오지 않았다. 이에 모든 요정들은 물론 아사 남매의 속도 바작바작 타들어 갔다.

그래서 그들은 혼인식에 관한 모든 준비가 끝났음에도 아직 끝나지 않은 척하며 이리저리 바쁘게 움직였다. 그러다 서로 눈이 마주치면 흠칫하며 고개를 돌렸다.

두 개의 달이 거의 중천에 왔을 무렵 아사는 아름답게 장식된 혼인식장에서 새하얀 드레스를 입고 홀로 서 있는 여왕님을 차마 내려다보지 못하고 루하님의 정원으로 달려갔다. 그리고 그윽한 향기를 풍기는 꽃그늘 사이로 숨어들어 몸을 웅크렸다.

“바보, 멍텅구리……."

“……."

“느림보, 무심둥이……."

“누가?”

“누고 누구야? 바로 세르 님……엑?”

아사는 귀에 익은 목소리에 고개를 번쩍 들었다. 그리고 고운 달빛에 물든 푸른 눈동자와 마주쳤다.

“세르 님!”

아사는 발딱 일어나 그의 품으로 뛰어들었다.

“왜 이제 오신 거예요? 여왕님이 얼마나……."

“기다리다 못해 말라 죽어간다.”

굵직하고 우렁우렁한 목소리가 아사의 말을 중간에서 끊었다. 언제 왔는지 수한 님이 여덟 장의 날개를 활짝 펼친 채 공중에 떠 있었다.

루하님이 그런 수한 님을 올려다보며 멋쩍게 웃는다.

“죄송합니다, 수한 형님. 조금 늦었습……”

“죄송이고 나발이고 우리 누이 죽기 전에 후딱 가자!”

“윽!”

아사는 수한 님의 우악스러운 손아귀에 옷자락을 잡힌 채 허공으로 끌려 올라가는 루하님의 모습을 보며 킥 웃고 말았다. 그리고 ‘탁탁탁’ 하고 경쾌한 발소리를 내며 혼인식장으로 달려갔다.

조금 전까지 여왕님만 외로이 서 있던 혼인식장은 어느새 수많은 요정들로 가득 차 있었다. 그들 역시 여왕님의 눈에 띄지 않게 숨어 있다가 수한 님이 루하님을 데리고 오는 것을 보곤 일제히 몸을 드러낸 것이다.

루하님이 수한 님의 손아귀 힘에 의해 잔뜩 구겨진 옷자락을 대강 편 후 여왕님 앞에 한쪽 무릎을 꿇고 고개를 숙였다.

“다녀왔습니다, 스노토라.”

“일어나세요, 세르 님.”

생각보다 훨씬 차분한 여왕님의 반응에 모든 요정들은 고개를 갸웃거렸다. 분명 뭐라고 한소리 하거나, 아니면 울음을 터뜨리며 루하님의 품으로 뛰어들 거라고 생각했던 것이다. 그런데 그러기는커녕 한술 더 떠서 핀잔까지 준다.

“지금 그 모습으로 저와 혼인하실 생각입니까? 당장 혼례복으로 갈아입고 오세요.”

"알겠습니다, 스노토라."

여왕님의 말에 즉각 대답하며 몸을 일으키는 루하님의 입가에 환하게 걸린 미소에 모든 요정들이 일제히 환성을 질렀다.

잠시 후, 루하님은 정령 요정 여인들의 빠른 시중에 의해 훤칠하고 멋진 신랑으로 탈바꿈했다. 그리고『지혜의 눈』헬파 님의 주례로 루하님과 여왕님의 혼인식이 시작되었다. 그리고 두 개의 달이 중천을 훌쩍 넘기고 새벽이 가까워질 때까지 이어졌다.

여왕님과 루하님의 혼인식에 참여한 많은 요정들은 귀한 술과 음식, 노래와 춤을 즐기며 한 쌍의 신랑 신부를 지켜보았다.

아사는 혼인식 내내 루하님에게서 눈을 떼지 않으며 꽃처럼 화사하게 웃는 여왕님과 그런 여왕님에게 간간이 웃어주는 루하님이 무적 잘 어울린다고 생각하면서도 왠지 허전한 마음을 감출 수 없었다. 그래서 저도 모르게 종알거렸다.

"에휴, 무조건 좋아해야 하는데 마치 잘난 아빠를 장가보내는 딸내미 심정 같아서 그다지 좋지는 않아."

아사의 혼잣말에 근처에 있던 어른 요정들이 왁자하게 웃음을 터뜨렸고, 이에 무안해진 아사는 집게손가락으로 볼을 긁적였다.

마침내 두 개의 달이 지고 황금 햇살이 동녘을 밝힐 무렵 요정계의 오랜 바람이자 간절한 소망인 여왕 스노토라 시에라 세르미오네스의 혼인식이 끝났다. 그리고『영혼의 별』세피르는 '세피르 루하 라노스'라는 요정과 인간의 이름이 섞인 반쪽짜리 이름을 버리고, 여왕의 부군을 뜻하는 '세피르 루하 세르미오네스'의 이름을 얻었다.

혼인식이 끝난 후, 아사 남매와 요정 아이들은 아로아의 가족이 사는 가넷 성의 숙소로 갔다. 그리고 잠자리에 들기 전, 아사는 피곤함에 하품을 연달아 하면서도 궁금증을 참지 못하고 한에게 물었다.

"한아, 넌 어떻게 루하님이 돌아오실 거라는 것을 알았어? 지금까지 그분의 마음이나 행동을 생각하면 안 돌아오실 것 같았거든. 그런데 넌 꼭 돌아오실 거라고 믿은 것 같아서."

"진짜로 믿었어."

한의 단호한 말에 아사는 눈을 동그랗게 뜨며 물었다.

"왜? 그렇게 믿은 특별한 이유라도 있었던 거야?"

"응. 유지 형에게 네 가지 꽃들의 꽃말을 들었어. '아샤가 생겼습니다.', '허락해 주세요.', '난 행복합니다.', 그리고 '나를 잊지 마세요.'라고 하더라. 참, '아샤'는 인간계에서 쓰는 말로 '영원히 사랑하는 사람'이라는 뜻이래."

"우와! 그럼, 그때 이미 세르 님은 여왕님을 연인으로 인정한 거네? 그래서 가야, 그녀에게 허락을 받으러 간 거고?"

"응. 하지만 마지막 꽃말로 보아 아직은 여왕님보다는 그녀를 더 사랑하는 것 같지만……. 그래도 다시는 인간계로 갈 수 없으니 여왕님 승! 하긴 유부녀 좋아해 봤자 뭐하… 으악! 뭐, 뭐야?"

한은 심드렁하게 말을 잇다가 아사가 반짝반짝 빛나는 눈으로 바라보는 것에 움찔했다.

아사가 폴짝 뛰어올라 한의 목을 껴안고 마구 얼굴을 비벼 댔다. 이에 한이 기겁을 해서 아사를 밀어냈다.

그러나 아사는 떨어지기는커녕 한술 더 떠 한의 얼굴에 닥치는 대로 뽀뽀까지 해댔다. 그리고 누구 동생인데 이렇게 똑똑하고 잘났느냐고 하며 환하게 웃었다.

한은 그런 누나의 모습에 얼굴을 붉히면서도 더 이상 밀어내지 못했다. 만약 아사가 밤을 꼬박 새운 피로를 이기지 못하고 비척거리며 잠자리에 들지 않았다면 더 오래 시달렸을 것이다.

그렇게 잠든 아사는 느지막한 오후가 되어서야 잠에서 깼다. 그리고 기쁜 사실 하나를 깨닫게 되었다.

그게 어찌나 좋았던지, 아사는 잠옷 바람이라는 것도 잊고 한의 방으로 내달아 문을 벌컥 열어젖혔다. 그러곤 책상에서 뭔가를 들여다보고 있는 한의 목을 덥석 껴안고 외쳤다.

"한아! 이거 봐!"

아사는 팔목을 걷어 맑은 황금색으로 반짝이고 있는 여섯 번째 보석을 가리켰다.

"드디어 마지막 보석이 물들었어! 근데 그게 바로 여왕님의 행복이었지 뭐야?"

"정말 그러네."

한도 아사의 팔찌를 들여다보곤 기쁜 얼굴로 고개를 끄덕였다.

"너무너무 좋아서 눈물이 날 것 같아. 아참! 한이 너, 피부의 흉은 어떻게 변했어?"

아사의 채근에 한이 품이 넓은 바지를 허벅지까지 걷어 올렸다. 그러자 이제는 500원짜리 동전만큼 작아진 피부의 흉이 드러났다.

"우와! 거의 다 사라졌네."

아사는 환성을 터뜨렸다가 보석을 받치는 틀만 보라색으로 물든 네 번째 보석을 보며 살짝 아쉬운 표정을 지었다.

"이것만 내가 채우면 될 텐데……."

"괜찮아, 누나. 아직 다섯 달이나 남았는데 뭘."

"그러겠지? 도대체 이건 어떤 시키의 행복인데 이렇게 뜸을 들이는 거야?"

"글쎄……."

한은 왠지 알 것 같았지만 굳이 내색하고 싶지 않아서 얼버무렸다. 그러자 아사가 조그만 목소리로 '잘 될 거야.' 하고 중얼거렸다.
그때 헛기침 소리와 함께 누군가 끼어들었다.

"남매끼리 다정한 건 좋은데 말이야. 옷이나 제대로 입고 오는 게
어때?"

"어? 미수? 넌 왜 아침부터 여기에 있는 거야? 그리고 내 옷이 어
디가 어때서… 꺅!"

아사는 무심코 자신의 옷을 살피다 기겁을 했다. 살이 살짝 비치
는 원피스 잠옷을 입고 있다는 것을 뒤늦게 깨달았던 것이다.

아사가 빨개진 얼굴로 어쩔 줄 모르자 한이 얇은 이불을 휙 던지
며 핀잔을 주었다.

"아침이 아니라 늦은 오후거든. 그리고 아무리 기쁘다 해도 다 큰
동생 방에 오면서 그 꼴이 뭐야?"

"그래, 너희들 둘 다 잘났다!"

아사는 무안함을 감추기 위해 빽 소리를 지르곤 밖으로 후다닥 달
려나갔다.

문이 '쾅' 하고 닫히는 소리에 손바닥으로 양쪽 귀를 막았다 뗀 미
수와 한은 아사의 말과 웃음소리에 그만 웃음을 터뜨리고 말았다.

"앗싸! 어느 시키 행복인지 반 만 더 채우면 미션 완수다! 집으로
가는 길… 룰루랄라 얼쑤! 캬하하하!"

그날 밤, 여왕님과 루하님이 아사 남매와 요정 아이들을 루하궁으
로 불렀다. 그러곤 특별히 한에게 고맙다고 했다. 이에 자신이 칭찬
을 받은 것처럼 뿌듯해하던 아사는 두 분에게 팔찌를 보여드리며 하
나 남은 반쪽 행복이 누구의 것인지 모르겠다고 종알거렸다.

여왕님이 아사의 팔찌를 자세히 살피더니 평범한 인간 여자아이가

가지고 있기엔 위험한 힘이니 그만 정목에게 돌려주는 게 좋겠다고 했다. 조금 부족한 힘은 정목 스스로 채울 수 있다는 것이다. 물론 이것은 정목의 천적인 암흑요정왕의 알이 다시 만들어지려면 최소한 50년 이상이 걸린다는 이유도 한몫을 차지했다.

"그럼, 이 보라색 보석은요?"

아사의 물음에 여왕님이 빙그레 웃으며 걱정 말라고 했다.

여왕님이 요정의 꼬투리를 손으로 감싼 후 시에라의 힘을 펼쳤다. 그러자 요정의 꼬투리가 환하게 빛나더니 곧 분홍, 파랑, 초록, 하늘색, 황금색을 띤 다섯 줄기의 빛으로 변했다. 그것들은 한데 어우러져 정목이 있는 서쪽으로 사라졌다.

여왕님은 아사의 손목에서 떨어진, 보석을 받치는 틀만 보라색으로 물든 투명한 보석으로 목걸이로 만든 후 아사의 목에 걸어주었다. 그러곤 언젠가 그 보석 전체가 보라색으로 물드는 날, 또 다른 행복을 느끼게 될 거라고 했다.

아사는 한의 종아리에 남아 있는 작은 흉터가 마음에 걸렸다. 그런 아사의 마음을 알아차린 한이 그저 점 하나 있는 거나 마찬가지니 신경 쓰지 말라며 제 누나를 위로했다.

곁에서 지켜보던 루하님도 이곳에 머물다가 다섯 달 후 문이 열릴 때쯤 정목에게 대가를 받아 남매의 세계로 돌아가라고 했다. 이어 그때까지는 모든 것을 잊고 마음 편히 즐겁게 지냈으면 좋겠다는 말까지 덧붙였다.

"예, 그럴게요."

남매는 씩씩하게 대답하며 환하게 웃었다.

행복이란

아사 남매는 싱그러운 풀꽃 향과 푸근한 흙냄새가 감도는 숲 속의 보드라운 풀밭 위에 서 있다. 환한 달빛이 잎사귀들 사이로 미끄러져 내려와 남매의 여린 볼을 위로하듯 어루만지고 푸르른 빛의 샘물이 되어 숲 속 이곳저곳에 고인다.

'벌써 2년이라니…….'

넘칠 듯한 불안을 굳은 결심으로 감싸 안고 요정계로 넘어온 게 엊그제 같은데 벌써 이렇게 세월이 흘렀다는 게 남매는 믿어지지 않는다.

그때는 어서 요정의 꼬투리를 채워 집으로 돌아가고 싶다고 간절히 바랐는데 막상 일을 완수하고 정목으로부터 원하는 것을 받아 집에 가려 하니 아쉽기만 하다.

지금 남매는 2년 전 이곳에 올 때 가지고 왔던 배낭을 메고 그때와 같은 옷차림을 하고 있다. 하지만 사실은 같은 옷이 아니다. 아사와 한이 부쩍 자라 예전의 옷이 맞지 않자, 타란의『옷을 짓는 손길』
바이런 아저씨가 그것을 보고 새로 만든 옷이기 때문이다. 그러나
어찌나 옷 짓는 솜씨가 뛰어난지 얼핏 봐서는 구별하기 힘들 정도로
똑같다.

남매는 주변을 돌아보았다. 2년 전 이곳에 올 때엔 단 둘뿐이라
당황스럽고 외로웠는데 지금은 많은 요정들이 둘러서 있다.

마루와 유지는 웃는지 우는지 분간하기 어려운 얼굴로 자꾸만 왔
다 갔다 하고, 수니는 커다란 금색 눈동자에 눈물을 가득 담고 남매
가까이에서 서성댄다. 마음 여린 아로아는 핀 님과 루에트 님의 손
을 하나씩 잡은 채 아예 펑펑 울고 있다.

수한 님은 우람한 어깨에 곰돌이를 올려놓은 채 헛기침만 하고,
루하님은 키에티를 안은 채 물기가 도는 푸른 눈동자로 가만히 바라
만 본다. 그런 루하님 곁에 서 있는 여왕님만 유일하게 담담한 표정
을 하고 있다.

한은 아사의 눈치를 보며 몇 번 입을 오물거리다 결국 참지 못하고
마루에게 물었다.

"마루 형, 미수 형은 왜 아직 오지 않는 거야?"

"어, 그게… 요정계의 북쪽 끝에 있는 묘족의 성지에 심부름을 갔
는데 아직……."

마루가 말끝을 얼버무리며 차마 눈을 마주하지 못했다. 이에 한은
그가 거짓말을 하고 있다는 것을 눈치챘지만 일부러 모르는 체했다.
만약 그가 돌아왔으면서도 일부러 만나러 오지 않는다는 것을 누나
가 알면 상처를 받을 것이 뻔했기 때문이다.

"나쁜 시키! 아무리 일이 바쁘기로서니 친구가 가는데도 전송도
안 하냐? 어쩌면 다시는……."

‘못 볼지 모르는 데…’라고 아사는 웅얼거렸다. 거의 들리지 않을 만큼 작은 목소리였지만 그 말을 듣지 못한 요정은 아무도 없었다.

아사가 정목에게 힘을 돌려준 뒤부터 미수는 눈에 띌 만큼 아사를 피해 다녔다. 예전처럼 아사네 집에 자주 들르지도 않았으며 요정 아이들과 어울려 노는 일도 없었다. 어디 그뿐인가. 그다지 중요하지도 않은 일을 핑계 삼아 마을을 떠나기 일쑤였고, 어쩌다 들러도 다시 일을 만들어 훌쩍 떠나버렸다. 아사는 미수의 그런 행동이 못내 서운했다.

‘바보! 그렇게 일부러 정을 떼려고 애쓸 필요는 없는데……. 어차피 마지막이라면 좋은 기억으로 남아도 좋잖아.’

아사는 눈앞이 흐려지는 것에 그만 고개를 푹 숙였다.

아사는 여기에서의 2년이, 돌아가면 겨우 두 달에 불과하다는 것을 잊지 않고 있었다. 그렇다는 것은 아사가 스무 살일 때 미수가 120살을 훌쩍 넘긴다는 것을 의미했다. 다행인 것은 미수가 요정이고, 요정의 수명이 600년에서 800년 사이라는 것이다.

‘만약 인간이었다면…….’

아사는 상상만으로도 끔찍해서 몸을 부르르 떨었다.

‘하지만 무슨 소용이 있지? 돌아가면 다시는 이곳에 올 수 없다고 했는데…….’

아사는 그만 눈물을 뚝 떨어뜨렸다. 그러자 루하님이 다가와 아사의 머리를 부드럽게 쓰다듬었다. 아사는 그런 루하님의 다정함까지 서러웠다. 그래서 점퍼 주머니 속에 손을 넣어 아까부터 만지고 싶었던 것을 만져 보았다. 포근한 보드라움과 끝 부분에 약간의 딱딱함이 느껴지는 물건…….

그것은 바로 미수의 깃털이었다.

별꽃성으로 가는 길에 보았던 푸른 커튼 자락처럼 펼쳐진 아름다운 하늘과 미수의 관자놀이에 맺힌 땀방울이 떠오를 때마다 아사는 그것을 꺼내보곤 했다.

손바닥을 간질이는 보드라운 감촉에 다시 한 번 미수에 대한 원망이 새록새록 일어난다.

"올 때가 되었는데 수운이 얘는 왜 안 오지?"

수니가 하늘을 올려다보며 중얼거렸다. 그러자 마치 그 말을 기다렸다는 듯 북쪽 하늘에 누군가 나타났고, 빠른 속도로 날아왔다.

"아사!"

"수운아! 닭아지!"

아사는 손을 마구 흔들며 반갑게 외쳤다.

수운이 급하게 날아내려 날개를 접더니 어른 요정들에게 예를 표했다. 그러곤 성큼성큼 다가와 아사의 어깨를 껴안고 등을 툭툭 쳤다. 그다지 살가운 행동이 아닌데도 불구하고 묘하게 그녀의 다정함과 진심이 느껴져, 아사는 또다시 눈물을 쏟고 말았다.

그러자 닭아지가 위로하듯 아사의 정수리를 부리로 톡톡 쪼았다. 이에 아사는 눈물을 닦고 성체가 된 닭아지의 머리를 쓰다듬어 주었다.

그때 푸른 달빛에 은은한 연초록색 빛이 섞이기 시작했디. 그것이 탄생의 숲을 지배하는 숨은 조정지 피이포니아 세르미의 기운이라는 것에, 요정들은 일제히 요정계의 시목(始木 : 파이포니아가 아사 남매를 돌려보내기 위해 임시로 만든 문의 역할을 하는 나무를 가리킴.)을 바라보았다.

이윽고 그 안에서 반투명한 몸체의 파이포니아 세르미가 모습을 드러냈다.

「준비되었니, 인간 아이들아?」

"네, 파이포니아 님."

남매는 동시에 대답했다. 그러자 마루와 유지가 입술을 깨물며 눈물을 삼키고, 수니와 아로아가 울음을 터뜨렸다. 특히 수니는 한의 팔에 매달려 눈물을 펑펑 쏟았다. 요정들은 수니가 한을 아주 좋아한다는 것을 알고 있었던 터라 그런 수니를 굳이 말리지 않았다.

아이들과의 마지막 인사가 끝난 뒤 아사는 루하님을 향해 타박타박 걸어갔다. 그리고 작별 인사를 했다.

"세르 님, 행복하세요."

"그래."

"우리 양아버지가 그러셨는데요. 행복해서 웃는 게 아니라 웃으니까 행복해지는 거랬어요. 그러니까 세르님도 많이많이 웃으세요."

루하님의 푸른 눈동자가 순간 깊어지며 짙어졌다. 아사는 그 모습을 홀린 듯 바라보았다. 그리고 평생 기억하고 싶은 아름다움의 목록에 '루하님의 푸른 눈동자'를 새겨 넣었다.

아사는 몸을 돌려 한껏 발돋움을 한 후 여왕님을 올려다보았다. 이에 허리를 굽혀 주는 여왕님의 귀에 입을 대고 속삭였다.

"세르 님이 아직 그 여자를 잊지 못하고 있는 건 맞는데요. 절대 서운하게 생각지 말고 기죽지도 마세요. 중요한 건 과거의 여인이 아니라 현재의 여인이라고 양어머니가 그러셨어요. 게다가 여왕님은 미모와 지위, 재력과 능력 4종 세트… 음 아무튼 완벽한 조건을 갖추셨으니 세르 님도 곧 넘어가실 거예요. 그러니까 마구마구 욕심부리셔도 돼요."

"고맙구나, 아사."

아사는 담담하게 대답하는 여왕님의 모습에 조금 속상해져서 "진짜예요."라고 야무지게 덧붙였다. 그러자 여왕님의 입가에 고운 미소가 떠올랐다.

파이포니아 님이 반투명한 손을 시목의 줄기에 갖다 대자, 그곳에서부터 연둣빛이 감돌더니 곧 나무 전체가 연둣빛으로 휩싸였다.

아사 남매는 바싹 긴장했다. 그것이 바로 시공의 문이 열리는 징조라는 것을 알기 때문이다.

「인간 아이들아, 이리 오려무나.」

파이포니아 님이 머릿속이 울리는 듯한 신비로운 음성으로 남매를 부르며 손을 내밀었다. 이에 한이 서슴없이 그 손을 잡는 것에 비해 아사는 미련이 가득한 눈으로 주변을 돌아보았다. 그리고 요정들과 마지막 눈인사를 나누며 마음속으로는 한 요정에게 아쉬운 작별 인사를 보냈다.

'잘 있어, 미수.'

아사는 파이포니아 님과 한의 손을 하나씩 잡고 나무 둥치에 넓게 나타난 연두색 소용돌이에 발을 내디뎠다. 그때 갑자기 세찬 날갯짓 소리가 들렸다.

"아사!"

절박함을 가득 담은 귀에 익은 목소리가 아사의 귀에 천둥처럼 흘러들었다.

"미수야!"

아사는 땅으로 처박히듯 거칠게 날아내리는 요정의 이름을 큰 소리로 불렀다. 그 와중에도 시력이 좋은 아사는 미수의 땀에 젖어 이마에 달라붙은 까만 머리카락과 뺨을 타고 턱으로 뚝뚝 떨어지는 땀방울, 피와 먼지가 달라붙은 황금빛 날개를 한눈에 알아보고 허둥거렸다.

"이거!"

미수가 다급한 표정으로 뭔가를 내밀었다. 아사는 발돋움을 하고 간신히 그것을 받아 혹시 떨어뜨릴세라 손아귀에 꽉 움켜쥐었다. 그러곤 빠르게 멀어지는 미수의 눈물 어린 검은 눈동자를 향해 한 손을 뻗었다.

그 순간 온몸이 공기로 변하는 듯한 미묘한 흐름이 느껴졌고, 눈앞이 온통 연한 초록빛으로 물들었다. 그리고 얼굴에 와 닿는 공기의 흐름과 냄새가 달라졌다고 느낀 순간 남매는 다시 돌아왔다는 것을 알아차렸다.

파릇파릇한 새싹들과 물오른 가지에서 움트는 새순으로 인해 남매의 주변은 온통 연둣빛이다. 그도 그럴 것이 지금 이곳은 3월 초순, 즉 봄의 입구에 있는 것이다.

"우와! 소원을 들어주는 산수유나무다!"

"드디어 우리나라로 돌아왔어!"

남매는 눈에 익은 산수유나무를 보며 환호성을 질렀다.

"한아! 나무에 꽃이 피었어!"

아사의 말대로 죽은 나무 밑동에 새 가지가 나와 그 끝에 산수유 꽃이 노란 꽃망울을 터뜨리고 있었다. 남매는 그것이 소원이 이루어진 증표라는 생각에 벅찬 가슴을 어쩌지 못했다.

「이걸 가져가거라. 모든 일은 너희 뜻대로……」

아사는 파이포니아 님이 건네주는 산수유 꽃가지를 받았다. 그때 산수유나무가 가지를 떨었고 둥치가 일렁이더니 작은 소용돌이가 나타났다.

남매는 그곳을 통해 사라지는 파이포니아 님을 향해 손을 흔들었다. 그리고 다시 보통 나무 둥치로 돌아온 산수유나무를 보며 눈물을 글썽였다.

"3월 9일 토요일 오전 9시 55분……."

한이 휴대폰을 켠 후 하는 말에 아사는 기분이 이상해졌다. 굉장히 오랜만인 것 같은데 불과 두 달밖에 흐르지 않았다는 게 실감 나지 않았던 것이다.

아직 꽃샘추위가 남아 싸늘한 공기가 감도는 산길을, 남매는 서로 손을 꼭 잡은 채 걸었다. 한은 자신의 손아귀에 폭 들어가는 누나의 손이 이렇게 작았나 하고 생각하다 뒤늦게 한 가지 사실을 떠올리고 난처해졌다.

요정계에서는 2년이 흘렀지만 여기에서는 단지 두 달에 불과하다. 그런데 그 짧은 기간에 깨끗하게 사라진 피부의 흉터와 훌쩍 커버린 자신의 키를 양부모에게 뭐라고 둘러대야 할지 막막하기만 하다.

"누나, 엄마랑 아빠한테 내 피부랑 키를 어떻게 설명해야 할지 모르겠어."

"어떡하긴 뭘 어떡해? '모든 일은 너희 뜻대로!' 그냥 파이포니아 님의 말을 믿는 거지."

"그래, 누난 참 단순해서 좋겠다."

한은 전혀 걱정이 없어 보이는 아사의 말에 한마디 비꼬았다. 그러나 어떤 상황이 닥칠지도 모르고 걱정한디고 해서 뾰족한 수가 생기는 것도 아니다. 그래서 한도 느긋하게 생각하기로 마음먹었다.

"에이, 나도 모르겠다, 케세라세라!"

한이 말에 아사가 킥킥 웃었다.

둘은 가벼운 마음으로 발길을 옮겨 산자락 밑의 작은 아스팔트 길로 들어섰다. 그리고 그곳에 주차된 눈에 익은 검은색 승용차와 포근한 오전 햇살을 받으며 서성이는 두 사람을 보았다.

"에? 엄마, 아빠!"

아사의 짜랑짜랑한 부름에 양부모가 돌아봤다. 이에 한이 어떻게 해야 할지 몰라 우뚝 멈춰 선 것과 달리 아사는 아무 거리낌 없이 냅다 달려가 양아버지의 품으로 뛰어들었다.

"아빠! 무지무지 보고 싶었어요!"

아사가 얼굴을 마구 비벼대며 어리광을 부리자 양아버지가 빙그레 웃으며 아사의 머리를 쓰다듬었다. 한은 그 모습을 보고 용기를 내어 가까이 다가갔다.

"다녀왔습니다."

한이 양부모 앞에 고개를 숙였다. 그러자 양어머니가 빙긋 웃으며 대수롭지 않게 말을 받았다.

"원 애들도 호들갑은……. 헤어진 지 세 시간밖에 안 되었건만 마치 몇 년 만에 만난 이산가족처럼 구는구나."

"그러게 말이오. 하지만 원은 풀었나 보구려. 소원을 들어주는 산수유나무에 진짜 꽃이 피었는지 확인하겠다고 이른 아침부터 야단법석이더니……."

"소원이야 이미 이루었잖아요. 한이 수술도 잘되었고, 우리 아기도 괜찮다고 했으니 말이에요."

아사가 들고 있는 산수유 꽃가지를 바라보며 양부모가 하는 말에, 남매는 빠르게 눈빛을 교환했다. 뭐가 뭔지는 모르지만 양부모와의 만남이 자연스럽게 연결된 듯했기 때문이다. 이에 남매는 안도의 숨을 내쉬었다.

"애들아, 이러고 있을 때가 아니야. 너희 이모가 아침밥 지어놓고 목 빠지게 기다리고 있다는 연락이 조금 전에 왔단다. 얼른 가자."

“네!”

아사가 활기차게 대답하며 양아버지의 손을 잡았다. 양아버지의 손은 변함없이 크고 따스했다. 이에 아사는 눈물이 날 것 같아 양아버지의 팔에 기대는 척하며 얼굴을 쓱쓱 문질러 눈가에 고인 눈물을 닦았다.

“아들, 손!”

양어머니가 손을 내밀며 하는 말에, 한은 순순히 그 손을 잡았다. 예전에는 그리도 크게 느껴지던 양어머니의 손이 자신의 손안에 쏙 들어간다는 사실에, 한은 놀라 눈을 크게 떴다가 그만 환하게 웃고 말았다.

“여보!”

“왜?”

“우리 한이가 웃었어요. 해바라기 꽃처럼 활짝! 내일 서쪽에서 해가 뜨면 어쩌지?”

“당연히 경사 났지. 새로운 학설(學說)이 하나 더 생기게 될 테니 말이오.”

막힘없이 이어지는 양부모의 농담에 얼굴을 붉히는 한과 달리 아사는 까르르 웃고 말았다. 덤덤한 말투와는 달리 결코 덤덤하지 않은 양어머니의 표정과 말투는 덤덤하나 금방이라도 웃음을 터뜨릴 것 같이 일그러져 있는 양아버지의 표정이 너무 웃겼기 때문이다.

남매는 하루도 지나지 않아 ‘모든 것은 너희 뜻대로!’라는 파이포니아 님의 말이 무엇을 뜻하는지 확실히 알게 되었다.

한은 양아버지의 알음으로 만나게 된, 피부학에 대해 세계적인 권위를 가진 의사에게 2년 동안 꾸준히 치료를 받고 수술을 해서 이번에 완치된 것으로 되어 있었다. 양어머니의 뱃속에 있는 아기도 처음

엔 위험했지만 지금은 안정을 되찾아서 이번 가을에 건강하게 태어
날 거라고 했다.

그래서 일이 잘된 기념으로 가족끼리 주말여행 겸 구례 고로쇠 약
수를 마시러 내려왔단다. 그런데 남매가 이 모든 일이 바로 소원을
들어주는 산수유나무에게 빌어서 된 거라며 꼭 그 나무를 보고 오
겠다고 우겼다는 것이다.

그렇게 양부모와의 만남이 이루어진 후 모든 것이 일상으로 돌아
왔다. 요정계에서의 2년이 별 의미 없는 것처럼, 그곳에서의 모든 일
이 마치 꿈이라도 되는 것처럼 가정은 물론 학교와 사회에서 남매는
자연스럽게 받아들여졌다. 그리고 한은 5학년이 되었고 아사는 중학
교 2학년이 되었다.

그해 여름, 남매는 구례에 있는 이모로부터 소원을 들어주는 산수
유나무가 벼락을 맞아 죽었다는 말을 들었다. 그날 밤 아사는 소중
하게 간직하고 있던 미수의 깃털과 미수가 건네준 한 가지 물건을 만
지작거리며 숨죽여 울었다.

그해 가을, 아사와 한의 동생이 태어났다. 건강하고 귀여운 남자
아이였다.

남매의 양부모는 아사와 한의 이름자를 하나씩 따서 아기의 이름
을 '아한'이라고 지었다. 남매는 그것이 마치 자신들을 아이의 진정
한 형과 누나로 인정한다는 양부모의 마음이 엿보이는 것 같아 눈물
이 날 만큼 기뻤다. 그래서 아기의 앙증맞은 고사리손을 잡고 온밤
을 같이 보냈다.

그해 겨울, 아사와 한은 죽은 산수유나무를 찾아갔다. 나무는 깔
끔하게 베어져 밑동만 남아있었다. 아사는 그 위에 소복하게 쌓인
눈을 쓸어내리고 그루터기에 걸터앉았다. 그리고 옆에 묵묵히 서 있

는 한에게 조그맣게 속삭였다.

"한아, 나 조금만 여기 있을게. 먼저 내려가 있을래?"

"그래. 저기서 기다릴게."

한이 꽤 멀리 떨어진 비탈 길가의 넓적한 바위를 가리켰다. 아사는 한이 그곳까지 가기를 기다렸다가 주머니에 손을 넣어 금빛 깃털을 꺼냈다. 벌써 일 년이나 되었건만 그것은 여전히 새것처럼 곱게 반짝여 아사의 마음을 뒤흔들었다.

아사는 변함없는 그 빛깔이, 시간이 갈수록 얕아지기는커녕 더욱 더 깊고 짙어지는 요정계의 누군가에 대한 그리움처럼 느껴져 더욱 서러웠다.

아사는 그것을 주머니에 넣고, 목에 걸고 있던 목걸이를 꺼냈다. 보석을 받치는 틀반 보라색인 투녕한 보석을 이용해 여왕님이 만들어준 목걸이였다.

그러나 목걸이 줄에는 한 가지 물건이 더 꿰어져 있었다. 그것은 재질을 알 수 없는 반짝이는 검은 금속으로 만들어졌는데 둥근 머리 부분과 올록볼록한 끝 모양이 마치 열쇠처럼 생겼다. 그것은 바로 요정계를 떠나기 직전 미수가 쥐여 준 물건이기도 했다.

「… 간직해! 언젠가……」

그때 머릿속에 울리던 미수의 말이 아직도 귀에 쟁쟁하다.

아사는 산수유나무 그루터기의 나이테를 손가락으로 하니하니 세어보다 그만 눈물을 뚝 떨어뜨리고 말았다. 그것은 목걸이 끝에 매달려 있는 투명한 보석을 스치고 검은 열쇠의 한쪽을 적시며 아사가 앉아 있는 산수유나무의 그루터기로 떨어졌다.

'미수야, 이것을 간직하고 있으면 언젠가… 너를 만날 수 있을 거라고 믿어도 되는 거지?'

　아사는 산기슭의 넓적한 바위 주변에서 서성대는 한을 바라보곤 목걸이의 보석 메달과 검은 열쇠를 모아 한주먹에 꼭 움켜쥐었다. 그것들에게서 느껴지는 온기에 왠지 가슴이 따뜻해지는 것 같아서 아사는 조그맣게 속삭였다.

　"넌 지금 행복하니?"

그대,
요정의 나라를 아시나요?
맨눈으로 보아도 전혀 눈이 부시지 않은
금빛으로 빛나는
태양을 가진 나라.
푸른 비단 실처럼 풀어져 내리는 비와
일곱 빛깔 하나하나가 제 색을 뽐내는
레시아(무지개)가 뜨는 나라.
별 하나하나가
닦아놓은 보석처럼 반짝이는
밤하늘을 가진 나라.
푸른 달빛과 붉은 달빛이 합쳐
신비로운 보라색으로 피어나는
밤이 아름다운 나라……

그대,
요정의 나라를 아시나요?
대요정수에게 받은 이름으로
최선을 다해 살아가는
심성 고운 요정들이 사는 나라.
일과 봉사가
똑같이 삶의 무게를 지녀

나눔이 일상인 요정들이 사는 나라.
너무나 아름다워
추함조차 그저 다르다는 것으로
인정되는 요정들이 사는 나라……

요정의 나라에는
평생 한 사람을 사랑하는
요정이 살아요.
평생 한 사람을 생각하는
인간이 살아요.
그들은
사랑과 그리움을 가슴에 가득 안고
나란히 손을 잡고 한 길을 가지요.

요정의 나라에는
언젠가 한 사람을 만나기를 소망하는
요정 아이가 살아요.
이젠 볼 수 없는 두 사람을 보고파 하는
요정 아이들도 살아요.
그들은
소망과 추억을 가슴에 가득 안고
머나먼 꿈의 나라를 상상하지요.

그대,
눈을 감고
인간의 나라를 꿈꿔 보아요.
언젠가 행운의 아이 키에티가 미소 짓고
도레스의 아이 곰돌이가 손짓하는 날
꿈의 경계가 열릴지도 모르니까요.

그대,
눈을 감고
요정의 나라를 꿈꿔 보아요.
언젠가 신비의 동물 레오의 날갯짓이 들리고
까만 눈을 한 멋진 요정이
그대들의 창문을 두드릴지도 모르니까요.

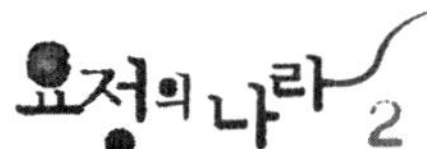

초판 1쇄 2013년 09월 02일

지은이 박선숙
발행인 김재홍
기획편집 이은주, 권다원, 김태수
마케팅 이연실

발행처 도서출판 지식공감
등록번호 제396-2012-000018호
주소 경기도 고양시 일산동구 견달산로225번길 112
전화 031-901-9300
팩스 031-902-0089
홈페이지 www.bookdaum.com

가격 12,000원
ISBN 978-89-97955-80-0 04810
       978-89-97955-41-1 04810 (세트)